U0820845

科幻小说

超新星纪元

刘慈欣 著

中国华侨出版社
北京

图书在版编目（CIP）数据

超新星纪元 / 刘慈欣著 .— 北京：中国华侨出版社，2016.6（2025 年 7 月重印）

ISBN 978-7-5113-6082-3

Ⅰ.①超… Ⅱ.①刘… Ⅲ.①科学幻想小说－小说集－中国－当代 Ⅳ.① I247.7

中国版本图书馆 CIP 数据核字 (2016) 第 119451 号

超新星纪元

著　　者：刘慈欣
责任编辑：张　玉
封面设计：阿　鬼
经　　销：新华书店
开　　本：700mm×980mm　1/16　印张：16.5　字数：221 千字
印　　刷：河北鹏润印刷有限公司
版　　次：2016 年 10 月第 1 版
印　　次：2025 年 7 月第 38 次印刷
书　　号：ISBN 978-7-5113-6082-3
定　　价：42.80 元

中国华侨出版社　北京市朝阳区西坝河东里 77 号楼底商 5 号　邮编：100028
发行部：（010）82068999　传真：（010）82069000

写给女儿的信：200 年后的世界（代序）

亲爱的女儿：

你好！这是一封你可能永远收不到的信，我将把这封信保存到银行的保险箱中，在服务合同里，我委托他们在我去世后的第 200 年把信给你。不过我还是相信，你收到信的可能性更大一些。

现在你打开了信，是吗？这时纸一定是比较罕见的东西了，这时用笔写的字一定消失已久。当你看着这张信纸上的字时，爸爸早已消逝在时间的漫漫长河中，有 200 多年了。我不知道人的记忆在两个多世纪的岁月中将如何变化，经过这么长的时间，我甚至不敢奢望你还记得我的样子。

但如果你在看这封信，我至少有一个预言实现了：在你们这一代，人类征服了死亡。在我写这封信的时候已经有人指出：第一个永生的人其实已经出生了，当时我是相信这话的少数人之一。

我不知道你们是怎么做到的，也许你们修改了人类的基因，关掉了其中的衰老和死亡的开关，或者你们的记忆可以数字化后上传和下载，躯体只是意识的承载体之一，衰老后可以再换一个……我还可以想出其他很多种可能，但有一点可以肯定：不管你们的生命已经飞跃到什么样的形态，你还是你，甚至，在你所拥有的漫长未来面前，你此时仍然感觉自己是个孩子。

你能收到这封信，还说明了一个重要的事实：银行对这封信的保管业务一直在正常运行，这两个多世纪中社会的发展没有重大的断裂，这是最令人欣慰的一件事。如果真是这样，那我其他的预言大概也都成了现实。你出生后不久，在我新出版的一本科幻小说的扉页上，我写下了“送给我的女儿，她将生活在一个好玩儿的世界”，我相信你那时的世界一定很好玩儿。

你是在哪儿看我的信的？在家里吗？我很想知道窗外是什么样子。对了，应该不需要从窗子向外看，在这个超信息时代，一切物体都能变成显示屏，包括你家的四壁，你可以随时让四壁消失，置身于任何景致中……

你可能已经觉得我可笑了，就像一个清朝的人试图描述 21 世纪一样可笑。但你要知道，世界是在加速发展的，21 世纪以后，200 多年的技术进步相当于以前的 2000 多年，甚至更长的时间，所以我不是像清朝人，而是像春秋战国的人想象 21 世纪那样想象你的时代，在这种情况下，想象力与现实相比将显得极度贫乏。但作为一个写科幻小说的人，我想再努力一下，也许能使自己的想象与你所处的神话般的现实沾一点边。

好吧，也许你根本没在看信，信拿在别人手里，那人在远方，是他（她）在看我的信，但你在感觉上同自己在看一样，你能够触摸到信纸的质地，也能嗅到那两个多世纪后残存的已经淡到似有似无的墨香……因为在你的时代，互联网上联结的已经不是电脑，而是人脑了。信息时代发展到极致，必然实现人脑的直接联网。

你的孩子不用像你现在这样辛苦地写作业了，传统意义上的教育已经不存在了，每个人都可以在联入网络的瞬间轻易拥有知识和经验。但与人脑互联网带来的新世界相比，这可能只是一件微不足道的事。那将是一个怎样的世界，我真的无法想象了，还是回到我比较容易把握的话题上来吧。

说到孩子，你是和自己的孩子一起看这封信吗？在那个长生的世界里，还会有孩子吗？我想会有的，那时，人类的生存空间应该已经不是问题，太阳系中有极其丰富的资源，如果地球最终可以养活 1000 亿人，这些资源则可以维持 10 万个地球，你们一定早已在地球之外建立新世界了。

你家的周围应该很空旷，远处稀疏的建筑点缀在绿色的大自然中。城市化可能只是一个历史阶段，信息网络的发展将使城市变得越来越分散，最终消失，人们将再次与大自然融为一体，但网络上的虚拟城市将更加庞大和密集，如果你愿意，随时都可以置身于时尚的中心。

那时的天空是什么样子？天空是人类所面对的最恒久不变的景致，但我相信那时你们的天空已经有了变化，空中除了日月星辰，还能看到一些别的东西，地球应该多出了一条稀疏的星环，地球上所有的能源和重工业都已经迁移到太空中，那些飘浮的工厂和企业构成了星环。从地面上看，那些组成星环的东西有些能看出形状，像垂在天空上的精致的项链坠，那是太空城，我甚至能想出它们的名字：新北京、新上海和新纽约……

也许你现在已经不在地球上了，你就在一座太空城中，或者在更远的地方。我能想象你在一座火星上的城市中，那城市处于一个巨大的透明防护罩里，城外是一望无际的红色沙漠。你看着防护罩外的夜空，看着夜空中一颗蓝色的星星，你是从那里来的，200 多年前我们一家也在那里生活过。

你的职业是什么？你所在的时代应该只有少数人还在工作，而他们工作的目的已经与谋生无关。但我也知道，那时仍然存在着许多需要人去做的工作，有些甚至十分艰险。比如火星，其环境不可能在两个多世纪中地球化，在火星的荒漠中开拓和建设肯定是艰巨的任务。同时，在水星灼热的矿区，在金星的硫酸雨中，在危险的小行星带，在木卫二冰冻的海洋上，甚至在太阳系的外围，在海王星轨道之外寒冷寂静的太空中，都有无数人在工作着。你当然有权选择自己的生活，但如果你是他们中的一员，我会为你而骄傲。

在你们的时代，我相信有一个一直在想象中存在的最伟大的工作或使命已经成为现实，它的艰巨和危险，它所需要的献身精神，在人类历史上是史无前例的，那就是恒星际的宇宙航行。

我相信在你看到这封信的时候，第一艘飞向其他恒星的飞船已经在途中，还有更多的飞船即将启航，对于飞船上的探索者来说，这都是单程航行，虽然他们都有很长的寿命，但航程更加漫长，可能以千年甚至万年来计算。我不想让你生活在一艘永远航行中的飞船上，但我相信这样的使命对你是有吸引力的，因为你是我的女儿。

你在那时过得快乐吗？我知道，每个时代都有自己的烦恼，我无法想象你们时代的烦恼是什么，却能够知道你们不会再为什么而烦恼。首先，你不用再为生计奔忙和操劳，在那时，“贫穷”已经是一个古老而陌生的字眼；你们已经掌握了生命的奥秘，不会再被疾病所困扰；你们的世界也不会再有战争和不公正……但我相信烦恼依然存在，甚至存在巨大的危机，我想象不出是什么，就像春秋战国的人想象不出地球温室效应一样。这里，我只想提一下我最担心的事情。

你们遇到 TA 们了吗？

你知道我指的是什么吗？人类与TA们的相遇可能在10万年后都不会发生，也可能就发生在明天，这是人类所面临的最不确定的因素。我写过一部关于人类与 TA 们的科幻小说，那部书一定早已被遗忘，但我相信你还记得，所以你一定能理解，关于未来，这是我最想知道的一件事。你们已经与TA们相遇了吗？虽然我早已听不到你的回答，但还是请你告诉我一声吧，只回答“是”或“不是”就行。

亲爱的女儿，现在夜已经深了，你在自己的房间里熟睡，这一年你 13 岁。听着窗外初夏的雨声，我又想起了你出生的那一刻，你一生出来就睁开了眼睛，那双清澈的小眼睛好奇地打量着这个世界，让我的心都融化了，那是 21 世纪第一年的 5 月 31 日，儿童节的前夜。现在，爸爸在时间之河的另一端，在 200 年前的这个雨夜，祝你像孩子一样永远快乐！

爸爸

目 录
contents

西 洋

1420 年，非洲，索马里，摩加迪沙沿海

这是明朝舰队打算到达的最远的地方，永乐皇帝也只让走到这里。现在，200 多只船和 2 万多人，静静地等待着返航的命令。

郑和沉默地站在“清和”号的舰首，他面前，印度洋笼罩在热带的暴雨中。四周一片雨雾，只有闪电刺破这一片朦胧时，舰队才在青色的电光中显现，“清远”号、“惠康”号、“长宁”号、“安济”号……如同围在旗舰四周纹丝不动的巨大礁石。众多的非洲酋长在船上欢宴三天后已上岸，激越的非洲鼓声从雨中隐隐传来，岸上棕榈林中打鼓的黑人狂舞的身影如暴雨中时隐时现的幽灵。

“该返航了，大人。”副将王景弘低声说。在郑和身后，站着远航统帅部的全体成员，包括 7 名四品宦官及众多的将军和文官。

“不，继续向前走。”郑和说。

在统帅部其他人的感觉中，这一刻，空气和雨滴都凝固了，“向前？！到哪里？！”

“向前走，看看前面有什么。”

“那有什么用呢？我们已证实建文帝不在海外，他肯定死了；我们也给圣上搞到了足够的珍宝，该回航了。”

“不，如果天圆地方，大海就应有边缘，大明的船队应该航行到那里。”郑和的双眼渴望地看着雨雾深处，看着他想象中的海天连线。

“这是违抗圣命，大人！”

“我意已决，不从者可以自己回去，但最多只能带 10 艘船。”

郑和听到身后有剑出鞘的声音，那是王景弘的卫士的剑；接着有更多的出鞘声，那是郑和的卫士的剑，然后一切都沉默着，郑和没有回头。

像来时一样突然，暴雨停了。太阳的光柱刺破云层，天水相连处金光灿烂，显示出无法抗拒的神秘诱惑。

“起航！”郑和大声发令。

1420 年 6 月 10 日，明朝舰队浩浩荡荡，撞开印度洋的滚滚波涛，向好望角驶去。

1997 年 7 月 1 日，欧洲，北爱尔兰，贝尔法斯特

中国国旗降下后，英国国旗在《上帝保佑女王》的乐声中升起，在旗的上缘接触杆顶时，时钟刚刚走过零点，这时，我们在这块土地上已是外国人了。

虽有幸参加交接仪式，但是我也只能站在最后排，所以是最早走出议会大厅的。15 岁的儿子在外面等着我，静静地，我们最后看看北爱尔兰。这是典型的英伦夏夜，潮湿多雾，雾在街灯的黄光中轻纱般飘过，拂在脸上像毛毛雨。在幽暗的灯光和迷蒙的雾中，贝尔法斯特像一个宁静的欧洲乡村。这是我度过前半生的地方，一小时后我们会带着所有的东西离开，但我带不走自己的童年、青春和梦想，它们将永远留在这块宁静而多雾的土地上。

本来，中英联络组要工作到下世纪初，但我还是说服领导，早早调到新大陆去。表面上我给自己的理由是：对自己的前途来说，早走比晚走好；但内心深处真正的理由是想尽快远远地离开一起生活了 16 年的刚刚离婚的前妻，她虽是中国人，但作为领事馆的高级官员，她还要长期留在北爱尔兰。我已经没有希望留住她，就像中国没有希望留住北爱尔兰一样。好在儿子跟我走。

“是你们丢失了北爱尔兰！”儿子愤怒地对我说。在儿子眼里我是国家元首，

更准确地说，我是个不称职的国家元首。他认为我应该把俄罗斯再分成更小些的几个国家；他认为我给贫穷的西欧太多的贷款，却对他们提了太少的要求；特别是北爱尔兰问题，他认为我应该以主权换治权，而不是拱手相让……一句话，他认为中国在世界的领导地位正从我手里丢掉，尽管我只是个副司级的普通外交官。儿子好像浑身都长满了咄咄逼人的精神长矛，这点真像他妈妈，而我的忍让和儒家风度他一点都没继承，反而成了他对我感到失望的原因。他跟我回国不是因为我，而是因为无论如何也不能忍受作为一个外国人生活在北爱尔兰。

一小时后，运送中国最后一批撤离人员的专机把北爱尔兰留在了下面的浓雾中，我们在夜色中飞向自己的新生活。

1997 年 7 月 1 日，欧洲，巴黎

飞往新大陆之前，我们在欧洲大陆短暂停留。在伦敦时，还能感受到英国人庆祝回归的喜庆气氛，但欧洲大陆对此似乎没什么反应。一出北爱尔兰，西欧其他城市的那些混乱和贫穷的气息便扑面而来。 交通被自行车的洪流所堵塞，空气浑浊。一出巴黎海关， 我们便被一大群渴望换到人民币的法国青年围住，好不容易才摆脱他们。同行的其他人还处于“北爱综合征”之中，没精打采地躺在机场饭店中不出来。但儿子硬拉着我去看古战场。

初升的太阳驱散了晨雾，古战场显出一片醉人的绿色。这地方我们不知来过多少次了，特别是在去年，几乎每个星期天我们都要乘英吉利海底隧道列车来一次，每次在这里儿子都要对我进行一番例行的折磨，现在又开始了。像以往每次一样，他站在纪念碑的底座上，慷慨激昂地背诵起小学的历史课本：

“1421 年 8 月，明舰队到达西欧沿海，欧洲惊恐万状……”

“好了，爸爸累了，这次就算了吧。”我不耐烦地打断他。

“不行，春秋时代的夫差身边有一个人时刻提醒他报杀父之仇，你们这些政治家和外交官也需要这么一个人。”

“我们在欧洲和北爱尔兰没有杀父之仇，100 年的协议到期了，我们就把北爱尔兰还给英国，这是顺理成章的事，谈不上是什么失误或失败。”

儿子不听我这一套，继续他的演讲：“……欧洲惊恐万状。郑和本想像在南洋诸国一样，同欧洲人友善相待，但他派往欧洲大陆的五位使者全部被杀，东西方只有一战！罗马教皇马丁五世呼吁四分五裂的封建诸侯联合对敌，还颁布了赦罪法令，凡此时应征入伍的罪犯都可获得赦免。为了给战争筹款，教会出卖神职，甚至把教皇的金冠卖给了佛罗伦萨的商人。英法匆匆结束百年战争，结成军事同盟。慑于明舰队的强大，西欧海军不敢出战，欧洲人把胜利的希望寄托在陆战上。

“1421 年 12 月，明朝军队在加来登陆，10 天后兵临巴黎城下。双方在巴黎近郊进行决战。当时欧洲人集结了 10 万大军，其中有英王亨利五世率领的 3 万英军、法国勃艮第公爵率领的 4 万法军和来自德意志神圣罗马帝国的 3 万条顿骑士团。明军只有 2.5 万兵力。12 月 20 日清晨，巴黎战役开始。

“西欧联军统帅部拟以法军和条顿骑士团的重铠步兵攻击明军正面，以英格兰轻骑兵做右翼迂回。日出时分，西欧联军首先发起进攻。欧洲步兵战阵严整，呈无数个整齐的方队向前推进。重装步兵的盔甲在朝阳下闪着金银两色的光芒，从明军阵地看去，仿佛是金属的大地在移动，无数的长矛如同大地上的麦田。战鼓声、苏格兰风笛声、士兵们用剑柄有节奏地击打胸甲发出的撞击声渐渐清晰可闻……”

“这样下去我们要误飞机了。”

“……郑和看准了欧洲军队进攻队形密集死板的特点，把炮兵集中部署在正面。明军迟迟不出击，而是进行了炮兵齐射。在前三次猛烈的齐射中，欧军伤亡惨重，但进攻队形纹丝不乱，方队踏着尸体继续推进。在敌人严整的进攻方队已近在眼前时，郑和沉着地命令进行第四次更为猛烈的炮击。明军的几百门大炮发出雷鸣般的轰响，把暴雨般的霰弹倾泻到欧洲人密集的方队中，霰弹打在盔甲上，发出一阵‘哗哗’的潮水般的声音。欧军的队形乱了，开始是前一排方队，然后如同推倒了多米诺骨牌，整个阵线大乱起来。郑和这时才命令明军出击，他的数量不多的骑兵以楔形队形攻击欧军正面，向敌阵深处猛插，很快把欧洲步兵阵线切成两半，并集中攻击右翼。这时，迂回的英国骑兵正从右翼方向攻击，却遇上了溃散下来的联军步兵，人马相践，死伤无数……”

“真的该走了，孩子！”

“战斗一直持续到黄昏，在如血的残阳中，明军才吹响了他们凄厉的号角……巴黎战役，西欧联军大败，10 万军队半数被歼，英王亨利五世殒命沙场，上百个公爵伯爵和王室将军阵亡或被俘……巴黎战役之后，西欧难以在短时间内集结起足以对付明军的力量，加上明舰队对西欧沿海特别是英吉利海峡的封锁，以及关于明朝后续舰队正在驰援的传闻，西欧脆弱的抗明联盟瓦解了，以后……”

“以后我都知道，以前的也都知道，你要是没完没了，我就自己走了，你一个人留在这里与郑和做伴好了。”

我们终于离开了古战场，如果可能再回来，也是很长时间以后了。

1997 年 7 月 2 日，中国新大陆，纽约

“欢迎到中国新大陆！”海关小姐对我们甜蜜地一笑，我感到一种回家的温暖，但儿子对回国似乎并没有什么感觉。

“明朝船队首航美洲已有 500 多年了，他们还把这儿叫‘新大陆’。”他说。

“一种习惯，就像欧洲人仍把中国人叫‘洋人’一样。”

“我们早就该再有一个真正的新大陆了！”

“哪儿？南极洲吗？”

“为什么不行？”

我暗自摇摇头。对儿子性格中这咄咄逼人的进攻性，我已经习惯了，但又时时对此感到一种压力。似乎他妈妈的性格越过大洋通过儿子作用于我，想到这儿，我心中一阵酸楚。

我们驱车赶往联合国总部，很快沿着高速公路一头扎进了纽约的高楼森林。同来自欧洲的每一个人一样，我觉得来到了巨人国，一切都那么大。半小时后，我们的车停在了联合国大厦前。

“这就是我下半生工作的地方了。”我指着大厦对儿子说。

“但愿已经十分臃肿的联合国机构不是又增加了一个多余的人，爸爸。”

“哈，我该怎样做和做什么才能不多余呢？”

“至少，由于多了您一个中国人，中国也该在联合国相应地多一份权威。”

“那又该怎么做呢？”我心不在焉地问，想着是先进去报到呢，还是先去公寓看看新房子。

儿子像往常一样，又向我提了一个只适合向国家元首提的建议：“联合国离开我们每年 100 个亿的会费就运行不下去，想到这点，增加权威就很容易了。”

“住嘴！我警告你，以后我们生活在联合国的环境里，你这种话是很让人讨厌的！”

在联合国大厦前的广场上，有几个人在做政治演讲，他们都穿着分离主义者的蓝色衬衫。每个演讲者前面都有一堆各种肤色的人在听，一个离我们较近的演讲者的话音传到我们耳中。

“……自 500 年前明朝覆灭后，新大陆就开始了新文化运动，这以后的几个世纪，我们一直领导着中华文化的走向，而旧大陆只是战战兢兢地跟在我们后面，现在几乎被我们甩开了，他们的悟性比我们要慢半个世纪！而直到现在，他们还以‘文化宗主’自居。事实上，新大陆的文化现已发展成为一种全新的文化，它的渊源在旧大陆，但它是一种全新文化！第三点，在经济上，新大陆和旧大陆……”

演讲者是一个大学生模样的瘦弱年轻人。儿子冲上前去，把他从高台上一把揪了下来，“闭起你的狗嘴，你个臭分离分子！”他在儿子的手中挣扎着，眼镜掉到地上摔碎了，“看到北爱尔兰的事，你们这些杂种又狂起来了是不是？记住，北爱尔兰是租借地，但新大陆是我们的国土！”

“新大陆是印第安人的国土，旧大陆先生。”那个年轻人挣脱了儿子的手，冷笑着说。

“你是不是中国人？”儿子怒视着他说。

“这得由全民公决来决定。”演讲者整整领带，仍不动声色。

“呸！做梦去吧！你们几个兄弟公决不认爹娘，行吗？”儿子挥着拳头说。我赶紧冲进围观者中把他拉出来。

“爸爸，他们在这儿这么猖狂，你不管吗？”儿子甩开我的手说。

“我只是个普通外交官，你看看吧，我们管得了吗？”我指指四周那些穿蓝衬衫的人，在这儿他们还算文雅，但在费城和华盛顿，这些家伙剃了光头，胳膊上裹着带钢刺的护腕，儿子要是在那里还这样子可真要遭殃了。

“先生，给您画张像好吗？”一个轻柔的、怯生生的声音从我身后传来。这是一个白人姑娘，像所有欧洲移民一样，她穿着很朴素，手里拿着画板和画笔。第一眼看到这姑娘瘦弱的身材，我脑海中突然浮现出一幅欧洲古典油画，画面上是一个瘫痪的姑娘在草地上的背影，她渴望地看着远处的一所小房子，那房子对于她是那么遥远，那么可望而不可即。更奇怪的，我还想起了前妻，不是由于她们的相像，而是由于她们的差异。这个姑娘在生活中所渴望得到的一切，就像油画中的那所小房子一样，可望而不可即。但像画中的姑娘一样，她仍胆怯地，同时顽强地在这个冷酷的世界上一点点地挪动着自己……那画上的姑娘背对着观众，但你能感觉到她渴望而动人的目光，那就是现在这位移民姑娘看着我的目光。我心中突然出现一种多年没出现过的异样的感觉。

“对不起，我们还有事情。”我说。

“很快的先生，真的很快。”姑娘说。

“我们真的要走了，很对不起小姐。”

姑娘还想说什么，儿子把几张钞票朝她扔过去，“你不就是要钱吗？别烦我们，走开！”

姑娘蹲下来，默默地把散落在地上的钱拾起来，然后站起来慢慢走到儿子身边，把钱递还到他面前。

“如果打扰了你们，真对不起。但我想问问年轻的先生，如果……”她停了好一会儿，很艰难地把话说下去，“如果我的皮肤是黄色的，您还会这样对待我吗？”

“你是说我搞种族歧视？”儿子挑衅地看着她。

“向小姐道歉！”我厉声说。

“凭什么？这些年他们像蝗虫一样涌进来，抢走我们的工作！”

“可是，先生，欧洲移民在新大陆只干你们最不愿干的工作，拿最低的工资。”

“但像你这样的，还在红灯区败坏我们的社会风气！”

姑娘吃惊地盯着儿子，羞辱和愤怒使她说不出话来，手里的画具和钱都掉到地上。我打了儿子一巴掌，这是我第一次打他。

儿子只愣了一秒钟，突然兴奋地抱住我，“哈哈！爸爸，你早就该有这种气魄！这才是你在联合国应该显示的气魄！这是你的一个好开端！”

他这出人意料的反应更令我怒不可遏，“滚，滚得远远的！”我冲他吼道。

“好，我滚。”儿子很高兴地走开了，以为他看到了一个脱胎换骨的新父亲，走远了还回头对我打招呼："一个好开端，爸爸！"

我呆呆地站在那儿，对自己的失态有些迷惑。除了对儿子失礼的愤怒外，还同这位姑娘在我心中产生的异样感觉有关。我向她深表歉意，并同她一起蹲下来收拾地上的东西。她叫赫尔曼·艾米，英国人，只身来中国新大陆留学，在纽约州立大学学美术。她昨天刚到这里。

"我儿子是在旧大陆长大的，今年才到北爱尔兰来。在旧大陆的年轻人中，极端民族主义情绪在膨胀，像这里的分离主义一样，简直成了一种公害。"

我把散落在地上的几张画递给她，并注意到了她画夹中的一幅画，画面上有一个戴着头灯安全帽，饱经风霜的脸上满是煤灰的男人，他身后是纽约的高楼群。

"我父亲，他是伯明翰的一个矿工。"艾米指着那张画说。

"在画中你让他到了新大陆。"

"是的，这是他永远无法实现的一个愿望。我选择了画画，就是因为画和梦一样，在其中能走进现实中永远无法走进的世界，实现永远无法实现的愿望。"

"你的油画画得很好。"

"但我必须学中国画，这样回到欧洲后才能靠画笔生活。东方的艺术充斥欧洲，那里很少有人对本土艺术感兴趣了。"

"中国画应该到旧大陆去学。"

"那里的签证很难办到，费用也太高。学中国画是为了生活，我最后还是要画油画的，我们的艺术总得有人继承。请您相信，先生，同大多数的英国人不一样，我不是到中国来淘金的。"

"我相信。哦，你到过故宫博物院吗？那里有很多中国画的经典作品。"

"没有，我刚到纽约。"

"那么我带你去，不，我坚持，对刚才那件事道歉。"

同旧大陆一样，新大陆的故宫博物院也在紫禁城中。新大陆的紫禁城建于明朝中期，位于纽约东南部，它的面积是旧大陆紫禁城的两倍，是一片金碧辉煌的东方宫殿。明朝有两个皇帝巡视过新大陆，并在这座皇宫中住过。艾米很快发现了这里与旧大陆紫禁城的不同。

“这里只有一道城墙，却有这么多城门，远不像北京的皇宫那么森严。”

“是的，新大陆是一个开放的大陆，几百年来接受着不同文化的八面来风。正因为如此，我们的封建王朝首先在新大陆覆灭。”

“您是说，如果没有新大陆，你们现在还是一个王国？”

“哈哈，这不一定，但至少，明朝不会是最后一个王朝。”

“郑和为振兴大明朝而远航，却把它推向坟墓？”

“历史就是这么不可思议。”

我和艾米漫步在古代的皇宫中，人不多，我们的脚步声在一个又一个空旷的大厅中回荡，一根根巨大的立柱在朦胧中从我们两侧缓缓移过，好像是在黑暗中俯视着我们的一个个巨人，静静的空气中仿佛游动着神秘的幻影。

我们来到了一个陈列柜前，里面陈列着许多黄得发黑的欧洲中世纪的拉丁文旧书，有《荷马史诗》，有欧几里得的《几何原本》、亚里士多德的《物理学》，还有柏拉图的《理想国》和但丁的《神曲》……其中很多是15世纪欧洲宗教裁判所的禁书。这些都是郑和到达西欧后让翻译给他读过的。

我对艾米说：“看，他读的你们的书，从你们那儿得到了很多他没有的东西：他有指南针，却没有远航必需的欧洲精确钟表；他有比你们当时最大的船还大三倍的船，却没有欧洲绘制精确海图的技术……特别是基础科学，那时的明朝落后于欧洲，比如在地理学上，中国人仍相信天圆地方的世界。没有你们的科学，或者说没有东西方文化的融合，郑和不会接着向西航行，我们也不会得到美洲。”

“就是说，我们不像自己想象的那么贫乏。我那些自卑的年轻同胞应该有您这样的老师！”

我们更多的还是谈艺术，看着博物馆中那些中国画的珍品，我们谈中国画最古老的源头，谈狂草象派和空白派在中国的出现和流行，谈欧洲画派复兴的可能……我惊奇地发现我们有那么多的话可谈。

“像您这样正眼看欧洲文化的人不多了，我永远为您祝福，真想让您以后成为看我的画的第一个中国人。”

艾米说这话可能没有别的意思，但我还是有些心跳。

不知过了多久，我们发现刚走进的大厅有些不同，这里灯光很亮，人也很多。古老的大厅正面，放着一个高大的航天器，那是“孔子”号登月飞船着陆舱的复制品。从大厅高高的顶端射下几道多彩的光柱，聚焦到一个衬着天鹅绒的玻璃柜上，天鹅绒上放着许多大小不一的石块，每块都标着昂贵的价格。这是中国1965年首次登月时，“孔子十一”号上的宇航员从月球静海带回的岩石标本。

“真美！”艾米感叹。

“可它们只是一些普通的石块。”我说。

“不是的，想想它们来自那么遥远的世界，包含着多少故事。就像我父亲给我的一块晶亮的煤块，它在地层深处睡了上亿年，这是多么长的时间，这段时间中能有多少个人生？这些东西就像凝固了的梦一样。”

“像你这样能看到内在美的姑娘现在真是不多了！”我激动地说。我买了一块很小的岩石标本，上面系着一条银色的链子。岩石的一个切面上还可以看到登月宇航员的签字。我把它送给艾米。她不愿收这样贵重的礼物，可我坚持说这仍表示我对今天不愉快事情的深深歉意，她最后默默地收下了。在她的目光里，我又一次感受到了回家的温暖，真奇怪，在一个移民姑娘的目光里。

出故宫后，我们开着车漫无目的地在纽约乱转，只是想延长分别的时间。最后，我们来到了纽约港，隔着一片海水，对面是世界闻名的上百米高的郑和像。他的一只巨手指着前方的新大陆。现在，天已黑了，我们身后的曼哈顿灯火辉煌，如同一颗巨大的宝石切面。无数道光柱集中到郑和像上，使他成为屹立于海天之间的发着蓝色光芒的巨人。

这时，我们身后有人“嗨”了一声，是我儿子。“我知道你们最后会来这儿。”他说。他走到艾米面前，向她伸出手，“我向您道歉，小姐。那时我心情不好，想想我们是刚从北爱尔兰撤出来的中国人，您就会理解了。”

“孩子，”我说，“你太锋芒毕露了，这是不成熟的表现，你该成熟起来了。”我指指面前的郑和巨像，“他是你最崇拜的人，你认为他是最高大、最完美的人。想像他那样去开拓一切，这也是你形成现在性格的重要原因。但现在，应该让你看到一个完整而真实的郑和了。”

“我了解郑和，我读过关于他的所有的书。”

“你读到的都是现代作家们写的书，他们只写理想的东西。”

“有什么不对吗？”

“比如说，明舰队航行到西欧已是奇迹，为什么郑和又能在那么短的时间内从西欧再次远航，跨越大西洋，发现美洲新大陆呢？”

“郑和是一个伟大的开拓者，他的每一个细胞都渴望着探索未知世界，神秘的大西洋强烈地吸引着他，就是这样，爸爸。现在中国的领航者要是有他一半的气魄就好了！”

“现在的年轻人都这么认为。”

“有什么不对吗？”

“郑和的某些方面你可能不知道，首先，作为一个男人他是残缺的， 他是一个太监。”

儿子和艾米惊愕地瞪大了双眼，“你胡说！”儿子说。但很快，他似乎想起了他看过的某本书中的某些暗示，转身看着巨像沉默下来。

“巴黎战役后的第二天，郑和率领 8000 骑兵进入巴黎，同欧洲各君主和罗马教皇签订了那个划时代的协定。骑马走在巴黎的大街上，郑和和他的同行者第一次看到了那些古希腊风格的雕塑，他们看到了波塞冬、阿波罗、雅典娜、阿佛洛狄忒……这些在明朝的土地上不可能看到的男人女人健壮美丽的裸体被塑造得那么完美，这是西洋文化对他们产生的第一次强烈震撼。对郑和来说，这震撼更是深入灵魂，他从来没有这样刻骨铭心地意识到自己的缺憾、自己的不完美。此后，他陷入了深深的迷茫和忧郁之中，这迷茫和忧郁使他感到这个世界越来越陌生，最后，一个强烈的愿望在他和所有随行者的心中出现了……”

“什么？”

“回家。”

“回家？！”

“回家。这愿望如此强烈，以至于他们想走一条更近的路。从欧洲的地理学中他们知道了地球的形状，知道了如果一直向西， 就和向东返回一样能回家。

“于是，在征服欧洲后不久，明朝舰队就向西，向大西洋的深处驶去。他们走啊走，走啊走，在两个月艰难的航程中，一双双眼睛望着大西洋天水相连的远方，盼望着家乡的海岸在那里浮现……终于，陆地出现了，但那不是梦中的乡土，而是一个长着龙舌兰和仙人掌、出没着红种人部落的陌生世界。当他们踏上新大陆时，并不像那些浅薄的历史作家描写的那样欢呼雀跃，而是抱头痛哭……郑和因此一病不起，在新大陆结束了一生。舰队中很多的船仍然沿着海岸航行，直到 5 年后，这些船才在白令海峡找到了通向太平洋的路。又过了 5 年，他们才回到魂牵梦萦的祖国，大明朝日不落帝国的世界才连为一体。”

儿子面对着巨像长久地沉思着，这可能是他有生以来最长时间的一次沉思，我感到从未有过的欣慰。

“孩子，历史和生活不是你一直认为的那种简单的征战和开拓，其中有很多说不清道不明的东西，很多需要成熟后才明白的东西。”

“是的，”艾米说，“想想，假如郑和当年按照最初的计划，最远只航行到索马里海岸就返回，后来会是什么样子？也许是一支欧洲人的船队后来首先绕过了好望角，更说不定，另一支欧洲人的船队还发现了美洲呢！”

“唉！历史啊，同一个人的命运很相像。”我感叹道。

“那么，爸爸，”儿子从沉思中醒来，指指艾米，“她是您的新大陆吗？”

我和艾米相视一笑，我们谁都没有否认这点。

我们身后，曼哈顿的灯火更加辉煌，纽约港的水面成了一片跳跃的光海，这又是新大陆多梦的一夜。

后记：郑和如果一直向前航行，以后的历史会怎样？这是无数个中国人魂牵梦萦的问题。历史学家们的看法是：郑和远航的目的是落后的，只是为了“布皇恩于天下”（寻找建文帝？），而不是为了贸易和征服。在这样的指导思想下，即使明朝船队航行到西欧甚至美洲，也不会有大的作为。但笔者的看法是：人的思想在新环境中是会变化的，如果郑和真的航行到西欧，他必然会接触到西方的思想和科学，这是东方文化撞击西方文化，同以后人家的文化撞击我们完全不同，必然会结出意想不到的果实。另外，在真实的历史中，郑和远航中曾两次用兵，其中至少有一次是针对一个国家的。

在这篇科幻小说描写的世界里，中华文化有了更大的影响力和地域范围，但那不是一个理想社会，它面临着比我们的现实更多的问题、更大的危机和危险。现在重读一遍，发现这个世界造得很笨拙，同时，我自己也不喜欢小说中很重的殖民主义和霸权主义色彩。

思想者

太 阳

他仍记得34年前第一次看到思云山天文台时的感觉，当救护车翻过一道山梁后，思云山的主峰在远方出现，观象台的球形屋顶反射着夕阳的金光，像镶在主峰上的几粒珍珠。

那时他刚从医学院毕业，是一名脑外科见习医生，作为主治医生的助手，到天文台来抢救一位不能搬运的重伤员，那是一名到这里做访问研究的英国学者，散步时不慎跌下山崖摔伤了脑部。到达天文台后，他们为伤员做了颅骨穿刺，吸出了部分瘀血，降低了脑压，当病人改善到能搬运的状态后，便用救护车送他到省城医院做进一步的手术。

离开天文台时已是深夜，在其他人向救护车上搬运病人时，他好奇地打量着周围那几座球顶的观象台，它们的位置组合似乎有某种晦涩的含意，如月光下的巨石阵。在一种他在以后的一生中都百思不得其解的神秘力量的驱使下，他走向最近的一座观象台，推门走了进去。

里面没有开灯，但有无数小信号灯在亮着，他感觉是从有月亮的星空走进了没有月亮的星空。只有细细的一缕月光从球顶的一道缝隙透下来，投在高大的天文望远镜上，用银色的线条不完整地勾画出它的轮廓，使它看上去像深夜的城市广场中央一件抽象的现代艺术品。

他轻步走到望远镜的底部，在微弱的光亮中看到了一大堆装置，其复杂程度超出了他的想象，正在他寻找着可以把眼睛凑上去的镜头时，从门那边传来一个轻柔的女声：

“这是太阳望远镜，没有目镜的。”

一个穿着白色工作服的苗条身影走进门来，很轻盈，仿佛从月光中飘来的一片羽毛。这女孩子走到他面前，他感到了她带来的一股轻风。

“传统的太阳望远镜，是把影像投在一块幕板上，现在大多是在显示器上看了。医生，您好像对这里很感兴趣。”

他点点头：“天文台，总是一个超脱和空灵的地方，我挺喜欢这种感觉的。”

“那您干吗要从事医学呢？噢，我这么问很不礼貌的。”

“医学并不仅仅是琐碎的技术，有时它也很空灵，比如我所学的脑医学。”

“哦？您用手术刀打开大脑，能看到思想？”她说。他在微弱的光线中看到了她的笑容，想起了那从未见过的投射到幕板上的太阳，消去了逼人的光焰，只留下温柔的灿烂，不由得心动了一下。他也笑了笑，并希望她能看到自己的笑容。

“我，尽量看吧。不过你想想，那用一只手就能托起的蘑菇状的东西，竟然是一个丰富多彩的宇宙。从某种哲学观点看，这个宇宙比你所观察的宇宙更为宏大，因为你的宇宙虽然有几百亿光年大，但好像已被证明是有限的；而我的宇宙无限，因为思想无限。”

“啊，不是每个人的思想都是无限的，但医生，您可真像是有无限想象的人。至于天文学，它真没有您想象的那么空灵，在几千年前的尼罗河畔和几百年前的远航船上，它曾是一门很实用的技术，那时的天文学家，往往长年累月在星图上标注成千上万颗恒星的位置，把一生消耗在星星的‘人口普查’中。就是现在，天文学的具体研究工作大多也是枯燥乏味没有诗意的，比如我从事的项目，我研究恒星的闪烁，没完没了地观测记录、再观测再记录，很不超脱，也不空灵。”

他惊奇地扬起眉毛：“恒星在闪烁吗？像我们看到的那样？”看到她笑而不语，他自嘲地笑着摇摇头，“噢，我当然知道那是大气折射。”

她点点头：“不过呢，作为一个视觉比喻这还真形象，去掉基础恒量，只显示输出能量波动的差值，闪烁中的恒星看起来还真是那个样子。”

“是由于黑子、耀斑什么的引起的吗？”

她收起笑容，庄严地摇摇头：“不，这是恒星总体能量输出的波动，其动因要深刻得多，如同一盏电灯，它的光度变化不是由于周围的飞蛾，而是由于电压的波动。当然恒星的闪烁波动是很微小的，只有十分精密的观测仪器才能觉察出来，要不我们早被太阳的闪烁烤焦了。研究这种闪烁，是了解恒星深层结构的一种手段。”

“你已经发现了什么？”

“还远不到发现什么的时候，到目前为止我们还只观测了一颗最容易观测的恒星——太阳的闪烁，这种观测可能要持续数年，同时把观测目标由近至远，逐步扩展到其他恒星。您知道吗，我们可能花十几年的时间在宇宙中采集标本，然后才谈得上归纳和发现。这是我博士论文的题目，但我想我会一直把它做下去的，用一生也说不定。”

“如此看来，你并不真觉得天文学枯燥。”

“我觉得自己在从事一项很美的事业，走进恒星世界，就像进入一个无限广阔的花园，这里的每一朵花都不相同。您肯定觉得这个比喻有些奇怪，但我确实有这种感觉。”

她说着，似乎是无意识地向墙上指指，向那方向看去，他看到墙上挂着一幅画，很抽象，画面只是一条连续起伏的粗线。注意到他在看什么时，她转身走过去从墙上取下那幅画递给他，他发现那条起伏的粗线是用思云山上的雨花石镶嵌而成的。

“很好看，但这表现的是什么呢？一排邻接的山峰吗？”

“最近我们观测到太阳的一次闪烁，其剧烈的程度和波动方式在近年来的观测中都十分罕见，这幅画就是它那次闪烁时辐射能量波动的曲线。呵，我散步时喜欢收集山上的雨花石，所以……”

但此时吸引他的是另一条曲线，那是信号灯的弱光在她身躯的一侧勾出的一道光边，而她的其余部分都与周围的暗影融为一体。如同一位卓越的国画大师在一张完全空白的宣纸上信手勾出的一条飘逸的墨线，仅由于这条柔美曲线的灵气，宣纸上所有的一尘不染的空白立刻充满了生机和内涵……在山外他生活的那座大都市里，每时每刻都有上百万个青春靓丽的女孩子在追逐着浮华和虚荣，像一大群做布朗运动的分子，没有给思想留出哪怕一瞬间的宁静。但谁能想到，在这远离尘嚣的思云山上，却有一个文静的女孩子在长久地凝视星空……

“你能从宇宙中感受到这样的美，真是难得，也很幸运。”他觉察到了自己的失态，收回目光，把画递还给她，但她轻轻地推了回来。

“送给您做个纪念吧，医生，威尔逊教授是我的导师，谢谢你们救了他。”

10 分钟后，救护车在月光中驶离了天文台。后来，他渐渐意识到自己的什么东西留在了思云山上。

时光之一

直到结婚时，他才彻底放弃了与时光抗衡的努力。这一天，他把自己单身宿舍的东西都搬到了新婚公寓，除了几件不适于两人共享的东西，他把这些东西拿到了医院的办公室，漫不经心地翻看着，其中有那幅雨花石镶嵌画，看着那条多彩的曲线，他突然想到，思云山之行已经是 10 年前的事了。

人马座 α 星

这是医院里年轻人组织的一次春游，他很珍惜这次机会，因为以后这类事越来越不可能请他参加了。这次旅行的组织者故弄玄虚，在路上一直把所有车窗的帘子紧紧拉上，到达目的地下车后让大家猜这是哪儿，第一个猜中者会有一份不错的奖励。他一下车立刻知道了答案，但沉默不语。

思云山的主峰就在前面，峰顶上那几个珍珠似的球形屋顶在阳光下闪亮。

当有人猜对这个地方后，他对领队说要到天文台去看望一个熟人，然后径自沿着那条通向山顶的盘山公路徒步走去。

他没有说谎，但心里也清楚那个连姓名都不知道的她并不是天文台的工作人员，10 年后她不太可能还在这里。其实他压根就没想走进去，只是想远远地看看那个地方，10 年前在那里，他那阳光灿烂、燥热异常的心灵泻进了第一缕月光。

一小时后他登上了山顶，在天文台的油漆已斑驳褪色的白色栅栏旁，他默默地看着那些观象台，这里变化不大，他很快便认出了那座曾经进去过的圆顶建筑。他在草地上的一块方石上坐下，点燃一支烟，出神地看着那扇已被岁月留下痕迹的铁门，脑海中一遍遍地重放着那珍藏在他记忆深处的画面：那铁门半开着，一缕如水的月光中，飘进了一片轻盈的羽毛……他完全沉浸在那逝去的梦中，以至于现实的奇迹出现时并不吃惊：那个观象台的铁门真的开了，那片曾在月光中出现的羽毛飘进阳光里，她那轻盈的身影匆匆而去，进入了相邻的另一座观象台。这过程只有十几秒钟，但他坚信自己没有看错。

5 分钟后，他和她重逢了。

他是第一次在充足的光线下看到她，她与自己想象的完全一样，对此他并不惊奇，但转念一想已经 10 年了，那时在月光和信号灯弱光中隐现的她与现在应该不太一样，这让他很困惑。

她见到他时很惊喜，但除了惊喜似乎没有更多的东西：“医生，您知道我是在各个天文台巡回搞观测项目的，一年只能有半个月在这里，又遇上了您，看来我们真有缘分！”她轻易地说出了最后那句话，更证实了他的感觉：她对他并没有更多的东西，不过，想到10年后她还能认出自己，也感到一丝安慰。

他们谈了几句那个脑部受伤的英国学者后来的情况，然后他问：“你还在研究恒星闪烁吗？”

“是的。对太阳闪烁的观测进行了两年，然后我们转向其他恒星，您容易理解，这时所需的观测手段与对太阳的观测完全不同，项目没有新的资金，中断了好几年，我们三年前才重新恢复了这个项目，现在正在观测的恒星有25颗，数量和范围还在扩大。”

“那你一定又创作了不少雨花石画。”

他这10年中从记忆深处无数次浮现的那月光中的笑容，这时在阳光下出现了：“啊，您还记得那个！是的，我每次来思云山还是喜欢收集雨花石，您来看吧！”

她带他走进了10年前他们相遇的那座观象台，他迎面看到一架高大的望远镜，不知道是不是10年前的那架太阳望远镜，但周围的电脑设备都很新，肯定不是那时留下来的。她带他来到一面高大的弧形墙前，他在墙上看到了熟悉的东西：大小不一的雨花石镶嵌画。每幅画都只是一条波动曲线，长短不一，有的平缓如海波，有的陡峭如一排高低错落的塔松。

她挨个儿告诉他这些波形都来自哪些恒星：“这些闪烁我们称为恒星的A类闪烁，与其他闪烁相比，它们出现的次数较少。A类闪烁与恒星频繁出现的其他闪烁的区别，除了其能量波动的剧烈程度大几个数量级外，其闪烁的波形在数学上也更具美感。”

他困惑地摇摇头：“你们这些基础理论科学家时常在谈论数学上的美感，这种感觉好像是你们的专利，比如你们认为很美的麦克斯韦方程，我曾经看懂了它，但看不出美在哪儿……”

像10年前一样，她突然又变得庄严了：“这种美像水晶，很硬，很纯，很透明。”

他突然注意到了那些画中的一幅，说：“哦，你又重作了一幅？”看到她不解的神态，他又说，“就是你 10 年前送给我的那幅太阳闪烁的波形图呀。”

“可……这是人马座 α 星的一次 A 类闪烁的波形，是在，嗯，去年 10 月观测到的。”

他相信她表现出的迷惑是真诚的，但他更相信自己的判断，这个波形他太熟悉了，不仅如此，他甚至能够按顺序回忆出组成那条曲线的每一粒雨花石的色彩和形状。他不想让她知道，在过去 10 年里，除去他结婚的最后一年，他一直把这幅画挂在单身宿舍的墙上，每个月总有那么几天，熄灯后窗外透进的月光足以使躺在床上的他看清那幅画，这时他就开始默数那组成曲线的雨花石，让自己的目光像一只甲虫沿着曲线爬行。一般来说，当爬完一趟又返回一半路程时他就睡着了，在梦中继续沿着那条来自太阳的曲线漫步，像踏着块块彩石过一条永远见不到彼岸的河……

“你能够查到 10 年前的那条太阳闪烁曲线吗？日期是那年的 4 月 23 日。”

“当然能。”她用很特别的目光看了他一眼，显然对他如此清晰地记得那年的日期有些吃惊。她来到电脑前，很快就调出了那列太阳闪烁波形，然后又调出了墙上的那幅画上的人马座 α 星闪烁波形。他立刻在屏幕前呆住了。

两列波形完美地重叠在一起。

当沉默延长到无法忍受时，他试探着说：“也许，这两颗恒星的结构相同，所以闪烁的波形也相同，你说过，A 类闪烁是恒星深层结构的反映。”

“它们虽同处主星序，光谱型也同为 G2，但结构并不完全相同。关键在于，就是结构相同的两颗恒星也不会出现这样的情况，都是榕树，您见过长得完全相同的两棵吗？如此复杂的波形竟然完全重叠，这就相当于有两棵连最末端的枝丫都一模一样的大榕树。”

“也许，真有两棵一模一样的大榕树。”他安慰说，知道自己的话毫无意义。

她轻轻地摇摇头，突然又想到了什么，猛地站起来，目光中除了刚才的震惊又多了恐惧。

“天哪！”她说。

“什么？”他关切地问。

“您……想过时间吗？”

他是个思维敏捷的人，很快便捕捉到了她的想法：“据我所知，人马座α星是距我们最近的恒星，这距离好像是……4光年吧。”

“1.3秒差距，就是4.25光年。”她仍被震惊攫住，这话仿佛是别人通过她的嘴说出的。

现在事情清楚了：两个相同的闪烁出现的时间相距8年零6个月，正好是光在两颗恒星间往返一趟所需的时间。当太阳的闪烁光线在4.25光年后传到人马座α星时，后者发生了相同的闪烁，又过了同样长的时间，人马座α星的闪烁光线传回来，被观测到。

她又伏在计算机上进行了一阵演算，自语道：“即使把这些年来两颗恒星的相互退行考虑进去，结果仍能精确地对上。”

“让你如此不安我很抱歉，不过这毕竟是一件无法进一步证实的事，不必太为此烦恼吧。”他又想安慰她。

“无法进一步证实吗？也不一定：太阳那次闪烁的光线仍在太空中传播，也许会再次导致一颗恒星产生相同的闪烁。”

“比人马座α星再远些的下一颗恒星是……”

“巴纳德星，1.81秒差距，但它太暗，无法进行闪烁观测；再下一颗，佛耳夫359，2.35秒差距，同样太暗，不能观测；再往远处，莱兰21185，2.52秒差距，还是太暗……只有到天狼星了。”

“那好像是我们能看到的最亮的恒星了，有多远？”

“2.65秒差距，也就是8.6光年。”

“现在太阳那次闪烁的光线在太空中已行走了 10 年，已经到了那里，也许天狼星已经闪烁过了。”

“但它闪烁的光线还要再等 7 年多才能到达这里。”

她突然像从梦中醒来一样，摇着头笑了笑：“啊，天哪，我这是怎么了？太可笑了！”

“你是说，作为一名天文学家，有这样的想法很可笑？”

她很认真地看着他：“难道不是吗？作为脑外科医生，如果您同别人讨论思想是来自大脑还是心脏，有什么感觉？”

他无话可说了，看到她在看表，他便起身告辞，她没有挽留他，但沿下山的公路送了他很远。他克制了向她要电话号码的冲动，因为他知道，自己在她眼中不过是一个 10 年后又偶然重逢的陌路人而已。

告别后，她转身向天文台走去，山风吹拂着她那白色的工作衣，突然唤起他 10 年前那次告别的感觉，阳光仿佛变成了月光，那片轻盈的羽毛正离他远去……

像一个落水者极力抓住一根稻草，他决意要维持他们之间那蛛丝般的联系，几乎是本能地，他冲她的背影喊道：

“如果，7 年后你看到天狼星真的那样闪烁了……”

她停下脚步转过身来，微笑着回答他：“那我们就还在这里见面！”

时光之二

婚姻使他进入了一种完全不同的生活，但真正彻底改变生活的是孩子。自从孩子出生后，生活的列车突然由慢车变成特快车，越过一个又一个沿途车站，永不停息地向前赶路。旅途的枯燥使他麻木了，他闭上双眼不再看沿途那千篇一律的景色，在疲倦中顾自睡去。但同许多在火车上睡觉的旅客一样，心灵深处的一个小小的时钟仍在走动，使他在到达目的地前的一分钟醒来。

这天深夜，妻儿都已睡熟，他难以入睡，一种神秘的冲动使他披衣来到阳台上。他仰望着在城市的光雾中暗淡了许多的星空，在寻找着，找什么呢？好一会儿他才在心里回答自己：找天狼星。这时他不由得打了一个寒战。

7 年已经过去，现在，距他和她相约的那个日子只有两天了。

天狼星

昨天下了今年的第一场雪，路面很滑，最后一段路出租车不能走了，他只好再一次徒步攀登思云山的主峰。

路上，他不止一次地质疑自己的精神是否正常。事实上，她赴约的可能性为零，理由很简单：天狼星不可能像 17 年前的太阳那样闪烁。在这 7 年里，他涉猎了大量的天文学和天体物理学知识，7 年前的那个发现可笑得让他无地自容，她没有当场嘲笑，已让他感激万分。现在想想，她当时那种认真的样子，不过是一种得体的礼貌而已，7 年间他曾无数次回味分别时她的那句诺言，越来越从中体会出一种调侃的意味……

随着天文观测向太空轨道的转移，思云山天文台在 4 年前就不存在了，那里的建筑变成了度假别墅，在这个季节已空无一人，他到那儿去干什么？想到这里他停下了脚步，这 7 年的岁月显示出了它的力量，他再也不可能像当年那样轻松地登山了。他犹豫了一会儿，最终还是放弃了返回的念头，继续向前走。

在这人生过半之际，就让自己最后追一次梦吧。

所以，当他看到那个白色的身影时，真以为是幻觉。天文台旧址前的那个穿着白色风衣的身影与积雪的山地背景融为一体，最初很难分辨，但她看到他时就向这边跑过来，这使他远远看到了那片飞过雪地的羽毛。他只是呆立着，一直等她跑到面前。她喘息着，一时说不出话来。他看到，除了长发换成短发，她没变太多，7 年不是太长的时间，对于恒星的一生来说连弹指一挥间都算不上，而她是研究恒星的。

她看着他的眼睛说：“医生，我本来不抱希望能见到您，我来只是为了履行一个诺言，或者说满足一个心愿。”

“我也是。”他点点头。

“我甚至，甚至差点错过了观测时间，但我没有真正忘记这事，只是把它放到记忆中一个很深的地方，在几天前的一个深夜里，我突然想到了它……”

“我也是。”他又点点头。

他们沉默了，只听到阵阵松涛声在山间回荡。“天狼星真的那样闪烁了？”他终于问道，声音微微发颤。

她点点头：“闪烁波形与 17 年前太阳那次和 7 年前人马座 α 星那次精确重叠，一模一样，闪烁发生的时间也很精确。这是‘孔子三号’太空望远镜的观测结果，不会有错的。”

他们又陷入长时间的沉默，松涛声在起伏轰响，他觉得这声音已从群山间盘旋而上，充盈在天地之间，仿佛是宇宙间的某种力量在进行着低沉而神秘的合唱……他不由得打了个寒战。她显然也有同样的感觉，打破沉默，似乎只是为了摆脱这种恐惧。

“但这种事情，这种已超出了所有现有理论的怪异，要想让科学界严肃地面对它，还需要更多的观测和证据。”

他说：“我知道，下一个可观测的恒星是……”

“本来小犬座的南河二星可以观测，但 5 年前该星的亮度急剧减弱到可测值以下，可能是飘浮到它附近的一片星际尘埃所致，这样，下一次只能观测天鹰座的河鼓二星了。”

“它有多远？”

“5.1 秒差距，16.6 光年，17 年前的太阳闪烁信号刚刚到达那颗恒星。”

“这就是说，还要再等将近 17 年？”

她缓缓地点点头：“人生苦短啊。”

她最后这句话触动了他心灵深处的什么东西，他那被冬风吹得发干的双眼突然有些湿润：“是啊，人生苦短。”

她说：“但我们至少还有时间再这样相约一次。”

这话使他猛地抬起头来，呆呆地望着她，难道又要分别 17 年？！

“请您原谅，我现在心里很乱，我需要时间思考。”她拂开被风吹到额前的短发说，然后看透了他的心思，动人地笑了起来，“当然，我给您我的电话和邮箱，如果您愿意的话，我们以后常联系。”

他长长地松了一口气，仿佛缥缈大洋上的航船终于看到了岸边的灯塔，心中充满了一种难言的幸福感：“那……我送你下山吧。”

她笑着摇摇头，指指后面的圆顶度假别墅：“我要在这里住一阵儿，别担心，这里有电，还有一户很好的人家，是常驻山里的护林哨……我真的需要安静，很长时间的安静。”

他们很快分手，他沿着积雪的公路向山下走去，她站在思云山的顶峰上久久地目送着他，他们都准备好了这 17 年的等待。

时光之三

在第三次从思云山返回后，他突然看到了生命的尽头，他和她的生命都再也没有多少个 17 年了，宇宙的广漠使光都慢得像蜗牛，生命更是灰尘般微不足道。

在这 17 年的头 5 年里他和她保持着联系，他们互通电子邮件，有时也打电话，但从未见过面，她居住在另一个很远的城市。以后，他们各自都走向了人生的巅峰，他成为著名脑医学专家和这个大医院的院长，她则成为国家科学院院士。他们要操心的事情多了起来，同时他明白，同一个已取得学术界最高地位的天文学家过多地谈论那件把他们联系在一起的神话般的事件是不适宜的。于是他和她相互间的联系渐渐少了，到 17 年过完一半时，这联系完全断了。

但他很坦然，他知道他们之间还有一个不可能中断的纽带，那就是在广漠的外太空中正在向地球日夜兼程的河鼓二星的星光，他们都在默默地等待它的到达。

河鼓二星

他和她在思云山主峰见面时正是深夜，双方都想早来些，以免让对方等自己，所以都在凌晨 3 点多攀上山来。他们各自的飞行车都能轻而易举地到达山顶，但两人不约而同地把车停在了山脚下，徒步走上山来，显然都想找回过去的感觉。

自从 10 年前被划为自然保护区后，思云山成了这世界上少有的越来越荒凉的地方，昔日的天文台和度假别墅已成为一片被藤蔓覆盖的废墟，他和她就在这星光下的废墟间相见。他最近还在电视上见过她，所以已熟悉岁月在她身上留下的痕迹，但今夜没有月亮，无论怎样想象，他都觉得面前的她还是 34 年前那个月光中的少女，她的双眸映着星光，让他的心融化在往昔的感觉中。

她说："我们先不要谈河鼓二星好吗？这几年我在主持一个研究项目，就是观测恒星间A类闪烁的传递。"

"啊，我一直以为你不敢触及这个发现，或干脆把它忘了呢！"

"怎么会呢？真实的存在就应该去正视，其实就是经典的相对论和量子力学描述的宇宙，其离奇和怪异已经不可思议了。这几年的观测发现，A类闪烁的传递是恒星间的一种普遍现象，每时每刻都有无数颗恒星在发生初始的A类闪烁，周围的恒星再把这个闪烁传递开去，任何一颗恒星都可能成为初始闪烁的产生者或其他恒星闪烁的传递者，所以整个星际看起来很像是雨中泛起无数圈涟漪的池塘……怎么，你并不感到吃惊？"

"我只是感到不解：仅观测了四颗恒星的闪烁传递就用了30多年，你们怎么可能……"

"你是个十分聪明的人，应该能想到一个办法。"

"我想……是不是这样：寻找一些相互之间相距很近的恒星来观测，比如两颗恒星A和B，它们距地球都有一万光年，但它们之间相距仅5光年，这样你们就能用5年时间观察到它们一万年前的一次闪烁传递。"

"你真的是聪明人！银河系内有上千亿颗恒星，可以找到相当数量的这类恒星对。"

他笑了笑，并像34年前一样，希望她能在夜色中看到自己的笑。

"我给你带来了一件礼物。"他说着，打开背上山来的一个旅行包，拿出一个很奇怪的东西，足球大小，初看上去像是一团胡乱团起的渔网，对着天空时，透过它的孔隙可以看到断断续续的星光。他打开手电，她看到那东西是由无数米粒大小的小球组成的，每个小球都伸出数目不等的几根细得几乎看不见的细杆与其他小球相连，构成了一个极其复杂的网架系统。他关上手电，在黑暗中按了一下网架底座上的一个开关，网架中突然充满了快速移动的光点，令人眼花缭乱，她仿佛在看着一个装进了几万只萤火虫的空心玻璃球。再定睛细看，她发现光点最初都是由某一个小球发出，然后向周围的小球传递，每时每刻都有一定比例的小球在发出原始光点，或传递别的小球发出的光点，她形象地看到了自己的那个比喻：雨中的池塘。

“这是恒星闪烁传递模型吗？！啊，真美，难道……你已经预见到这一切？！”

“我确实猜测恒星闪烁传递是宇宙间的一种普遍现象，当然是仅凭直觉。但这个东西不是恒星闪烁传递模型。我们院里有一个脑科学研究项目，用三维全息分子显微定位技术研究大脑神经元之间的信号传递，这就是一小部分右脑皮层的神经元信号传递模型，当然只是很小很小一部分。”

她着迷地盯着这个星光窜动的球体：“这就是意识吗？”

“是的，正如巨量的 0 和 1 的组合产生了计算机的运算能力一样，意识也只是由巨量的简单连接产生的，这些神经元间的简单连接聚集到一个巨大的数量，就产生了意识，换句话说，意识，就是超巨量的节点间的信号传递。”

他们默默地注视着这个星光灿烂的大脑模型，在他们周围的宇宙深渊中，飘浮着银河系的千亿颗恒星和银河系外的千亿个恒星系，在这无数的恒星之间，无数的 A 类闪烁正在传递。

她轻声说：“天快亮了，我们等着看日出吧。”

于是他们靠着一堵断墙坐下来，看着放在前面的大脑模型，那闪闪的荧光有一种强烈的催眠作用，她渐渐睡着了。

思想者

她逆着一条苍茫的灰色大河飞行，这是时光之河，她在飞向时间的源头，群星像寒冷的冰碛飘浮在太空中。她飞得很快，扑动一下双翅就越过上亿年时光。宇宙在缩小，群星在汇聚，背景辐射在剧增，百亿年过去了，群星的冰碛开始在能量之海中溶化，很快消散为自由的粒子，后来粒子也变为纯能。太空开始发光，最初是暗红色，她仿佛潜行在能量的血海之中；后来光芒急剧增强，由暗红变成橘黄，再变为刺目的纯蓝，她似乎在一个巨大的霓虹灯管中飞行，物质粒子已完全溶解于能量之海中。透过这炫目的空间，她看到宇宙的边界球面如巨掌般收拢，她悬浮在这已收缩到只有一间大厅般大小的宇宙中央，等待着奇点的来临。终于一切陷入漆黑，她知道已在奇点中了。

一阵寒意袭来，她发现自己站立在广阔的白色平原上，上面是无限广阔的黑色虚空。看看脚下，地面是纯白色的，覆盖着一层湿滑的透明胶液。她向前走，来到一条鲜红的河流边，河面覆盖着一层透明的膜，可以看到红色的河水在膜下涌动。她离开大地飞升而上，看到血河在不远处分了汊，还有许多条树枝状的血河，构成了一个复杂的河网。再上升，血河细化为白色大地上的血丝，而大地仍是一望无际。她向前飞去，前面出现了一片黑色的海洋，飞到海洋上空时她才发现这海不是黑的，呈黑色是因为它深而完全透明，广阔海底的山脉历历在目，这些水晶状的山脉呈放射状，由海洋的中心延伸到岸边……她拼命上升，不知过了多长时间才再次向下看，这时整个宇宙已一览无余。

这宇宙是一只静静地看着她的巨大的眼睛。

…………

她猛地醒来，额头湿湿的，不知是汗水还是露水。他没睡，一直在身边默默地看着她，他们前面的草地上，大脑模型已耗完了电池，穿行于其中的星光熄灭了。

在他们上方，星空依旧。

“‘他’在想什么？”她突然问。

“现在吗？”

“在这 34 年里。”

“源于太阳的那次闪烁可能只是一次原始的神经元冲动，这种冲动每时每刻都在发生，大部分像蚊子在水塘中点起的微小涟漪，转瞬即逝，只有传遍全宇宙的冲动才能成为一次完整的感受。”

“我们耗尽了一生时光，只看到‘他’的一次甚至自己都感觉不到的瞬间冲动？”她迷茫地说，仿佛仍在梦中。

“耗尽整个人类文明的寿命，可能也看不到‘他’的一次完整的感觉。”

“人生苦短啊。”

“是啊，人生苦短……”

“一个真正意义上的孤独者。”她突然没头没尾地说。

“什么？”他不解地看着她。

“啊，我是说‘他’之外全是虚无，‘他’就是一切，还在想，也许还做梦，梦见什么呢……”

“我们还是别试图做哲学家吧！”他一挥手像赶走什么似的说。

她突然想起了什么，从靠着的断墙上直起身说：“按照现代宇宙学的宇宙暴涨理论，在膨胀的宇宙中，从某一点发出的光线永远也不可能传遍宇宙。”

“这就是说，‘他’永远也不可能有一次完整的感觉。”

她两眼平视着无限远方，沉默许久，突然问道：“我们有吗？”

她的这个问题令他陷入对往昔的追忆中，这时，思云山的丛林中传来了第一声鸟鸣，东方的天际出现了一线晨光。

“我有过。”他很自信地回答。是的，他有过，那是 34 年前，在这个山峰上的一个宁静的月夜，一个月光中羽毛般轻盈的身影，一双仰望星空的少女的眼睛……他的大脑中发生了一次闪烁，并很快传遍了他的整个心灵宇宙，在以后的岁月中，这闪烁一直没有消失。这个过程更加宏伟壮丽，大脑中所包含的那个宇宙，要比这个星光灿烂的已膨胀了 150 亿年的外部宇宙更为宏大，外部宇宙虽然广阔，毕竟已被证明是有限的，而思想无限。

东方的天空越来越亮，群星开始隐没，思云山露出了剪影般的轮廓，在它高高的主峰上，在那被藤蔓覆盖的天文台废墟中，这两个年近 60 岁的人期待地望着东方，等待着那个光辉灿烂的脑细胞升出地平线。

山

一、山在那儿

“我今天一定要搞清楚你这个怪癖：你为什么从不上岸？”船长对冯帆说，“5年了，我都记不清‘蓝水’号停泊过多少个国家的多少个港口，可你从没上过岸；回国后你也不上岸；前年船在青岛大修改造，船上乱哄哄地施工，你也没上岸，就在一间小舱里过了两个月。”

“我是不是让你想到了那部叫《海上钢琴师》的电影？”

“如果‘蓝水’号退役了，你是不是也打算像电影的主人公那样随它沉下去？”

“我会换条船，海洋考察船总是欢迎我这种不上岸的地质工程师的。”

“这很自然地让人想到，陆地上有什么东西让你害怕？”

“相反，陆地上有东西让我向往。”

“什么？”

“山。”

他们现在站在“蓝水”号海洋地质考察船的左舷，看着赤道上的太平洋。一年前“蓝水”号第一次过赤道时，船上还娱乐性地举行了那个古老的仪式，但随着这片海底锰结核沉积区的发现，“蓝水”号在一年中反复穿越赤道无数次，人们也就忘记了赤道的存在。

现在，夕阳已沉到了海平线下，太平洋异常地平静，冯帆从未见过这么平静的海面，竟让他想起了那些喜马拉雅山上的湖泊，清澈得发黑，像地球的眸子。

一次，他和两个队员偷看湖里的藏族姑娘洗澡，被几个牧羊汉子拎着腰刀追，后来追不上，就用石抛子朝他们抡石头，贼准，他们只好作投降状停下，那几个汉子走近打量了他们一阵儿就走了，冯帆听懂了他们嘀咕的那几句藏语：还没见过外面来的人能在这地方跑这么快。

“喜欢山？那你是山里长大的了。”船长说。

“这你错了，”冯帆说，“山里长大的人一般都不喜欢山，在他们的感觉中山把自己与世界隔绝了。我认识一个尼泊尔夏尔巴族登山向导，他登了 41 次珠峰，但每一次都在距峰顶不远处停下，看着雇用他的登山队登顶，他说只要自己愿意，无论从北坡还是南坡，都可以在 10 个小时内登上珠峰，但他没有兴趣。山的魅力是从两个方位感受到的：一是从平原上远远地看山；二是站在山顶上。

“我的家在河北大平原上，向西能看到太行山。家和山之间就像这海似的一马平川，没遮没挡。我生下来不久，妈妈第一次把我抱到外面，那时我脖子刚硬得能撑住小脑袋，就冲着西边的山咿咿呀呀地叫。学走路时，总是摇摇晃晃地朝山那边走。大了些后，曾在一天清晨出发，沿着石太铁路向山走，一直走到中午肚子饿了才回头，但那山看上去还是那么远。上学后还骑着自行车向山的方向走，那山似乎随着我向后退，丝毫没有近些的感觉。时间长了，远山对于我已成为一种象征，像我们生活中那些清晰可见但永远无法到达的东西，那是凝固在远方的梦。”

“我去过那一带。”船长摇摇头说，“那里的山很荒，上面只有乱石和野草，所以你以后注定要面临一次失望。”

“不，我和你想的不一样，我只想到山那里，爬上去，并不指望得到山里的什么东西。第一次登上山顶时，看着生我养我的平原在下面伸延，真有一种重新出生的感觉。”

冯帆说到这里，发现船长并没有专注于他们的谈话，他在仰头看天，那里，已出现了稀疏的星星。“那儿，”船长用烟斗指着正上方天顶的一处说，“那儿不应该有星星。”

但那里有一颗星星，很暗淡，丝毫不引人注意。

“你肯定？”冯帆将目光从天顶转向船长，“GPS 早就代替了六分仪，你肯定自己还是那么熟悉星空？”

“那当然，这是航海专业的基础知识……你接着说。”

冯帆点点头：“后来在大学里，我组织了一个登山队，登过几座 7000 米以上的高山，最后登的是珠峰。”

船长打量着冯帆：“我猜对了，果然是你！我一直觉得你面熟，改名了？”

“是的，我曾叫冯华北。”

“几年前你可引起不小的关注啊，媒体上说的那些都是真的？”

“基本上是吧，反正那四个大学登山队员确实是因我而死的。”

船长划了根火柴，将灭了的烟斗重新点着：“我感觉，做登山队长和做远洋船长有一点是相同的：最难的不是学会争取，而是学会放弃。”

“可我当时要是放弃了，以后也很难再有机会。你知道登山运动是一件很花钱的事，我们是一支大学生登山队，好不容易争取到赞助……由于我们雇的登山协同和向导闹罢工，在建一号营地时耽误了时间。然后就预报有风暴，但从云图上看，风暴到这儿至少还有 20 个小时的时间，我们这时已经建好了 7900 米的二号营地，立刻登顶时间应该够了。你说我这时能放弃吗？我决定登顶。”

“那颗星星在变亮。”船长又抬头看了看。

“是啊，天黑了嘛。”

“好像不是因为天黑……说下去。”

“后面的事你应该都知道：风暴来时，我们正在海拔 8680 米到 8710 米最险的一段上，那是一道接近 90 度的峭壁，登山界管它叫‘第二台阶’‘中国梯’。当时峰顶已经很近了，天还很晴，只在峰顶的一侧雾化出一缕云，我清楚地记得，当时觉得珠峰像一把锋利的刀子，把天划破了，流出那缕白血……很快一切都看不见了，风暴刮起的雪雾那个密啊，密得成了黑色的，一下子把那 4 名队员从悬崖上吹下去了，只有我死死拉着绳索。可我的登山镐当时只是卡在冰缝里，根本不可能支撑 5 个人的重量，也就是出于本能吧，我割断了登山索上的钢扣，任他们掉下去……其中两个人的遗体到现在还没找到。”

“这是 5 个人死还是 4 个人死的问题。”

“是，从登山运动紧急避险的准则来说，我也没错，但就此背上了这辈子的一个十字架……你说得对，那颗星星不正常，还在变亮。”

“别管它，那你现在的这种……状况，与这次经历有关吗？”

“还用说吗？你也知道当时媒体上铺天盖地的谴责和鄙夷，说我不负责任，说我是个自私怕死的小人，为自己活命牺牲了 4 个同伴……我至少可以部分澄清后一项指责，于是那天我穿上那件登山服，戴上太阳镜，顺着排水管登上了学院图书馆的顶层。就在我跳下去前，导师也上来了，他在我后面说：你这么做是不是太轻饶自己了？你这是在逃避更重的惩罚。我问他有那种惩罚吗？他说当然有，你找一个离山最远的地方过一辈子，让自己永远看不见山，这不就行了？于是我就没有跳下去。这当然招来了更多的耻笑，但只有我自己知道导师说得对，那对我真的是一个比死更重的惩罚。我视登山为生命，学地质也是为的这个，让我一辈子永远离开自己痴迷的高山，再加上良心的折磨，很合适。于是我毕业后就找到了这个工作，成为‘蓝水’号考察船的海洋地质工程师，来到海上——离山最远的地方。”

船长盯着冯帆看了好半天，不知该说什么好，终于认定最好的选择是摆脱这人，好在现在头顶上的天空中就有一个转移话题的目标：“再看看那颗星星。”

“天哪，它好像在显出形状来！”冯帆抬头看后惊叫道，那颗星已不是一个点，而是一个小小的圆形，那圆形在很快扩大，转眼间成了天空中一个醒目的发着蓝光的小球。

一阵急促的脚步声把他们的目光从空中拉回了甲板，头上戴着耳机的大副急匆匆地跑来对船长说：“收到消息，有一艘外星飞船正在向地球飞来，我们所处的赤道位置看得最清楚，看，就是那个！”

三人抬头仰望，天空中的小球仍在急剧膨胀，像吹了气似的，很快胀到满月大小。

“所有的电台都中断了正常播音，在说这事儿呢！那个东西早被观测到了，现在才证实它是什么，它不回答任何询问，但从运行轨道看它肯定是有巨大动力的，正在高速向地球扑过来！他们说那东西有月球大小呢！”

现在看来，太空中的那个球体已远不止月亮大小了，它的内部现在可以装下10个月亮，占据了天空相当大的一部分，这说明它比月球距地球要近得多。大副捂着耳机接着说：“……他们说它停下了，正好停在3.6万千米高的同步轨道上，成了地球的一颗同步卫星！”

“同步卫星？就是说它悬在那里不动了？！”

“是的，在赤道上，正在我们上方！”

冯帆凝视着太空中的球体，它似乎是透明的，内部充盈着蓝幽幽的光。真奇怪，他竟有盯着海面看的感觉，每当海底取样器升上来之前，海呈现出来的那种深邃都让他着迷，现在，那个蓝色巨球的内部就是这样深不可测，像是地球海洋在远古丢失的一部分正在回归。

“看啊，海！海怎么了？！”船长首先将目光从具有催眠般魔力的巨球上挣脱出来，用早已熄灭的烟斗指着海面惊叫。

前方的海天连线开始弯曲，变成了一条向上拱起的正弦曲线。海面隆起了一个巨大的水包，这水包急剧升高，像是被来自太空的一只无形的巨手提起来。

“是飞船质量的引力！它在拉起海水！”冯帆说，他很惊奇自己这时还能进行有效的思考。飞船的质量相当于月球，而它与地球的距离仅是月球的十分之一！

幸亏它静止在同步轨道上，引力拉起的海水也是静止的，否则滔天的潮汐将毁灭世界。

现在，水包已升到了顶天立地的高度，呈巨大的秃锥形，它的表面反射着空中巨球的蓝光，而落日暗红的光芒又用艳丽的血红勾勒出它的边缘。水包的顶端在寒冷的高空雾化出了一缕云雾，那云飘出不远就消失了，仿佛是傍晚的天空被划破了似的，这景象令冯帆心里一动，他想起了……

“测测它的高度！”船长喊道。

过了一分钟有人喊道：“大约 9100 米！”

在这地球上有史以来最恐怖也是最壮美的奇观面前，所有人都像被咒语定住了。

“这是命运啊……”冯帆梦呓般地说。

“你说什么？！”船长大声问，目光仍被固定在水包上。

“我说这是命运。”

是的，是命运。为逃避山，冯帆来到太平洋中，而就在这距山最远的地方，出现了一座比珠穆朗玛峰还高 200 多米的水山，现在，它是地球上最高的山。

“左舵五，前进四！我们还是快逃命吧！”船长对大副说。

“逃命？有危险吗？”冯帆不解地问。

“外星飞船的引力已经造成了一个巨大的低气压区，大气旋正在形成，我告诉你吧，这可能是有史以来最大的风暴，说不定能把‘蓝水’号像树叶似的刮上天！但愿我们能在气旋形成前逃出去。”

大副示意大家安静，他戴着耳机听了一会儿，说：“船长，事情比你想的更糟！电台上说，外星人是来毁灭地球的，他们仅凭着飞船巨大的质量就能做到这一点！飞船的引力产生的不是普通的大风暴，而是地球大气的大泄漏！”

“泄漏？向什么地方泄漏？”

“飞船的引力会在地球的大气层上拉出一个洞，就像扎破气球一样，空气会从那个洞中逃逸到太空中去，地球大气会跑光的！”

“这需要多长时间？”船长问。

“专家们说，只需一个星期左右，全球的大气压就会降到致命的低限……他们还说，当气压降到一定程度时，海洋会沸腾起来，天哪，那是什么样子啊……现在各国的大城市都陷入混乱，人们一片疯狂，都涌进医院和工厂抢劫氧气……啊，还说，美国卡纳维拉尔角的航天发射基地都有疯狂的人群涌入，他们想抢作为火箭发射燃料的液氧……唉，一切都完了！”

“一个星期？就是说我们连回家的时间都不够了。”船长说，他这时反倒显得镇静了，摸出火柴来点烟斗。

“是啊，回家的时间都不够了……”大副茫然地说。

“要是这样，我们还不如分头去做自己最想做的事。”冯帆说，他突然兴奋起来，感到热血沸腾。

“你想做什么？”船长问。

“登山。”

“登山？登……这座山？！”大副指着海水高山吃惊地问。

“是的，现在它是世界最高峰了，山在那儿了，当然得有人去登。”

“怎么登？”

“登山当然是徒步的——游泳。”

“你疯了？！”大副喊道，“你能游上9000米高的水坡？那坡看上去有45度！那和登山不一样，你必须不停地游动，一松劲就滑下来了！”

“我想试试。”

“让他去吧。”船长说，“如果我们在这个时候还不能照自己的愿望生活，那什么时候能行呢？这里离水山的山脚有多远？”

“20千米左右吧。”

“你开一艘救生艇去吧，”船长对冯帆说，“记住多带些食品和水。”

“谢谢！”

“其实你挺幸运的。”船长拍拍冯帆的肩说。

“我也这么想。”冯帆说，“船长，还有一件事我没告诉你，在珠峰遇难的那 4 名大学登山队员中，有我的恋人。当我割断登山索时，脑子里闪过的念头是这样的：我不能死，还有别的山呢。”

船长点点头：“去吧。”

“那……我们怎么办呢？”大副问。

“全速冲出正在形成的风暴，多活一天算一天吧。”

冯帆站在救生艇上，目送着“蓝水”号远去，他原准备在其上度过一生的。

另一边，在太空中的巨球下，海水高山静静地耸立着，仿佛亿万年来它一直就在那儿。

海面仍然很平静，波澜不惊，但冯帆感觉到了风在缓缓增强，空气已经开始向海山的低气压区聚集了。救生艇上有一面小帆，冯帆升起了它，风虽然不大，但方向正对着海山，小艇平稳地向山脚驶去。随着风力的加强，帆渐渐鼓满，小艇的速度很快增加，艇首像一把利刃划开海水，到山脚的 20 千米路程只走了 40 分钟左右。当感觉到救生艇的甲板在水坡上倾斜时，冯帆纵身一跃，跳入被外星飞船的光芒照得蓝幽幽的海中。

他成为第一个游着泳登山的人。

现在，已经看不到海山的山顶，冯帆在水中抬头望去，展现在他面前的，是一面一望无际的海水大坡，坡度有 45 度，仿佛是一个巨人把海洋的另一半在他面前掀起来一样。

冯帆用最省力的蛙式游着，想起了大副的话。他大概心算了一下，从这里到顶峰有 13 千米左右，如果是在海平面，他的体力游出这么远是不成问题的，但现在是在爬坡，不进则退，登上顶峰几乎是不可能的，但冯帆不后悔这次努力，能攀登海水珠峰，本身已是自己登山梦想的一个超值满足了。

这时，冯帆有某种异样的感觉。他已明显地感到了海山的坡度的增加，身体越来越随着水面向上倾斜，游起来却没有感到更费力。回头一看，看到了被自己丢弃在山脚的救生艇，他离艇之前已经落下了帆，却见小艇仍然稳稳地停在水坡上，没有滑下去。他试着停止了游动，仔细观察着周围，发现自己也没有下滑，而是稳稳地浮在倾斜的水坡上！冯帆一砸脑袋，骂自己和大副都是白痴：既然水坡上呈流体状态的海水不会下滑，上面的人和船怎么会滑下去呢？

空中巨球的引力与地球引力相互抵消，使得沿坡面方向的重力逐渐减小，这种重力的渐减抵消了坡度，使得重力对水坡上的物体并不产生使其下滑的重力分量，对于重力而言，水坡或海水高山其实是不存在的，物体在坡上的受力状态，与海平面上是一样的。

现在冯帆知道，海水高山是他的了。

冯帆继续向上游，渐渐感到游动变得更轻松了，主要是头部出水换气的动作能够轻易完成，这是因为他的身体变轻了。重力减小的其他迹象也开始显现出来，冯帆游泳时溅起的水花下落的速度变慢了，水坡上海浪起伏和行进的速度也在变慢，这时大海阳刚的一面消失了，呈现出了正常重力下不可能有的轻柔。

随着风力的增大，水坡上开始出现排浪，在低重力下，海浪的高度增加了许多，形状也发生了变化，变得薄如蝉翼，在缓慢的下落中自身翻卷起来，像一把无形的巨刨在海面上推出的一卷卷玲珑剔透的刨花。海浪并没有增加冯帆游泳的难度，浪的行进方向是向着峰顶的，推送着他向上攀游。随着重力的进一步减小，更美妙的事情发生了：薄薄的海浪不再是推送冯帆，而是将他轻轻地抛起来，有一瞬间他的身体完全离开了水面，旋即被前面的海浪接住，再抛出，他就这样被一只只轻柔而有力的海之手传递着，快速向峰顶进发。他发现，这时用蝶泳的姿势效率最高。

风继续增强，重力继续减小，水坡上的浪已超过了10米，但起伏的速度更慢了。由于低重力下水之间的摩擦并不剧烈，这样的巨浪居然不发出声音，只能听到风声。身体越来越轻盈的冯帆从一个浪峰跃向另一个浪峰，他突然发现，现在自己腾空的时间已大于在水中的时间，不知道自己是在游泳还是在飞翔。有几次，薄薄的巨浪把他盖住了，他发现自己进入了一个由翻滚卷曲的水膜卷成的隧道中，在他的上方，薄薄的浪膜缓缓卷动，浸透了巨球的蓝光。透过浪膜，可以看到太空中的外星飞船，巨球在浪膜后变形抖动，像是用泪眼看去一般。

冯帆看看左腕上的防水表，他已经“攀登”了一个小时，照这样出人意料的速度，最多再有这么长时间就能登顶了。

冯帆突然想到了“蓝水”号，照目前风力增长的速度看，大气旋很快就要形成，“蓝水”号无论如何也逃不出超级风暴了。他突然意识到船长犯了一个致命的错误：应该将船径直驶向海水高山，既然水坡上的重力分量不存在，“蓝水”号登上顶峰如同在平海上行驶一样轻而易举，而峰顶就是风暴眼，是平静的！想到这里，冯帆急忙掏出救生衣上的步话机，但没人回答他的呼叫。

冯帆已经掌握了在浪尖飞跃的技术，他从一个浪峰跃向另一个浪峰，又“攀登”了20分钟左右，已经走过了三分之二的路程，浑圆的峰顶看上去不远了，它在外星飞船洒下的光芒中柔和地闪亮，像是等待着他的一个新的星球。这时，呼呼的风声突然变成了恐怖的尖啸，这声音来自所有方向。风力骤然增大，二三十米高的薄浪还没来得及落下，就在半空中被飓风撕碎，冯帆举目望去，水坡上布满了被撕碎的浪峰，像一片在风中狂舞的乱发，在巨球的照耀下发出一片炫目的白光。

冯帆进行了最后的一次飞跃，他被一道近30米高的薄浪送上半空，那道浪在他脱离的瞬间就被疾风粉碎了。他向着前方的一排巨浪缓缓下落，那排浪像透明的巨翅缓缓向上张开，似乎也在迎接他，就在冯帆的手与升上来的浪头接触的瞬间，这面晶莹的水晶巨膜在强劲的风中粉碎了，化作一片雪白的水雾，浪膜在粉碎时发出一阵很像是大笑的怪声。与此同时，冯帆已经变得很轻的身体不再下落，而是离癫狂的海面越来越远，像一片羽毛般被狂风吹向空中。

冯帆在低重力下的气流中翻滚着，晕眩中，只感到太空中发光的巨球在围绕着他旋转。当他终于能够初步稳住自己的身体时，竟然发现自己在海水高山的顶峰上空盘旋！水山表面的排排巨浪从这个高度看去像一条条长长的曲线，这些曲线标示出了旋风的形状，呈螺旋状汇聚在山顶。冯帆在空中盘旋的圈子越来越小，速度越来越快，他正在被吹向气旋的中心。

当冯帆飘进风暴眼时，风力突然减小，托着他的无形的气流之手松开了，冯帆向着海水高山的峰顶坠下去，在峰顶的正中扎入了蓝幽幽的海水中。

冯帆在水中下沉着，过了好一会儿才开始上浮，这时周围已经很暗了。当窒息的恐慌出现时，冯帆突然意识到了他所面临的危险：入水前的最后一口气是在海拔近万米的高空吸入的，含氧量很少，而在低重力下，他在水中的上浮速度很慢，即使是自己努力加速游动，肺中的空气怕也支持不到自己浮上水面。一种熟悉的感觉向他袭来，他仿佛又回到了珠峰的风暴卷起的黑色雪尘中，死的恐惧压倒了一切。就在这时，他发现身边有几个银色的圆球正在与自己一同上浮，最大的一个直径有一米左右，冯帆突然明白这些东西是气泡！低重力下的海水中有可能产生很大的气泡。他奋力游向最大的气泡，将头伸过银色的泡壁，立刻能够顺畅地呼吸了！当缺氧的晕眩缓过去后，他发现自己置身于一个球形的空间中，这是他再一次进入由水围成的空间。透过气泡圆形的顶部，可以看到变形的海面波光粼粼。在上浮中，随着水压的减小，气泡在迅速增大，冯帆头顶的圆形空间开阔起来，他感觉自己是在乘着一个水晶气球升上天空。上方的蓝色波光越来越亮，最后到了刺眼的程度，随着“啪”的一声轻响，大气泡破裂，冯帆升上了海面。在低重力下他冲上了水面近一米高，再缓缓落下来。

冯帆首先看到的是周围无数缓缓飘落的美丽水球，水球大小不一，最大的有足球大小，这些水球映射着空中巨球的蓝光，细看内部还分着许多球层，显得晶莹剔透。这都是冯帆落到水面时溅起的水，在低重力下，由于表面张力而形成球状，他伸手接住一个，水球破碎时发出一种根本不可能是水所发出的清脆的金属声。

海山的峰顶十分平静，来自各个方向的浪在这里互相抵消，只留下一片碎波。这里显然是旋风的中心，是这狂躁的世界中唯一平静的地方。这平静以另一种宏大的轰鸣声为背景，那就是旋风的呼啸声。冯帆抬头望去，发现自己和海山都处于一口巨井中，巨井的井壁是由被气旋卷起的水雾构成的，这浓密的水雾在海山周围缓缓旋转着，一直延伸到高空。巨井的井口就是外星飞船，它像太空中的一盏大灯，将蓝色的光芒投到“井”内。冯帆发现那个巨球周围有一片奇怪的云，那云呈丝状，像一张松散的丝网，它们看上去很亮，像自己会发光似的。冯帆猜测，那可能是泄漏到太空中的大气所产生的冰晶云，它们看上去围绕在外星飞船周围，实际与之相距有 3 万多千米。要真是这样，地球大气层的泄漏已经开始了，这口由大旋风构成的巨井，就是那个致命的漏洞。

不管怎么样，冯帆想，我登顶成功了。

二、顶峰对话

周围的光线突然发生了变化，暗了下来，闪烁着，冯帆抬头望去，看到外星飞船发出的蓝光消失了。他这时才明白那蓝光的意义：那只是一个显示屏空屏时的亮光，巨球表面就是一个显示屏。现在，巨球表面出现了一幅图像，图像是从空中俯拍的，是浮在海面上的一个人在抬头仰望，那人就是冯帆自己。半分钟左右，图像消失了，冯帆明白它的含意，外星人只是表示他们看到了自己。这时，冯帆真正感到自己是站在了世界的顶峰上。

屏幕上出现了两排单词，各国文字的都有，冯帆只认出了英文的“ENGLISH”、中文的“汉语”和日文的“日语”，其他的，也显然是用地球上各种文字所标明的相应语种。有一个深色框在各个单词间快速移动，冯帆觉得这景象很熟悉。他的猜测很快得到了证实，他发现深色框的移动竟然是受自己的目光控制的！他将目光固定到“汉语”上，深色框就停在那里，他眨了一下眼，没有任何反应；应该双击，他想着，连眨了两下眼，深色框闪了一下，巨球上的语言选择菜单消失了，出现了一行很大的中文：

“你好！”

“你好！”冯帆向天空大喊，“你能听到我的声音吗？！”

“能听到。你用不着那么大声，我们连地球上的一只蚊子的声音都能听到。我们从你们行星外泄的电波中学会了这些语言，想同你随便聊聊。”

“你们从哪里来？”

巨球的表面出现了一幅静止的图像，由密密麻麻的黑点构成，复杂的细线把这些黑点连接起来，构成一张令人目眩的大网，这分明是一幅星图。果然，其中的一个黑点发出了银光，越来越亮。冯帆什么也没看懂，但他相信这幅图像肯定已被记录下来，地球上的天文学家们应该能看懂的。巨球上又出现了文字，星图并没有消失，而是成为文字的背景，或说桌面。

“我们造了一座山，你就登上来了。”

“我喜欢登山。”冯帆说。

“这不是喜欢不喜欢的问题，我们必须登山。”

“为什么？你们的世界有很多山吗？”冯帆问，他知道这显然不是人类目前迫切要谈的话题，但他想谈，既然周围人都认为登山者是傻瓜，他只好与声称必须登山的外星人交流了，他为自己争取到了这一切。

“山无处不在，只是登法不同。”

冯帆不知道这句话是哲学比喻还是现实描述，他只能傻傻地回答：“那么你们那里还是有很多山了。”

“对于我们来说，周围都是山，这山把我们封闭了，我们要挖洞才能登山。”

这话令冯帆迷惑，他想了半天也没想出是怎么回事，外星人继续说……

三、泡世界

“我们的世界十分简单，是一个球形空间，按照你们的长度单位计量，半径约为 3000 千米。这个空间被岩层所围绕，向任何一个方向走，都会遇到一堵致密的岩壁。

“我们的第一宇宙模型自然而然地建立起来了。宇宙由两部分构成：其一就是我们生存的半径为 3000 千米的球形空间；其二就是围绕着这个空间的岩层，这岩层向各个方向无限延伸。所以，我们的世界就是这固体宇宙中的一个空泡，我们称它为‘泡世界’。这个宇宙理论被称为‘密实宇宙论’。当然，这个理论不排除这样的可能：在无限的岩层中还有其他的空泡，离我们或近或远，这就成了以后探索的动力。”

“可是，无限厚的岩层是不可能存在的，会在引力下塌缩的。”

“我们那时不知道万有引力这回事，泡世界中没有重力，我们生活在失重状态中。真正意识到引力的存在是几万年以后的事了。”

“那这些空泡就相当于固体宇宙中的星球了？真有趣，你们的宇宙在密度分布上与真实的正好相反，像是真实宇宙的底片啊。”

“真实的宇宙？这话很浅薄，只能说是现在已知的宇宙。你们并不知道真实的宇宙是什么样子，我们也不知道。”

“那里有阳光、空气和水吗？”

“都没有，我们也都不需要。我们的世界中只有固体，没有气体和液体。”

“没有气体和液体，怎么会有生命呢？”

“我们是机械生命，肌肉和骨骼由金属构成，大脑是超高集成度的芯片，电流和磁场就是我们的血液，我们以地核中的放射性岩块为食物，靠它提供的能量生存。没有谁制造我们，这一切都是自然进化而来，由最简单的单细胞机械和放射性作用下的岩石上偶然形成的 PN 结进化而来。我们的原始祖先首先发现和使用的是电磁能，至于你们意义上的火，从来就没有发现过。”

“那里一定很黑吧？”

“亮光倒是有一些，是放射性物质在地核的内壁上产生的，那内壁就是我们的天空了。光很弱，在岩壁上游移不定，但我们也由此进化出了眼睛。地核中是失重的，我们的城市就悬浮在那昏暗的空间中，它们的大小与你们的城市差不多，远看去，像一团团发光的云。机械生命的进化时间比你们碳基生命要长得多，但我们殊途同归，都走到了对宇宙进行思考的那一天。”

“不过，这个宇宙可真够憋屈的。”

“‘憋’……这是个新词语。所以，我们对广阔空间的向往比你们要强烈，早在泡世界的上古时代，向岩层深处的探险就开始了，探险者们在岩层中挖隧道前进，试图发现固体宇宙中的其他空泡。关于这些想象中的空泡，有着很多奇丽的神话，对远方其他空泡的幻想构成了泡世界文学的主体。但这种探索最初是被禁止的，违者将被短路处死。”

“是被教会禁止的吗？”

“不，没什么教会，一个看不到太阳和星空的文明是产生不了宗教的。元老院禁止隧洞探险是出于很现实的理由：我们没有你们近乎无限的空间，我们的生存空间半径只有 3000 千米。隧洞挖出的碎岩会在地核中堆积起来，由于相信有无限厚的岩层，那么隧洞就可能挖得很长，最终挖出的碎岩会把地核空间填满的！换句话说，是把地核的球形空间转换成长长的隧洞空间了。”

“好像有一个解决办法：把挖出的碎岩就放到后面已经挖好的隧洞中，只留下供探险者们容身的空间就行了。”

“后来的探险确实就是这么进行的，探险者们容身的空间其实就是一个移动的小空泡，我们把它叫作‘泡船’。但即使这样，仍然有相当于泡船空间的一堆碎石进入地核空间，只有等待泡船返回时这堆碎石才能重新填回岩壁，如果泡船有去无回，那么这小堆碎石占据的地核空间就无法恢复了，就相当于这一小块空间被泡船偷走了，所以探险者们又被称为‘空间窃贼’。对于那个狭小的世界，这么一点点空间也是宝贵的，天长日久，随着一艘艘泡船的离去，被占据的空间也很巨大。所以泡船探险在远古时代也是被禁止的。同时，泡船探险是一项十分艰难的活动，一般的泡船中都有若干名挖掘手和一名领航员，那时还没有掘进机，只能靠挖掘手（相当于你们船上的桨手）使用简单的工具不停挖掘，泡船才能在岩层中以极其缓慢的速度前进。在一个刚能容身的小小空洞里机器般劳作，在幽闭中追寻着渺茫的希望，无疑需要巨大的精神力量。由于泡船的返回一般是沿着已经挖松的来路，所以相对容易些，但赌徒般的发现欲望往往驱使探险者越过安全的折返点，继续向前，这时，返回的体力和给养都不够了，泡船就会搁浅在返途中，成为探险者的坟墓。尽管如此，泡世界向外界的探险虽然规模很小，但从未停止过。”

四、哈勃红移

“在泡纪元 33281 年的一天（这是按地球纪年法，泡世界的纪年十分古怪，你理解不了），泡世界的岩层天空上突然出现了一个小小的洞，从洞中飞出的一堆碎岩在空中飘浮着，在放射性物质产生的微光中像一群闪烁的星星。中心城市的一队士兵立刻向小破洞飞去（记住泡世界是没有重力的），发现这是一艘返回的探险泡船，它在 8 年前就出发了，谁也没有想到竟能回来。这艘泡船叫‘针尖’号，它在岩层中前进了 200 千米，创造了返回泡船航行距离的纪录。‘针尖’号出发时有 20 名船员，但返回时只剩随船科学家一人了，我们就叫他哥白尼吧。船上其余的人，包括船长，都被哥白尼当食物吃掉了。事实上，这种把船员当给养的方式，是地层探险早期效率最高的航行方式。

“按照严禁泡船探险的法律，以及哥白尼吃人的行为，他将在世界首都被处死。这天，几十万人聚集在行刑的中心广场上，等着观赏哥白尼被短路时美妙的电火花。但就在这时，世界科学院的一群科学家飘过来，公布了他们的一个重大发现：‘针尖’号带回了沿途各段的岩石标本，科学家们发现，地层岩石的密度，竟是随着航行距离减小的！”

“你们的世界没有重力，怎么测定密度呢？”

“通过惯性，比你们要复杂一些。科学家们最初认为，这只是由于‘针尖’号偶然进入了一个不均匀的地层区域。但在以后的一个世纪中，在不同方向上，有多艘泡船以超过‘针尖’号的航行距离深入地层并返回，带回了岩石标本。人们震惊地发现，所有方向上的地层密度都是沿向外的方向渐减的，而且减幅基本一致！这个发现，动摇了统治泡世界两万多年的密实宇宙论。如果宇宙密度以泡世界为核心呈这样的递减分布，那总有密度减到零的距离，科学家们依照已测得的递减率，很容易计算出，这个距离是 3 万千米左右。”

“嘿，这很像我们的哈勃红移啊！”

“是很像，你们想象不出红移速度能够大于光速，所以把那个距离定为宇宙边缘。而我们的先祖却很容易知道密度为零的状态就是空间，于是新的宇宙模型诞生了，在这个模型中，沿泡世界向外，宇宙的密度逐渐减小，直至淡化为空间，这空间延续至无限。这个理论被称为‘太空宇宙论’。

“密实宇宙论是很顽固的，它的占优势地位的拥护者推出了一个打了补丁的密实宇宙论，认为密度的递减只是由于泡世界周围包裹着一层较疏松的球层，穿过这个球层，密度的递减就会停止。他们甚至计算出了这个疏松球层的厚度是 300 千米。其实对这个理论进行证实或证伪并不难，只要有一艘泡船穿过 300 千米的岩层就行了。事实上，这个航行距离很快就达到了，但地层密度的递减趋势仍在继续。于是，密实宇宙论的拥护者又说前面的计算有误，疏松球层的厚度应是 500 千米，10 年后，这个距离也被突破了，密度的递减仍在继续，而且单位距离的递减率有增加的趋势。密实派们接着把疏松球层的厚度增加到 1500 千米……

“后来，一个划时代的伟大发现将密实宇宙论永远送进了坟墓。”

五、万有引力

“那艘深入岩层 300 千米的泡船叫‘圆刀’号，它是有史以来最大的探险泡船，配备有大功率挖掘机和完善的生存保障系统，因而它向地层深处的航行距离创造了纪录。

“在到达 300 千米深度（或说高度）时，船上的首席科学家（我们叫他牛顿吧）向船长反映了一件不可思议的事：当船员们悬浮在泡船中央睡觉时，醒来后总是躺在靠向泡世界方向的洞壁上。

“船长不以为然地说：‘思乡梦游症而已。他们想回家，所以睡梦中总是向着家的方向移动。’

“但泡船中与泡世界一样是没有空气的，如果移动身体有两种方式：一是蹬踏船壁，这在悬空睡觉时是不可能的；另一种是喷出自己体内的排泄物作为驱动，但牛顿没有发现这类迹象。

“船长仍对牛顿的话不以为然，但这个疏忽使他自己差点被活埋了。这天，向前的挖掘告一段落，由于船员十分疲劳，挖出的一堆碎岩没有立刻运到船底，大家就休息了，想等睡醒后再运。船长也与大家一样在船的正中央悬空睡觉，醒来后发现自己与其他船员一起被埋在碎岩中！原来，在他们睡觉时，船首的碎岩与他们一起移到了靠向泡世界方向的船底！牛顿很快发现，船舱中的所有物体都有向泡世界方向移动的趋势，只是它们移动得太慢，平时觉察不出来而已。”

“于是牛顿没有借助苹果就发现了万有引力！”

“哪有那么容易？！在我们的科学史上，万有引力理论的诞生比你们要艰难得多，这是我们所处的环境决定的。当牛顿发现船中的物体定向移动现象时，想当然地认为引力来自泡世界那半径 3000 千米的空间。于是，早期的引力理论出现了让人哭笑不得的谬误：认为产生引力的不是质量，而是空间。”

“能想象，在那样复杂的物理环境中，你们牛顿的思维任务比我们的牛顿可要复杂多了。”

“是的，直到半个世纪后，科学家们才拨开迷雾，真正认清了引力的本质，并用与你们相似的仪器测定了万有引力常数。引力理论获得承认也经历了一个漫长的过程。但一旦意识到引力的存在，密实宇宙论就完了，引力是不允许无限固体宇宙存在的。

“太空宇宙论得到最终承认后，它所描述的宇宙对泡世界产生了巨大的诱惑力。在泡世界，守恒的物理量除了能量和质量外，还有一个：空间。泡世界的空间半径只有 3000 千米，在岩层中挖洞增大不了空间，只是改变空间的位置和形状而已。同时，由于失重，地核文明是悬浮在空间中，而不是附着在洞壁（相当于你们的土地）上，所以在泡世界，空间是最宝贵的东西，整个泡世界文明史，就是一部血腥的空间争夺史。而现在惊闻空间可能是无限的，怎能不令人激动！于是出现了前所未有的探险浪潮，数量众多的泡船穿过地层向外挺进，企图穿过太空宇宙论预言的 3.2 万千米的岩层，到达密度为 0 的天堂。”

六、地核世界

“说到这里，如果你足够聪明，应该能够推测出泡世界的真相了。”

“你们的世界，是不是位于一个星球的地心？”

“正确，我们的行星大小与地球差不多，半径约 8000 千米。但这颗行星的地核是空的，空核的半径约为 3000 千米，我们就是地核中的生物。

“不过，发现万有引力后，我们还要过许多个世纪才能最后明白自己世界的真相。”

七、地层战争

“太空宇宙论建立后，追寻外部无限空间的第一个代价却是消耗了泡世界的有限空间，众多的泡船把大量的碎岩排入地核空间，这些碎岩悬浮在城市周围，密密麻麻，无边无际，致使原来可以自由飘移的城市动弹不得，因为城市一旦移动，就将遭遇毁灭性的密集石雨。这些被碎岩占掉的空间，至少有一半永远无法恢复。

“这时的元老院已由世界政府代替，作为地核空间的管理者和保卫者，疯狂的泡船探险受到了政府严厉的镇压。但最初这种镇压效率并不高，因为当得知探险行为发生时，泡船早已深入地层了。所以政府很快意识到，制止泡船的最好工具就是泡船。于是，政府开始建立庞大的泡船舰队，深入岩层拦截探险泡船，追回被它们盗走的空间。这种拦截行动自然遭到了探险泡船的抵抗，于是，地层中爆发了一场旷日持久的战争。”

“这种战争真的很有意思！”

“也很残酷。首先，地层战争的节奏十分缓慢，因为以那个时代的掘进技术，泡船在地层中的航行速度一般只有每小时 3000 米左右。地层战争推崇巨舰主义，因为泡船越大，续航能力越强，攻击力也更强大。但不管多大的地层战舰，其横截面都应尽可能地小，这样可以将挖掘截面减到最小，以提高航行速度。所以所有泡船的横截面都是一样的，大小只在于其长短。大型战舰的形状就是一条长长的隧道。由于地层战场是三维的，所以其作战方式类似于你们的空战，但要复杂得多。当战舰接触敌舰发起攻击时，首先要快速扩大舰首截面，以增大攻击面积，这时的攻击舰就变成了一根钉子的形状。必要时，泡舰的舰首还可以形成多个分支，像一只张开的利爪那样，从多个方向攻击敌舰。地层作战的复杂性还表现在：每一艘战舰都可以随意分解成许多小舰，多艘战舰又可以快速组合成一艘巨舰。所以当两支敌对舰队相遇时，是分解还是组合，是一门很深的战术学问。

“地层战争对于未来的探险并非只有负面作用，事实上，在战争的刺激下，泡世界发生了技术革命。除了高效率的掘进机器外，还发明了地震波仪，它既可用于地层中的通信，又可用作雷达探测，强力的震波还可作为武器。最精致的震波通信设备甚至可以传送图像。

“地层中曾出现过的最大战舰是‘线世界’号，它是世界政府建造的。当处于常规航行截面时，‘线世界’号的长度达 150 千米，正如舰名称所示，相当于一个长长的小世界了。身处其中，有置身于你们的英伦海底隧道的感觉，每隔几分钟，隧道中就有一列高速列车驶过，这是向舰尾运送掘进碎石的专列。‘线世界’号当然可以分解成一支庞大的舰队，但它大部分时间还是以整体航行的。‘线世界’号并非总是呈直线形状，在进行机动航行时，它那长长的舰体隧道可能形成一团自相贯通或交叉的十分复杂的曲线。‘线世界’号拥有最先进的掘进机，巡航速度是普通泡舰的一倍，达到每小时 6 千米，作战速度可以超过每小时 10 千米！它还拥有超高功率的震波雷达，能够准确定位 500 千米外的泡船；它的震波武器可以在 1000 米的距离上粉碎目标泡船内的一切。这艘超级巨舰在广阔的地层中纵横驰骋，所向披靡，消灭了大量的探险泡船，并每隔一段时间将吞并的探险泡船空间送还泡世界。

“在‘线世界’号的毁灭性打击下，泡世界向外部的探险一度濒于停顿。在地层战争中，探险者们始终处于劣势，他们不能建造或组合长于 10 千米的战舰，因为在地层中这样的目标极易被‘线世界’号上或泡世界基地中的雷达探测定位，进而被迅速消灭。但要使探险事业继续下去，就必须消灭‘线世界’号。经过长时间的筹划，探险联盟集结了 100 多艘地层战舰围歼‘线世界’号，这些战舰中最长的也只有 5 千米。战斗在泡世界向外 1500 千米处展开，史称‘1500 千米战役’。

“探险联盟首先调集 20 艘战舰，在 1500 千米处组合成一艘长达 30 千米的巨舰，引诱‘线世界’号前往攻击。当‘线世界’号接近诱饵，呈一条直线高速冲向目标时，探险联盟埋伏在周围的上百艘战舰沿与‘线世界’号垂直的方向同时出击，将这艘 150 千米长的巨舰截为 50 段。‘线世界’号被截断后分裂出来的 50 艘战舰仍具有很强的战斗力，双方的 200 多艘战舰缠斗在一起，在地层中展开了惨烈的大混战。战舰空间在不断地组合分化，渐渐已分不清彼此。在战役的最后阶段，半径为 200 千米的战场已成了蜂窝状，就在这个处于星球地下 3500 千米深处的错综复杂的三维迷宫中，到处都是短兵相接的激战。在这个位置，星球的重力已经很明显，而与政府军相比，探险者对重力环境更为熟悉。在迷宫内宏大的巷战中，这微弱的优势渐渐起了决定性的作用，探险联盟取得了最后胜利。”

八、海

“战役结束后，探险者联盟将战场的所有空间合为一体，形成了一个半径为50千米的球形空间。就在这个空间中，探险联盟宣布脱离泡世界独立。独立后的探险联盟与泡世界的探险运动遥相呼应，不断地有探险泡船从地核来到联盟，他们带来的空间使联盟领土的体积不断增大，使探险者们在1500千米高度获得了一个前进基地。被漫长的战争拖得筋疲力尽的世界政府再也无力阻止这一切，只得承认探险运动的合法性。

“随着高度的增加，地层的密度也逐渐降低，使得掘进变得容易了；另外重力的增加也使碎岩的处理更加方便。以后的探险变得顺利了许多。在战后第8年，就有一艘名叫‘螺旋’号的探险泡船走完了剩下的3500千米航程，到达了距泡世界边缘——也就是距星球中心8000千米，距泡世界边缘5000千米的高度。”

“哇，那就是到达星球的表面了！你们看到了大平原和真正的山脉，这太激动人心了！”

“没什么可激动的，‘螺旋’号到达的是海底。”

“……”

“当时，震波通信仪的图像摇了几下就消失了，通信完全中断。在更低高度的其他泡船监听到了一个声音，转换成你们的空气声音就是‘啵’的一声，这是高压海水在瞬间涌入‘螺旋’号空间时发出的。泡世界的机械生命和船上的仪器设备是绝对不能与水接触的，短路产生的强大电流迅速汽化了渗入人体和机器内部的海水，‘螺旋’号的乘员和设备在海水涌入的瞬间都像炸弹一样爆裂了。

“接着，联盟又向不同的方向发出了 10 多艘探险泡船，但都在同样的高度遇到了同样的事情。除了那神秘的‘啵’的一声，再没有传回更多的信息。有两次，在监视屏幕上看到了怪异的晶状波动，但不知道那是什么。跟随的泡船向上方发出的雷达震波也传回了完全不可理解的回波，那回波的性质既不是空间也不是岩层。

“一时间，太空宇宙论动摇了，学术界又开始谈论新的宇宙模型，新的理论将宇宙半径确定为 8000 千米，认为那些消失的探险船接触了宇宙的边缘，没入了虚无。

“探险运动面临着严峻的考验，以往无法返回的探险泡船所占用的空间，从理论上说还是有希望回收的。但现在，泡船一旦接触宇宙边缘，其空间可能永远损失了。到这一步，连最坚定的探险者都动摇了，因为在这个地层中的世界，空间是不可再生的。联盟决定，再派出最后 5 艘探险泡船，在接近 5000 米高度时以极慢速上升。如果发生同样的不测，就暂停探险运动。

“又损失了两艘泡船后，第三艘‘岩脑’号取得了突破性的进展。在 5000 米高度上，‘岩脑’号以极慢的速度小心翼翼地向上掘进，接近海底时，海水并没有像以前那样压塌船顶的岩层瞬间涌入，而是通过岩层上的一道窄裂缝呈一条高压射流喷射进来。‘岩脑’号在航行截面上长 250 米，在高地层探险船中算是体积较大的，喷射进来的海水用了近一小时才充满船的空间。在触水爆裂前，船上的震波仪记录了海水的形态，并将数据和图像完整地发回联盟。就这样，地核人第一次见到了液体。

“泡世界的远古时代可能存在过液体，那是炽热的岩浆，后来星球的地质情况稳定了，岩浆凝固，地核中就只有固体了。有科学家曾从理论上预言过液体的存在，但没人相信宇宙中真有那种神话般的物质。现在，从传回的图像中人们亲眼看到了液体。他们震惊地看着那道白色的射流，看着水面在船内空间缓缓上升，看着这种似乎违反所有物理法则的魔鬼物质适应着它的附着物的任何形状，渗入每一道最细微的缝隙；岩石表面接触它后似乎改变了性质，颜色变深了，反光性增强了。最让他们感兴趣的是：大部分物体都会沉入这种物质中，但有部分爆裂的人体和机器碎片却能浮在其液面上！而这些碎片的性质与那些沉下去的没有任何区别。地核人给这种液体物质起了一个名字，叫‘无形岩’。

“以后的探索就比较顺利了。探险联盟的工程师们设计了一种叫‘引管’的东西，这是一根长达 200 米的空心钻杆，当钻透岩层后，钻头可以像盖子那样打开，以将海水引入管内，管子的底部有一个阀门。携带引管和钻机的泡船上升至 5000 米高度后，引管很顺利地钻透岩层伸入海底。钻探毕竟是地核人最熟悉的技术，但另一项技术他们却一无所知，那就是密封。由于泡世界中没有液体和气体，所以也没有密封技术。引管底部的阀门很不严实，没有打开海水就已经漏了出来。

“事后证明这是一种幸运，因为如果将阀门完全打开，冲入的高压海水的动能将远大于上次从细小的裂缝中渗入的，那道高压射流会像一道激光那样切断所遇到的一切。现在从关闭的阀门渗入的水流却是可以控制的。你可以想象，泡船中的探险者们看着那一道道细细的海水在他们眼前喷出，是何等震撼啊。他们这时对于液体，就像你们的原始人对于电流那样无知。在用一个金属容器小心翼翼地接满一桶水后，泡船下降，将那根引管埋在岩层中。

“在下降的过程中，探险者们万分谨慎地守护着那桶作为研究标本的海水，很快又有了一个新的发现：无形岩居然是透明的！上次裂缝中渗入的海水由于混入了沙土，使他们没有发现这一点。随着泡船下降深度的增加，温度也在增加，探险者们恐怖地看到，无形岩竟是一种生命体！它在活过来，表面愤怒地翻滚着，呈现由无数涌泡构成的可怕形态。但这怪物在展现生命力的同时也在消耗着自己，化作一种幽灵般的白色影子消失在空中。当桶中的无形岩都化作白色魔影消失后，船舱中的探险者们相继感到了身体的异常，短路的电火花在他们体内闪烁，最后他们都变成了一团团焰火，痛苦地死去。联盟基地中的人们通过监视器传回的震波图像看到了这可怕的情景，但监视器也很快短路停机了。前去接应的泡船也遭遇了同样的命运，在与下降的泡船对接后，接应泡船中的乘员也同样短路而死，仿佛无形岩化作了一种充满所有空间的死神。

“但科学家们也发现，这一次的短路没有上一次那么剧烈，他们得出结论：随着空间体积的增加，无形死神的密度也在降低。接下来，在付出了更多的生命代价后，地核人终于又发现了一种他们从未接触过的物质形态：气体。”

九、星空

“这一系列的重大发现终于打动了泡世界的政府，使其与昔日的敌人联合起来，也投身于探险事业之中，一时间对探险的投入急剧增加，最后的突破就在眼前。

“虽然对水蒸气的性质有了越来越多的了解，但缺乏密封技术的地核科学家一时还无法避免它对地核人生命和仪器设备的伤害。不过他们已经知道，在 4500 米以上的高度，无形岩是死的，不会沸腾。于是，地核政府和探险联盟一起在 4800 米高度上建造了一所实验室，装配了更长、性能更好的引管，专门进行无形岩的研究。”

“直到这时，你们才开始做阿基米德的工作。”

“是的，可你不要忘记，我们在原始时代，就做了法拉第的工作。

“在无形岩实验室中，科学家们相继发现了水压和浮力定律，同时与液体有关的密封技术也得以发展和完善。人们终于发现，在无形岩中航行，其实是一件十分简单的事，比在地层中航行要容易得多。只要船体的密封和耐压性达到要求，不需任何挖掘，船就可以在无形岩中以令人难以想象的高速度上升。”

“这就是泡世界的火箭了。”

“应该称作水箭。水箭是一个耐高压的蛋形金属容器，没有任何动力设施，内部仅可乘坐一名探险者，我们就叫他泡世界的‘加加林’吧。水箭的发射平台位于 5000 米高度，是在地层中挖出的一个宽敞的大厅。在发射前的一小时，加加林进入水箭，关上了密封舱门。确定所有仪器和生命维持系统正常后，自动掘进机破坏了大厅顶部厚度不到 10 米的薄岩层，轰隆一声，岩层在上方无形岩的巨大压力下坍塌了，水箭浸没于深海的无形岩之中。周围的尘埃落定后，加加林透过由金刚石制造的透明舷窗，惊奇地发现发射平台上的两盏探照灯在无形岩中打出了两道光柱，由于泡世界中没有空气，光线不会散射，这时地核人第一次看到了光的形状。震波仪传来了发射命令，加加林扳动手柄，松开了将水箭锚固在底部岩层上的铰链，水箭缓缓升离了海底，在无形岩中很快加速，向上浮去。

“科学家们按照海底压力，很容易计算出了上方无形岩的厚度，约 10000 米，如无意外，上浮的水箭能够在 15 分钟内走完这段航程，但以后会遇到什么，谁都不知道。

“水箭在一片寂静中上升着，透过舷窗看出去，只有深不见底的黑暗。偶尔有几粒悬浮在无形岩中的尘埃在舷窗透出的光亮中飞速掠过，标示着水箭上升的速度。

“加加林很快感到一阵恐慌，他是生活在固体世界中的生命，现在第一次进入了无形岩的空间，一种无依无靠的虚无感攫住了他的全部身心。15 分钟的航程是那么漫长，它浓缩了地核文明 10 万年的探索历程，仿佛永无止境……就在加加林的精神即将崩溃之际，水箭浮上了这颗行星的海面。

“上浮惯性使水箭冲上了距海面十几米的空中，在下落的过程中，加加林从舷窗中看到了下方无形岩一望无际的广阔表面，这巨大的平面上波光粼粼，加加林并没有时间去想这表面反射的光来自哪里。水箭重重地落在海面上，飞溅的无形岩白花花一片洒落在周围，水箭像船一样平稳地浮在海面上，随波浪轻轻起伏着。

“加加林小心翼翼地打开舱门，慢慢探出身去，立刻感到了海风的吹拂，过了好一阵儿，他才悟出这是气体。恐惧使他战栗了一下，他曾在实验室中的金刚石管道中看到过水汽的流动，但宇宙中竟然有如此巨量的气体存在，是任何人都始料未及的。加加林很快发现，这种气体与无形岩沸腾后转化的那种不同，不会导致肌体的短路。他在以后的回忆录中有过一段这样的描述：

‘我感到这是一只无形的巨手温柔的抚摩，这巨手来自一个我们不知道的无限巨大的存在，在这个存在面前，我变成了另一个全新的我。’

“加加林抬头望去，这时，地核文明 10 万年的探索得到了最后的报偿。

“他看到了灿烂的星空。”

十、山无处不在

“真是不容易，你们经历了那么长时间的探索，才站到我们的起点上。”冯帆赞叹道。

“所以，你们是一个很幸运的文明。”

这时，逃逸到太空中的大气形成的冰晶云面积扩大了很多，天空一片晶亮，外星飞船的光芒在冰晶云中散射出一圈绚丽的彩虹。下面，大气旋形成的巨井仍在轰隆隆地旋转着，像是一台超级机器在一点点碾碎着这个星球。而周围的山顶却更加平静，连碎波都没有了，海面如镜，又让冯帆想起了藏北的高山湖泊……冯帆强迫自己，使思想回到了现实。

“你们到这里来干什么？”他问。

“我们只是路过，看到这里有智慧文明，就想找人聊聊，谁先登上这座山顶我们就和谁聊。”

“山在那儿，总会有人去登的。”

“是，登山是智慧生物的一个本性，他们都想站得更高些，看得更远些，这并不是生存的需要。比如你，如果为了生存就会远远逃离这山，可你却登上来了。进化赋予智慧文明登高的欲望是有更深的原因的，这原因是什么我们还不知道。山无处不在，我们都还在山脚下。”

“我在山顶上。”冯帆说，他不容别人挑战自己登上世界最高峰的荣誉，即使是外星人。

“你在山脚下，我们都在山脚下。光速是一个山脚，空间的三维是一个山脚，被禁锢在光速和三维这狭窄的时空深谷中，你不觉得……憋屈吗？”

“生来就这样，习惯了。”

“那么，我下面要说的事你会很不习惯的。看看这个宇宙，你感觉到什么？”

“广阔啊，无限啊，这类的。”

“你不觉得憋屈吗？”

“怎么会呢？宇宙在我眼里是无限的，在科学家们眼里，好像也有200亿光年呢。”

“那我告诉你，这是一个半径为200亿光年的泡世界。”

“……”

“我们的宇宙是一个空泡，一块更大固体中的空泡。”

“怎么可能呢？这块大固体不会因引力而坍缩吗？”

“至少目前还没有，我们这个气泡还在超固体块中膨胀着。引力引起坍缩是对有限的固体块而言的，如果包裹我们宇宙的这个固体块是无限的，就不存在坍缩问题。当然，这只是一种猜测，谁也不知道那个固体超宇宙是不是有限的。有许多种猜测，比如认为引力在更大的尺度上被另一种力抵消，就像电磁力在微观尺度上被核力抵消一样，我们意识不到这种力，就像处于泡世界中意识不到万有引力一样。从我们收集到的资料上看，对于宇宙的气泡形状，你们的科学家也有所猜测，只是你不知道罢了。”

“那块大固体是什么样子的？也是……岩层吗？”

“不知道，5 万年后我们到达目的地时才能知道。”

“你们要去哪里？”

“宇宙边缘，我们是一艘泡船，叫‘针尖’号，记得这名字吗？”

“记得，它是泡世界中首先发现地层密度递减规律的泡船。”

“对，不知我们能发现什么。”

“超固体宇宙中还有其他的空泡吗？”

“你已经想得很远了。”

“这让人不能不想。”

“想想一块巨岩中的几个小泡泡，就是有，找到它们也很难，但我们这就去找。”

“你们真的很伟大。”

“好了，聊得很愉快，但我们还要赶路，5 万年太久，只争朝夕。认识你很高兴，记住，山无处不在。”

由于冰晶云的遮拦，最后这行字已经很模糊。接着，太空中的巨型屏幕渐渐暗了下来，巨球本身也在变小，很快缩成一点，重新变成星海中一颗不起眼的星星，这变化比它出现时要快许多。这颗星星在夜空中疾驶而去，转眼消失在西方天际。

海天之间黑了下来，冰晶云和风暴巨井都看不见了，天空中只有一片黑暗的混沌。冯帆听到周围风暴的轰鸣声在迅速减小，很快变成了低声的呜咽，再往后完全消失了，只能听到海浪的声音。

冯帆有了下坠的感觉，他看到周围的海面正在缓缓地改变着形状，海山浑圆的山顶在变平，像一把在撑开的巨伞一样。他知道，海水高山正在消失，他正在由9000米高空向海平面坠落。在他的感觉中只有两三分钟，他漂浮的海面就停止了下降，他知道这点，是由于自己身体下降的惯性使他没入了已停降的海面之下，好在这次沉得并不深，他很快就游了上来。

周围已是正常的海面，海水高山消失得无影无踪，仿佛从来就没有存在过一样。风暴也完全停止了，风暴强度虽大但持续时间很短，只是刮起了表层浪，所以海面也很快平静下来。

天空中的冰晶云已经散去很多，灿烂的星空再次出现了。

冯帆仰望着星空，想象着那个遥远的世界，真的太远了，连光都会走得疲惫，那又是很早以前，在那个海面上，泡世界的加加林也像他现在这样仰望着星空。穿越广漠的时空荒漠，他们的灵魂相通了。

冯帆一阵恶心吐出了些什么，凭嘴里的味道他知道是血，他在9000米高的海山顶峰得了高山病，肺水肿出血了，这很危险。在突然增加的重力下，他虚弱得动弹不得，只是靠救生衣把自己托在水面上。不知道“蓝水号”现在的命运，但基本上可以肯定，方圆1000千米内没有船了。

在登上海山顶峰的时候，冯帆感觉此生足矣，那时他可以从容地去死。但现在，他突然变成了世界上最怕死的人。他攀登过岩石的世界屋脊，这次又登上了海水构成的世界最高峰，下次会登什么样的山呢？这无论如何得活下去才能知道。几年前在珠峰雪暴中的感觉又回来了，那感觉曾使他割断了连接同伴和恋人的登山索，将他们送进了死亡世界，现在他知道自己做对了。如果现在真有什么可背叛的东西来拯救自己的生命，他会背叛的。

他必须活下去，因为山无处不在。

超新星纪元

这时，地球是天上的一颗星。

这时，北京是地上的一座城。

在这座已是一片灯海的城市里，有一所小学，在校园里的一间教室中，一个毕业班正在开毕业晚会，像每一个这种场合必不可少的，孩子们开始畅谈自己的理想，未来像美丽的花朵一样在他们眼前绽开。

班主任郑晨是一名年轻的女教师，她问旁边的一个女孩儿：“晓梦，你呢，你长大想干什么？”那女孩儿一直静静地看着窗外想心事，她穿着朴素，眼睛大而有神，透出一种与年龄不相称的忧郁和成熟。

“家里困难，我将来只能读职业中学了。”她轻轻叹了一口气说。

“那华华呢？”郑晨又问一个很帅的男孩儿，他的一双大眼睛总是不停地放出惊喜的光芒，仿佛世界在他的眼中，每时每刻都是一团刚刚爆发的五彩缤纷的烟火。“未来太有意思了，我一时还想不出来，不管干什么，我都要成为最棒的！”

“其实说这些都没什么意思。”一个瘦弱的男孩儿说。他叫严井，因为戴着一副度数很高的近视镜，大家都管他叫眼镜。“谁都不知道将来会发生什么，未来是不可预测的，什么事情都可能发生。”

华华说：“用科学的方法就可以预测，有未来学家的。”

眼镜摇摇头：“正是科学告诉我们未来不可预测，那些未来学家以前做出的预测没有多少是准的，因为世界是一个混沌系统，混沌系统，三点水的混沌，不是吃的馄饨。”

“这你好像跟我说过，这儿蝴蝶拍一下翅膀，在地球那边就有一场风暴。”

眼镜点点头：“是的，混沌系统。”

华华说：“我的理想就是成为那只蝴蝶。”

眼镜又摇摇头：“你根本没明白，我们每个人都是蝴蝶，每只蝴蝶都是蝴蝶，每粒沙子和每滴雨水都是蝴蝶，所以世界才不可预测。”

“同学们，”班主任站起身来说，“我们最后看看自己的校园吧！”

于是孩子们走出了教室，同他们的班主任老师一起漫步在校园中。这里的灯大多灭着，大都市的灯光从四周远远地照进来，使校园的一切显得宁静而朦胧。孩子们走过了两幢教学楼，走过了办公楼，走过了图书馆，最后穿过那排梧桐树，来到操场上。这 43 个孩子站在操场的中央，围着他们年轻的老师，郑晨张开双臂，对着在城市的灯光中暗淡了许多的星空说：

“孩子们，童年结束了。”

这似乎只是一个很小的故事，43 个孩子，将离开这个宁静的小学校园，各自继续他们刚刚开始的人生旅程。这似乎是一个极普通的夜，在这个夜里，时间一如既往平静地流动着，“不可能两次进入同一条河流”不过是古希腊人的梦呓，在人们心中，时间的河一直是同一条，以永恒的节奏流个没完。所以，即使在这个夜里，这个叫地球的行星上的名字叫人的碳基生物，在时间长河永恒感的慰藉下，仍能编织着已延续了无数代人的平静的梦。这里有一所普通的小学校园，校园的操场上有 43 个 13 岁的孩子，同他们年轻的班主任一起仰望着星空。

苍穹上，冬夜的星座——金牛座、猎户座和大犬座已沉到西方地平线下；夏季的星座——天琴座、武仙座和天秤座早已出现。一颗颗星如一只只遥远的眸子，从宇宙无边的夜海深处一眨一眨地看着人类世界，只是在今夜，这来自宇宙的目光有些异样。这时，人类所知道的历史已走到了尽头。

死 星

在我们周围 10 光年的太空里，有大团的宇宙尘埃存在，这些尘埃像是飘浮在宇宙夜海中的乌云。正是这片星际尘埃，挡住了距地球 8 光年的一颗恒星，那颗恒星直径是太阳的 23 倍，质量是太阳的 67 倍。现在它已进入了漫长演化的最后阶段，离开主星序，步入自己的晚年期，我们把它称为死星。

如果它有记忆的话，也无法记住自己的童年。它诞生于 5 亿年前，它的母亲是另一片星云。经过剧变的童年和骚动的青年时代，核聚变的能量顶住了恒星外壳的坍缩，死星进入了漫长的中年期，它那童年时代以小时、分钟甚至秒来计算的演化现在以亿年来计算了，银河系广漠的星海又多了一个平静的光点。

但如果飞近死星的表面，就会发现这种平静是虚假的。这颗巨星的表面是核火焰的大洋，炽热的火的巨浪发着红光咆哮撞击，把高能粒子像暴雨般洒向太空；大得无法想象的能量从死星深深的中心涌上来，在广阔的火海上翻起一团团刺目的涌浪；火海之上，核能的台风在一刻不停地刮着，暗红色的等离子体在强磁场的扭曲下，形成一根根上千万千米高的龙卷柱，像伸向宇宙的红色海藻群……死星在人类看到的星空应该是很亮的，它的视星等是 −7.5，如果不是它前方 3 光年处那片星际尘埃挡住它射向地球的光线的话，将有一颗比最亮的恒星——天狼星还亮 5 倍的星星照耀着人类历史，在没有月光的夜晚，那颗星星能在地上映出人影。那梦幻般的蓝色星光，一定会使人类更加多愁善感。

死星平静地燃烧了 4.6 亿年，它的生命壮丽辉煌，但冷酷的能量守恒定律使它的内部不可避免地发生了一些变化：随着氦的沉积，它那曾是能量源泉的心脏渐渐变暗，死星老了。又经过一系列复杂的变化，死星中心的核聚变已无法支撑沉重的外壳，曾使死星诞生的万有引力现在干起了相反的事，死星在引力之下坍缩成了一个致密的小球，组成它的原子在不可思议的压强下被压碎，首先坍塌的是核心，随后失去支撑的外壳也塌了下来，猛烈地撞击致密的核心，在一瞬间最后一次点燃了核聚变。

5 亿年引力和火焰的史诗结束了，一道雪亮的闪电撕裂了宇宙，死星化作亿万块碎片和尘埃。强大的能量化为电磁辐射和高能粒子的洪流，以光速涌向宇宙的各个方向。在死星爆发三年后，能量的巨浪轻而易举地推开了那片星际尘埃，向太阳扑来。

死星的强光越过了人马座三星后，又在冷寂而广漠的外太空走了四年，终于到达了太阳系的外围（这时，那个小学班级的毕业晚会刚刚开始）。

死星的强光越过了冥王星，它那固态氮的蓝色晶体在大地上激起一片蒸汽；很快，强光又越过了天王星和海王星，使它们的星环变得晶莹透明；越过了土星和木星，高能粒子的狂风在它们的液体表面掀起一阵磷光；死星的能量到达月球，哥白尼环形山和雨海平原发出一片刺目的白光。又过了一秒钟，在太空中行走了八年的死星的能量到达地球。

夜空骄阳

是中午了！

这是孩子们视力恢复后的第一个感觉，刚才的强光出现得太突然，仿佛有谁突然打开了宇宙中一盏大电灯的开关，使他们暂时失明了。

这时是 22 点 18 分，但孩子们确实站在正午的晴空之下！抬头看看这万里碧空，他们倒吸了一口冷气。这绝不是人们过去看到的那种蓝天，这天空蓝得惊人，蓝得发黑，如同超还原彩色胶卷记录的色彩；而且这天空似乎纯净到极点，仿佛是过去那略带灰白的天空被剥了一层皮，这天空的纯蓝像皮下的鲜肉一样，似乎马上就要流出血来。城市被阳光照得一片雪亮，看看那个太阳，孩子们失声惊叫起来。

那不是人类的太阳！那个夜空中突然出现的太阳的强光使孩子们无法正视，他们从指缝中瞄了几眼，发现那个太阳不是圆的，它没有形状，事实上它的实体在地球上看去和星星一样是一个光点，白色的强光从宇宙中的一个点迸发出来，但由于它发出的光极强（视星等为 -51.23，几乎是太阳的一倍），所以看上去并不小，它发出的光芒经大气的散射，好像是西天悬着的一只巨大而刺目的毒蜘蛛。操场上的孩子们还没回过神来，空中就出现了闪电，这是由于死星的射线电离大气造成的。长长的紫色电弧在纯蓝的天空中出现，越来越密，雷声震耳欲聋。

“快！回教室去！”郑老师喊道。孩子们纷纷向教学楼跑去，每个人都捂着耳朵，阵阵雷声在他们头顶炸响，仿佛整个世界都分崩离析。跑进教室后，孩子们瑟瑟发抖地在老师的周围挤成一团。死星的光芒从一侧窗中透射进来，在地板上投下明亮的方形；另一侧窗则透进闪电的光，那蓝紫色的电光在教室的这一半急骤地闪动。空气中开始充满了静电，人们衣服上的金属小件，都噼噼啪啪地闪起了小火花；皮肤上的汗毛都竖了起来，使人觉得浑身痒痒；周围的物体都像长了刺似的扎手。死星在宇宙中照耀了 1 小时 25 分钟后，突然消失了。现在，只有巨大的射电望远镜阵列才能探测到死星的遗体——一颗飞速旋转的中子星，它发出具有精确时间间隔的电磁脉冲。

孩子们把脸贴在教室的窗玻璃上，从头至尾目睹了这没有日落的日落，这最怪异的黄昏。他们看到，天空的蓝色渐渐变深，很快成了夜幕降临时的蓝黑色。死星的光芒在收敛，在它的周围形成了一片暮曙光，这暮曙光最初占据了半个天空，很快缩小至围着死星的一圈，色彩由蓝紫色过渡到白色，这时天空的大部分已黑了下来，零星的星星开始出现。死星周围的光晕继续缩小，最后完全消失，死星这时已由一个光芒四射的光源变成了一个亮点，当星空完全重现时，它仍是最亮的一颗星，然后它的亮度继续减小，成了银河系中一颗普通的星星，5 分钟后，死星完全消失在宇宙深渊中。

看到闪电停了，孩子们跑出教室，他们发现自己置身于一个荧光世界中，在黑色的夜空下，外面的一切：树木、房屋、地面……全都发出蓝绿色的荧光，仿佛大地和它上面的一切都变成了半透明的玉石，而大地的深处有一个月亮似的光源照上来，把其光亮浸透于玉石之中。夜空中悬浮着发着绿光的云朵，被死星惊动的鸟群像一群发着绿光的精灵从空中飞快掠过。最让孩子们震惊的是，他们自己也发出荧光，在黑暗中看去如负片上的图像，像一群幽灵。

“我说过嘛，什么事情都会发生的……”眼镜喃喃地说。

这时，教室里的灯亮了，周围的灯光也相继亮了起来，孩子们才意识到刚才停电了。随着灯光的出现，那无处不在的荧光消失了。孩子们原以为世界恢复了原状，但他们很快发现让人震惊的事情还没有完。

在东北方向的天边有一片红光，过了一会儿，那个方向的天空中升起了发着暗红色光的云层，像刚刚出现的朝霞。

“这次是真的天亮了！”

“胡说，还不到 12 点呢！”

那红云浩浩荡荡地飘过来，很快覆盖了半个夜空，这时孩子们才发现，那云本身就发光。当红云的前沿飘至中天时，他们看到那里由一条条巨大的光带组成，像是从太空中垂下的无数条红色的帷幔，在缓缓地扭动变幻。

“是北极光呀！”有孩子喊。

由死星的辐射产生的极光很快布满了整个天空，在以后的两天，东半球的夜空都涌动着红色的光幔。

在死星出现的那个位置，浮现出一小片的发光星云！这是超新星爆发后留下的尘埃，死星残骸发出的高能电脉冲激发了它，使其在可见光波长发出同步加速辐射，人类才能看到它。星云现在还很小，初看上去只像一颗昏暗的星星，仔细看才能看出形状，但它在缓慢地长大，按照它的形状，人们称它为玫瑰星云。

从此，玫瑰星云将照耀着人类历史，直至这个继恐龙之后统治地球的物种毁灭或永生。

山谷世界

死星的出现对人类世界来说无疑是一件大事。从天文学的角度来讲，说这次超新星爆发近在眼前已不准确，应该是近在睫毛上。但到了第二天，普通人已经重新埋头于自己平淡的生活了，人们对超新星的兴趣，仅限于玫瑰星云又长到了多大，形状又发生了什么变化，不过这种关注已是休闲性质的了。

超新星爆发后的第三天，郑晨接到了校长的一个紧急通知，让她集合已放假的毕业班。郑晨很奇怪，这个班已正式毕业，按说已与她和学校没有什么关系了。当这个班的 43 个孩子又在他们的母校集合后，发现操场上有一辆大轿车在等着他们，车上下来 3 个人，其中那个负责的中年人叫张林，校长介绍说他们来自非常委员会。

“非常委员会？”这个名称让郑晨很困惑。

“是一个刚成立的机构。”张林简单地说，“您这个班的孩子要有一段时间不能回家，我们负责通知他们的家长，您对这个班比较熟悉，和他们一起去吧。不用拿什么东西了，现在就走。”

“这么急？”郑晨吃惊地问。

“时间紧。”张林简单地说。

载着 43 个孩子的大轿车出了城，一直向西开。张林坐在郑晨的旁边，一上车就仔细地看这个班的学生登记表，看完后两眼直视着车的前方，沉默不语，另外两个年轻人也是一样，看着他们那凝重的神色，郑晨也不好问什么。这气氛也感染了孩子们，他们一路上很少说话。车过了颐和园继续向西开，一直开到西山，又在丛林间的僻静的山间公路上开了一会儿，来到一个山谷里。山谷两边的山坡很平缓，到深秋，这里可能会有很多红叶的，但现在还是一片绿色。谷底流着一条小河，挽起裤脚就能走过去。车停在公路旁的一块空地上，这里已经停着一大片与这辆车一模一样的大轿车，郑晨和她的学生们下了车，看到这里已聚集了一大片孩子，可能有上千名，他们看上去年龄都与这个班的孩子差不多。

一位负责人站在一块大石头上大声讲话。

“孩子们，现在我告诉你们此行的目的：我们要做一个大游戏！”

他显然不是一个常与孩子打交道的人，说这话时一脸严肃，没有一点做游戏的样子，却在孩子们中引起了一阵兴奋的骚动。

“你们看！”他指指这个山谷，“这就是我们做游戏的场地。你们 24 个班级，每个班级将在这里分到一块地，面积有三到四平方千米，不小了。你们每个班将在这块土地上，听着，将在这块土地上建立一个小国家！”

他最后这句话吸引了孩子们的注意力，上千双眼睛一动不动地聚焦在他身上。

“这个游戏为期 15 天，这 15 天时间你们将自己生活在分配给你们的国土上！”

孩子们欢呼起来。

“安静，安静，听我说。在这 24 块国土上，已经放置了必需的生活物资，如帐篷、行军床、燃料、食品和饮用水，但这些物资并不是平均分配的，比如有的国土上帐篷比较多，食品比较少，有的则相反。但有一点可以肯定，这些国土上总的生活物资的数量，是不够维持这么多天的生活的，你们将通过以下两个渠道获得生活物资：

“一是贸易，你们可以用自己多余的物资来换取自己短缺的物资，但即使这样，仍不可能使你们的小国家维持 15 天，因为生活物资的总量是不够的，这就需要你们——

“二是进行生产，这将是你们的小国家中主要的活动和任务。生产是在你们的国土上开荒，在开好的土地上播下种子并浇上水。你们当然不可能等到田地里长出粮食，但根据你们开出的土地的数量和播种灌溉的质量，将能从游戏的指挥组这里换到相应数量的食品。这 24 个小国家是沿着这条小河分布的，它是你们的共同资源，你们将用小河的水灌溉开出的土地。

“国家的领导人由你们自己选举，每个国家有三位最高领导人，权力相等，国家的最高决策由他们共同做出。国家的行政机构由你们自己设置，你们自己决定国家的一切，如建设规划、对外政策等，我们不会干涉，国家的公民可以自由流动，你觉得哪个国家好就可以去哪里。

“下面就到分配给你们的国土上去，首先给你们的国家起个名字，报到指挥组来，剩下都是你们自己的事了。我只想告诉你们，这场游戏的限制很少很少，孩子们，这些小国家的命运和未来掌握在你们手里，希望你们使自己的小国家繁荣、壮大！”

这是孩子们见过的最棒的游戏了，他们一哄而散，纷纷奔向自己的国土。

在张林的带领下，郑晨的班级很快找到了他们的国土，在这个被白色栅栏围起来的区域里，河滩和山坡各占一半，在河滩和山坡的交接处整齐地堆放着帐篷和食品等各种物资。孩子们向前跑去，在那堆物资中翻腾起来，把张林和郑晨甩在后面。郑晨听到孩子们发出一阵惊呼声，然后围成一圈看着什么。她走过去分开孩子们向地上看去，一时像见了鬼。

在一块绿色的篷布上，整齐地摆放着一排冲锋枪。

郑晨对武器比较陌生，但她肯定这些不是玩具。她弯腰拿起其中的一支，感到了沉甸甸的质感，闻到了一股枪油味，那钢制的枪身现出冷森森的蓝色光泽。

她看到旁边还有三个绿色的金属箱，一个孩子打开其中的一个，露出了里面装着的黄灿灿的子弹。

“叔叔，这是真枪吗？”一个孩子问刚走过来的张林。

“当然，这种微型冲锋枪是我军最新装备的制式武器，它体积小重量轻，枪身可折叠，很适合孩子使用。”

“哇——”男孩子们兴奋地去拿枪，但郑晨厉声说：“别动！谁也不许碰这些东西！”然后转向质问张林，“这是怎么回事？”

张林淡淡地说：“作为一个国家，必需的物资中当然包括武器。”

“你刚才说，适合孩子们……使用？”

“啊，你不必担心，”张林笑笑说，弯腰从弹药箱中拿出一排子弹，“这种子弹是没有杀伤力的，它实际上是粘在一小片塑料两侧的两小团金属丝，分量很轻，射出后速度很快减慢，击中人体也不会造成伤害。但这两团金属丝充有很强的静电，击中目标时会产生几十万伏的放电，会把人击倒并使其失去知觉，但电流强度很小，被击中的人会很快恢复，不会造成永久伤害。”

“被电击怎么能不造成伤害？！”

“这种弹药最初是作为警用的，进行过大量的动物和人体实验，西方警察早在 80 年代就装备过这种子弹，有过大量的使用案例，从没有造成伤亡。”

“如果打到眼睛上呢？”

“可以戴上护目镜。”

“如果被击中的人从高处摔下来呢？”

“我们特别选了比较平缓的地形……当然应该承认，绝对保证安全是很难的，但受伤的机会确实很小。”

“你们真的要把这些武器交给孩子们，并允许他们对别的孩子使用吗？”

张林点点头。

郑晨的脸色变得苍白："不能用玩具枪吗？"

张林摇摇头："战争是国家历史中不可少的组成部分，我们必须尽可能地制造一种真实的氛围，得出的结果才可靠。"

"结果？什么结果？！"郑晨惊恐地盯着张林，像在看一个怪物，"你们到底要干什么？！"

"郑老师，您冷静些，我们做得很节制了，据可靠情报，有一半国家让孩子们使用实弹。"

"一半国家？全世界都做这种游戏？！"

郑晨用恍惚的眼神四下看看，似乎在确定她是不是处在噩梦中，然后努力使自己平静下来，撩了一下额前的乱发说："请送我和孩子们回去。"

"这不可能，这个地区已经戒严了，我对您说过这个工作极其重要……"

郑晨再次失去控制："我不管这些，我不允许你们这样做，作为一名教师，我有自己的责任和良心！"

"我们也有良心，但同样有更大的责任，正是这两样东西迫使我们这样做的。"张林用很真诚的目光看着郑晨，"请相信我们。"

"送孩子们回去！"郑晨不顾一切地大喊。

"请相信我们。"

这不高的话音是从郑晨身后传来的，她觉得这声音很熟，但一时又想不起在哪儿听到过。看到面前的孩子们都在呆呆地看着她身后的方向，她转过身来，看到这里已站了许多人，当她看清这些人时，更觉得自己不是在现实中了，这反而使她再次平静下来。这些人中，她认出了后面几位在电视上常见到的国家高级领导人，但她最先认出的是站在最前面的两个人。

他们是国家主席和国务院总理。

"有在噩梦中的感觉，是吗？"主席神情和蔼地问。

郑晨说不出话，只是点点头。

总理说："这不奇怪，开始我们也有这种感觉，但很快就会适应的。"

主席的一句话使郑晨多少清醒过来："你们的工作很重要，关系到国家和民族的命运，以后我们会对大家解释清楚这一切的，到那时，老师同志，你会为你以前和现在所做的工作感到自豪的。"

一行人开始向相邻的那片小国土走去，总理走了一步又停下来，转身对郑晨说："年轻人，现在你要明白的只有一点：世界已不是原来的世界了。"

"同学们，给我们的小国家起个名字吧！"眼镜建议。

这时，太阳正从山脊落下，给山谷中洒下了一层金辉。

"就叫太阳国吧！"华华说，看到大家一致赞同，他又说，"我们要画一面国旗。"

于是孩子们从那堆物资中找到一块白布，华华从带来的书包中拿出一支粗记号笔，在上面画了一个圆圈："这是太阳，谁有红色笔，把它涂上。"

"这不成了日本旗吗？"有孩子说。

晓梦拿过笔来，在太阳中画上了一双大大的眼睛和一张笑嘻嘻的嘴巴，又在太阳的周围画上了象征光芒的放射状线条，于是这面国旗也得到了孩子们的认同。在超新星纪元，这面稚拙的国旗被作为最珍贵的历史文物保存在国家历史博物馆。

"国歌呢？"

"就用少先队的队歌吧。"

当太阳完全升起来时，孩子们在他们小小的国土中央举行了升旗仪式。

仪式结束后，张林问华华："为什么首先想到设计国旗和国歌呢？"

"国家总得有一个，嗯，象征吧，总得让同学们看到国家吧，这样大家才有凝聚力！"

张林在笔记本上记下了些什么。

“我们做得不对吗？”有孩子问。

张林说：“已经说过，你们自己决定这里的一切，照自己想的去做，我的任务只是观察，决不干涉你们。”他又对旁边的郑晨说，“郑老师，你也是这样。”

然后孩子们选举国家领导人，过程很顺利，华华、眼镜和晓梦当选。华华让吕刚组建军队，结果班里的 25 个男孩子全是军队成员，其中的 20 个孩子领到了冲锋枪，吕刚安慰那 5 个怒气冲冲的没领到枪的男孩儿，答应这几天大家轮着拿枪。晓梦则任命林莎为卫生部长，让她管理生活物资中所有的药品并给可能出现的病人看病。其他的机构孩子们决定在国家的运行过程中依需要建立。

然后孩子们开始在新国土上安家，他们清理空地并在上面支起帐篷，当几个孩子钻进刚支起的第一顶帐篷时，它倒了下来，把孩子们盖到里面，费了好大劲儿才钻出来，但这也让他们很开心。到中午时，他们终于支起了几顶帐篷，并把行军床搬进去，基本安顿下来。

在孩子们开始做午饭前，晓梦建议把所有的食品和饮用水清点一下，对每天的消耗量做一个详细的计划。头两天的食品应尽量节省，因为开荒开始后，劳动强度更大，大家会吃得更多，还要考虑到开荒不顺利，不能从指挥组那里及时换到食品的情况。孩子们干了一上午活儿，胃口都出奇地好，现在又不让敞开吃，大家都很有意见，但晓梦还是晓之以理，用极大的耐心说服了大家。

张林在旁边默默地观察着这一切，又在本子上记了些什么。

饭后，孩子们走访了邻国，与他们进行了一些易货贸易，用多余的帐篷和工具换来了较短缺的食品，同时了解了自己的国家所处的位置：他们在小河这一侧上游的邻国是银河共和国，下游邻国是巨人国，小河正对岸是伊妹儿国，它的上下游分别是蓝花国和毛毛虫国（分别以本国国土上的特色物产命名）。山谷中还有其他 18 个小国家，但距这里有一段距离，孩子们不太感兴趣。

其后的一天一夜是山谷世界的黄金时代，孩子们对新生活充满了兴奋和热情。第二天，所有的小国家都开始在山坡上开荒，孩子们使用铁锹和锄头等简单的工具，用塑料桶从小河中提水浇地。晚上，小河边燃起一堆堆篝火，山谷中回荡着孩子们的歌声和笑声，山谷世界这时完全是一个童话中美丽的田园国度。

但童话世界很快消失了，灰色的现实又回到了山谷。

随着新鲜感的消失，开荒劳动的强度开始显现出来，孩子们一天干下来累得筋疲力尽，回到帐篷里倒在行军床上不想起来，晚上山谷中一片寂静，再也没有歌声和笑声了。

小国家之间的自然资源差别也逐渐显现出来，虽然相距不远，但有的国家土质松厚，开垦容易，有的则全是乱石，费半天劲儿也开不出多少地来。太阳国的国土属于最贫瘠之列，不但山坡上土质极差，最要命的是河滩太宽。指挥组有一个规定：较平整的河滩只能作为居住地，开荒必须在山坡上，在河滩里开出的地不被承认。有的国家山坡距小河较近，可以排成一个人链向山坡上传递水桶浇地，这是一个高效省力的办法。但太阳国宽宽的沙滩拉大了小河与山坡的距离，排不成人链，只能单人一桶桶地向坡上提水，劳动强度增大了许多。

眼镜这时提出了一个设想：在小河中用大石块筑一道坝，河水可以从坝上漫过或从石块的缝隙中流走，但水位也相应抬高了；再在山坡下挖一个大坑，用一条小水渠把河水引到坑里。于是太阳国抽调了 10 名壮劳力干这个工程。工程一开始就遭到了下游巨人国和蓝花国的强烈抗议。虽然眼镜反复向他们解释坝只是抬高了水位，河水仍从坝上流过，不会影响下游河段的流量和水位，但下游两国死活不答应。华华主张不管他们的抗议，工程照常进行。但晓梦经过仔细考虑后认为，应该搞好与邻国的关系，从长远考虑不能因小失大，同时小河是山谷世界的公共资源，与它有关的事情都很敏感，太阳国应该在山谷世界树立起自己良好的形象；眼镜则从实力方面考虑，虽然吕刚一再承诺一旦与下游两国爆发冲突，军队能保证国家的安全，但人家毕竟是两个国家，轻率挑起冲突是不理智的。于是，太阳国放弃了原来的工程计划，在不建坝的情况下挖了一条引水渠，这样水渠要比原设计挖得深一倍，引到山脚下坑里的水也比原来少得多，但还是使开荒效率提高了很多。

现在，太阳国似乎引起了指挥组的注意，派驻太阳国的观察员除张林外又增加了一个人。

第三天，各种纠纷和冲突在山谷世界急剧增多，大部分是由自然资源分配和易货贸易引起的，孩子们对冲突的调解是没有什么技巧和耐心的，山谷中开始出现枪声。开始这些冲突都局限在小范围内，还没有扩大到整个山谷世界。在太阳国这一带，局势相对平静，但下午由饮水引起的冲突彻底打破了这种平衡。

小河中的水混浊不堪，不能饮用，而山谷世界中随生活物资配发的饮用水数量是一定的，但分配不均，有的小国家占有的饮水数量是其他小国家的几倍甚至十几倍，这种分配的差别远大于其他物资，显然是策划者有意设置的。开荒的成果只能换取粮食而不能换饮水，所以在第二天以后，饮水问题成了一些小国家生存下去的关键，自然也成了冲突的焦点。在太阳国周围的五国中，银河共和国占有的饮水量最大，是其他小国家的近十倍。它对面的毛毛虫国饮水首先耗尽，那个小国家的孩子干什么都无计划，挥霍无度，开始因懒得去河里取水，洗脸洗手都用饮用水，结果早早就陷入了困境。于是他们只好与河对岸的银河共和国谈判，想通过易货贸易来换取饮用水，但对方提出的要求让他们绝对无法接受：银河共和国要毛毛虫国用土地换水！

这天夜里，太阳国从对岸的伊妹儿国的一个孩子那里得知，毛毛虫国向他们借枪，一借就是 10 支，还借子弹，并声称如果不借就向他们开战。毛毛虫国的 45 个孩子中有 37 个男孩子，自恃军力雄厚，而伊妹儿国正相反，三分之二是女孩儿，根本打不了仗，他们不想惹麻烦，加上毛毛虫国答应他们的优厚条件，就把枪和子弹借给他们了。第二天中午，毛毛虫国的国土上响起了枪声，那些男孩子在学习射击。

在太阳国紧急召开的国务会议上，华华这样分析形势：“毛毛虫国肯定要发起对银河共和国的战争，从军事实力上看，银河共和国肯定战败，被毛毛虫国吞并。毛毛虫国本来就有大片优良的山坡地，再拥有银河共和国的饮水和武器，那就十分强大了，迟早要找我们的麻烦，应该及早准备才好。”

晓梦说：“我们应该与伊妹儿国、巨人国和蓝花国结成联盟。”

华华说：“既然这样，我们还不如趁战争爆发之前，把银河共和国也拉入联盟，这样毛毛虫国就不敢发动战争了。”

眼镜摇摇头说：“世界战略格局的基本原理是势力均衡，你们违反了这个原理。”

“大博士，你能不能说明白些？”

“一个联盟，只有面对与自己实力相当的威胁时，才是稳定的，面对的威胁太大或太小，这个联盟都会解体。上游的国家都离我们较远，我们六国是相对独立的系统，如果银河共和国也加入联盟，毛毛虫国就找不到谁结盟，必然陷入绝对的劣势，对联盟构不成威胁，联盟也就不稳定。再说，银河共和国自恃有那么多饮水，自高自大，会认为我们打它水的主意，也不会真心与我们结盟。”

大家都同意这个看法，晓梦问：“那剩下的这三个国家愿意与我们结盟吗？”

华华说：“伊妹儿国没有问题，他们已经感觉到了毛毛虫国的威胁；至于其他两个国家，由我去说服他们。结盟符合他们的利益，加上在前面的水坝纠纷中，我国给他们留下了很好的印象，我想问题不大的。”

当天下午，华华出访相邻三国，他发挥了卓越的辩才，很快说服了这些小国家的领导人。他们在四国交界处的小河边开会，正式成立四国联盟。

这之后，派驻太阳国的观察员又增加了一个人。

指挥组设在山顶上的一个电视转播站里，从这儿可以俯视整个山谷世界。四国联盟成立的这天晚上，郑晨来到转播站的小院外。

现在，玫瑰星云在空中的可视面积已长到两个满月那样大，它在苍穹中发出庄严而神秘的蓝光，这光芒照到大地上后就变成月光那样的银色，有满月那样亮，照亮了山谷中的每一个细节。玫瑰星云的面积和亮度在今后的几十年时间里会一直增长，据天文学家预测，当它达到最大时，将占据天空五分之一的面积，地球的夜晚将如白天的阴天时那么亮，夜将消失。

郑晨将目光下移到星云光芒中的山谷。一天的劳累后，孩子们都睡了，下面只能看到零星的几点灯火。现在，郑晨已把自己完全投入到这项惊异的工作中，不再问这一切都是为什么。

这时，原来用作转播站职工宿舍的那间小屋的门开了，张林走出来，来到郑晨身边，同她一起看着山谷，说："郑老师，目前在所有的小国家中，你的班级是运行得最成功的，那些孩子素质很高。"

"你怎么说他们是最成功的？据我所知，在山谷最西边有一个小国家，现在已吞并了周围五个小国，形成了一个国土面积和人口数都是原来五倍的国家，还在不停地扩张。"

"不，郑老师，这并不是我们所看重的，我们看重的是小国家自身建设的成就、自身的凝聚力、对自己所处的小世界的形势判断，以及由此所做出的长远决策等。"

山谷世界的游戏是可以自由退出的，这两天，几乎每个小国家都有孩子上山来到指挥组，说他们不玩了，越来越没意思了，干活太累，孩子们还用枪打架，太吓人了。负责人对他们说的都是同一句话："好的，孩子，回家去吧。"于是他们被很快送回了家。但唯独太阳国无一个孩子退出，这是最为指挥者们看重的一点。

这时，山谷响起了一阵枪声。

“是太阳国的位置！”郑晨失声惊叫。

张林看了看说：“不，是在他们上游，毛毛虫国开始进攻银河共和国了。”

枪声变得密集起来，山谷中可以看到一片枪口喷出的火焰。

“你们真的打算任事情这么发展下去吗？我的精神已经承受不了了。”郑晨的声音有些发颤。

“整个人类历史就是一部战争史，就是现在，人类世界还是战争不断，我们不是照样生活吗？”

“可他们是孩子！”

“很快就不是了。”

在这天下午，毛毛虫国答应了银河共和国的交换条件，同意用未开垦的土地中最好的一块来交换饮水，但提出要举行一个土地交接仪式，双方各派出一支由20个男孩儿组成的仪仗队，银河共和国答应了这个条件。当双方的国家领导人和仪仗队正在举行升降旗仪式时，埋伏在周围的10多名毛毛虫国的男孩儿突然向银河共和国的仪仗队射击，毛毛虫国的仪仗队也端枪扫射，银河共和国的那20名男孩子在一片电火花中相继倒地。当10分钟后他们浑身麻木地醒来时，发现自己已成了毛毛虫国的战俘，自己的国土也全部落入敌手。在这段时间里，毛毛虫国的军队冲过河进攻银河共和国，对方只剩下6名男孩儿和20多个女孩儿，枪全随仪仗队落入敌手，连招架之力都没有了。

毛毛虫国吞并银河共和国后，果然立即对下游的四国联盟提出了领土要求，他们一时还不敢对四国发动军事进攻，只是打饮水这张牌，因为下游四国的饮水即将耗尽。

这时眼镜广博的知识再次发挥了作用，他想出了一个办法：把5个洗脸盆在底部钻许多小孔，分别装上石块摞起来，石块的直径由上往下依次减小，这就做成了一个水过滤器。吕刚也提出一个净水方法：把野草和树叶捣成糊状，放入水中搅拌，让其沉淀后水就被净化了。他说这是在随父亲看部队的野外生存训练时学到的。他们把用这两种方法处理后的水送到指挥组去鉴定，结果达到了饮用标准。这之后四国联盟反而可以向毛毛虫国出口饮水了。

毛毛虫国开始准备进攻四国联盟，他们的孩子们已无心去开荒，扩张领土已成了他们唯一的兴趣，也是未来食品的唯一来源，但他们很快发现这已经没有必要了。

从小河上游传来消息，山谷最西边的星云帝国已连续吞并了 13 个国家，形成了一个超级大国，他们那人数达 400 多的大军正沿山谷而下，声称要统一山谷世界。面对如此强大的敌人，毛毛虫国的领导人完全没有了吞并银河共和国时的魄力，惊慌失措，不知如何是好。其结果是毛毛虫国乱作一团，最后作鸟兽散了，那些孩子一半到上游去投了星云帝国，其余则找指挥组退出游戏回家了。四国联盟中的巨人国和蓝花国也随之解体，大部分也都退出了游戏，这样，只剩下太阳国在山谷的一端面对强敌。

太阳国的全体公民决心战斗到底保卫国家，孩子们对这 10 多天来他们洒下汗水的小小国土产生了感情，由此产生了让指挥组的大人们都惊叹的精神力量。

吕刚制定了一个作战方案：太阳国的孩子们把那片宽阔河滩上的帐篷全部推倒，用各种杂物筑成了两道防线，分别位于这片河滩的东西两侧。河滩西侧首先迎敌的第一道防线上只布置了 10 个男孩儿，吕刚这样吩咐他们：“你们打完一梭子后，就喊‘没有子弹了’，然后往回跑。”

防线刚布置完毕，星云帝国的军队就沿山谷密密麻麻地涌了过来，很快布满了原来银河共和国和毛毛虫国的国土。有个男孩子在用扩音器喊：

“喂，太阳国的孩子们，山谷世界已经被星云帝国统一，你们这些小可怜还玩个什么劲啊，快投降吧！”

回答他们的只有沉默，于是星云帝国开始进攻，太阳国第一道防线的孩子们开始射击，进攻的帝国军队立刻卧倒，双方对射起来。太阳国防线的枪声渐渐稀下来，有一个孩子大喊：“没子弹了！快跑啊！”于是防线上的所有孩子起身向后跑去。“他们没子弹了！冲啊！”帝国军队见状起身高呼着成群冲来。当他们冲到那片河滩开阔地的一半时，太阳国第二道防线的冲锋枪突然开火，帝国军队猝不及防，被打倒了一大片，后面的孩子见状往回跑，第一次进攻被打退了。

待到那些被带电子弹击中的孩子都爬起来后，星云帝国马上组织了第二次进攻。太阳国这时子弹真的不多了，他们看着那十倍于己的沿河边谨慎行进的大群帝国士兵，准备做最后的抵抗，这时有孩子惊呼：“天哪，他们还有直升机！”

真有一架直升机从山后飞来，在战场上空悬停，飞机上的扩音器中响起一个大人的声音：

“孩子们！停止射击！游戏结束了！”

灾 变

天刚黑下来时，三架载着 54 个孩子的直升机向市内飞去，这些孩子大部分是郑晨班级的。

直升机依次降落在一幢灯火通明的建筑物前，这个建筑物外表是 50 年代建筑的朴素风格。山谷游戏指挥组的负责人和张林带领着这 54 个孩子进了大门，沿着一条长长的走廊向前走。走廊尽头有一扇有着闪光黄铜把手的包着皮革的大门，孩子们走近时，门前两位哨兵轻轻把门打开，他们走进了一个宽阔的大厅。这是一个发生过很多大事的大厅，在那些高大的立柱间，仿佛游动着历史的幻影。

大厅中有三个人，他们是国家主席、国务院总理和军队的总参谋长，他们在这里好像已经有一段时间了，在低声地谈着什么，当大厅的门打开时，他们都转身看着孩子们。

带孩子们来的两位负责人走到主席和总理面前，简短地低声汇报了几句。

“孩子们好！”主席说，“我这是最后一次把你们当孩子了，历史要求你们在这 10 分钟时间里，从 13 岁长到 30 岁。首先请总理为大家介绍情况吧。”

总理说：“大家都知道，不久前发生了一次近距离的超新星爆发，你们肯定已对其过程了解得很详细，我就不多说了，下面只说一件你们不知道的事情。超新星爆发后，世界各国的医学机构都在研究它对人类健康的影响。现在，我们已收到了来自各大洲的权威医学机构的信息，他们同国内医学机构得出的结论是相同的。超新星的高能射线完全破坏了人体细胞中的染色体，这种未知的射线穿透力极强，在室内甚至矿井中的人都不能幸免。但对一部分人来说，染色体受到的损伤是可以自行修复的，年龄为 13 岁的人有 97% 可以修复，12 岁和 12 岁以下的孩子可 100% 修复，其余的人的机体受到的损伤是不可逆转的，我们的生存时间，从现在算起，还有两三天。超新星在可见光波段只亮了一个多小时，但其不可见的高能射线持续了两天，也就是天空中出现极光的那段时间，这期间地球自转了两圈，所以全世界都是一样的。”

总理的声音沉稳而冷峻，仿佛在说一件很平常的事情。孩子们的头脑一时还处于麻木之中，他们费力地思考着总理的话，好长时间都不明白，突然，几乎在同时，他们都明白了。

几十年后，当超新星纪元的第二代人成长起来，他们对父辈听到那个消息时的感受很好奇，因为那是有史以来最让人震惊的消息。新一代的历史学家和文学家们也做了无数种生动的描述，但他们全错了，这时，在国家心脏的这个大厅里，这 54 个孩子所感到的不是震惊而是陌生，仿佛一把无形的利刃凌空劈下，把过去和未来从这一点齐齐斩断，他们面对的是一个完全陌生的世界。这时，从那宽大的窗户可以看到刚刚升起的玫瑰星云，它把蓝色的光芒投到大厅的地板上，仿佛宇宙中的凝视着他们的一只怪异的巨眼。

那两天时间里，大地和海洋笼罩在密密的射线暴雨里，高能粒子以巨大的能量穿过人类的躯体，穿过组成躯体的每个细胞。细胞中那微小的染色体，如一根根晶莹而脆弱的游丝在高能粒子的弹雨中颤抖挣扎，DNA 双螺旋被撕开，碱基四下飞散。受伤的基因仍在继续工作，但经过几千万年进化的精确的生命之链已被扭曲击断，已变异的基因现在不是复制生命而是播撒死亡了。地球在旋转，全人类在经历一场死亡淋浴，在几十亿人的体内，死神的钟表上足了弦，嘀嗒嘀嗒地走了起来……

世界上 13 岁以上的人将全部死去，地球，将成为一个只有孩子的世界。

紧接着又一个晴空霹雳，将使孩子们眼中这刚刚变得陌生的世界四分五裂，使他们悬浮于茫然的虚空之中。

郑晨首先醒悟过来："总理，这些孩子，如果我没有猜错，是……"

总理点点头，平静地说："你没有猜错。"

"这不可能！"年轻的小学教师惊叫起来。

国家领导人无言地看着她。

"他们是孩子，怎么可能……"

"那么，年轻人，你认为该怎么办呢？"总理问。

"……至少，应在全国范围内选拔的。"

"你认为这可能吗？我们，只有两三天的时间了……与成人不一样，孩子们并没有一个全国范围的由上至下的社会结构，所以不可能在短时间内在 4 亿孩子中找到最有能力和最适合承担这种责任的人。在这人类最危难的时刻，我们绝不能让整个国家处于没有大脑的状态，还能有别的选择吗？所以，我们与世界各国一样采取了这种非常特殊的选拔方式。”

年轻的教师几乎要昏倒了。

主席走到她面前说：“你的学生们未必同意你的看法。你只了解平时的他们，并不了解极限状态时的他们，在极端时刻，人，包括孩子，都有可能成为超人！”

主席转向这群对眼前的一切仍然处于茫然中的孩子，说：

“是的，孩子们，你们将领导这个国家。”

认识国家

一支小小的车队向北京近郊驶去，来到一处僻静的周围有小山环绕的地方。车停了，主席和总理，还有三个孩子——华华、眼镜和晓梦下了车。

“孩子们，看。”主席指指前方，他们看到了一条铁路，只有单轨，上面停着长长的载货列车，那列车有首尾相接的许多列，太长了，呈一个巨大的弧形从远方的小山脚下拐过去，看不到尽头。

“哇，这么长的火车！”华华喊道。

总理说：“这里共有 11 列货车，每列车有 20 节，共 220 节车皮。”

主席说：“这是一条环形试验铁路，是一个大圆圈，刚出厂的机车就在这条铁路上进行性能试验。”他指指最近的那一列火车，“去看看那上面装着什么。”

三个孩子向列车跑去，华华顺着梯子爬上了一节车皮，然后眼镜和晓梦也爬了上去。他们站在装得满满一车皮的白色大塑料袋上，向前方看去，这一列车全满装着这种白色的袋子，在阳光下反射着耀眼的白光。他们蹲下来，眼镜用手指在一个袋子上捅了个小洞，看到里面是一些白色半透明的针状颗粒，华华夹起一粒来用舌头舔了一下。

“当心有毒！”眼镜说。

“我觉得好像是味精。”晓梦说，也夹起一粒舔了一下，“真的是味精。”

“你能尝出味精的味道？”华华怀疑地看着晓梦。

“确实是味精，你们看！”眼镜指着前面正面朝上的一排袋子，上面有醒目的大字，这种商标他们在电视广告上常见，但孩子们很难把电视上那个戴着高高白帽子的大师傅放进锅里的一点白粉末同眼前这白色的巨龙联系起来。他们在这白袋子上走到车皮的另一头，小心地跨过连接处，来到另一节车皮上，看看那满装的白色袋子，也是味精。他们又连着走过了三节车皮，上面都满载着大袋的味精，无疑，剩下的车皮装的也都是味精。对于看惯了汽车的孩子们来说，这一节火车车皮已经是十分巨大了，他们数了数，如刚才总理所说，整列货车共有 20 节车皮，都满满地装着大袋味精。

“哇，太多了，全国的味精肯定都在这儿了！”

孩子们从梯子下到地面，看到主席和总理一行人正沿着铁道边的小路向他们走来，他们刚想跑过去问个究竟，却见到总理冲他们挥挥手，喊道：“再看看前面那些火车上装的是什么！”

于是三个孩子在小路上跑过了 10 多节车皮，跑过机车，来到与这辆火车间隔十几米的另一辆火车的车尾，爬到最后一节车皮的顶上。他们又看到了装满车皮的白色袋子，但不是刚才看到的塑料袋，而是编织袋，袋子上标明是食盐。这袋子很难弄破，但有少量粉末漏了出来，他们用手指沾些尝尝，确实是盐。前面又是一条白色的长龙，这列火车的 20 节车厢里装的都是食盐。

孩子们下到铁路旁的小路上，又跑过了这列长长的火车，爬到第三列的车皮顶上看，同第二列相同，这列火车的 20 节车厢里装的也全是食盐。他们又下来，跑去看第 4 列火车，还是满载着食盐。去看第 5 列火车时，晓梦说跑不动了，于是他们走着去，走过这 20 节车皮花了不少时间，第 5 列火车上也全是食盐。

站在第 5 列火车车皮的顶上向前望，他们有些泄气了：列车的长龙还是望不到头，弯成一个大弧形消失在远处的一座小山后面。孩子们又走过了两列载满食盐的列车，第 7 列列车的头部已绕过了小山，站在车皮顶上终于可以看到这条列车长龙的尽头，他们数了数，前面还有 4 列火车！

三个孩子坐在车皮顶的盐袋上喘着气，眼镜说："累死了，往回走吧，前面那几列肯定也都是盐！"

华华又站起来看了看："哼，环球旅行，我们已经走过了这个环形铁路大圆圈的一半，从哪边回去距离都一样！"

于是孩子们继续向前走，走过了一节又一节车皮，路途遥遥，真像环球旅行了。每个车皮他们不用爬上去就能知道里面装的是食盐，他们现在知道盐也有味，眼镜说那是海的味道。三个孩子终于走完了最后一列火车，走出了那长长的阴影，眼前豁然开朗。他们面前出现了一段空铁轨，铁轨的尽头就是那列停在环形铁路起点的满载味精的火车了，孩子们沿着空铁轨走去。

在环形铁路的起点上，主席和总理站在火车旁谈着什么，总理在说着，主席缓缓地点头，两人的脸色凝重严峻，显然已谈了很长时间，他们的身影与黑色的高大车体形成了一个凝重有力的构图，仿佛是一幅年代久远的油画。当他们看到远远走来的孩子们时，神情立刻开朗起来，主席冲孩子们挥挥手。

华华低声说："你们发现没有，他们在我们面前时和他们自己在一起时很不一样。在我们面前，好像天塌下来也是乐观的；他们自己在一起时，那个严肃，让我觉得天真的要塌下来了。"

晓梦说："大人们都是这样，他们能够控制自己的情绪，华华，你就不行。"

"我怎么了？我让小朋友们看到真实的自己有什么不好？"

"控制自己并不是虚假！知道吗，你的情绪会影响周围的人，特别是孩子们，最易受影响，所以你以后要学着控制自己，这点你应该向眼镜学习。”

“他？哼，他脸上就比别人少一半神经，什么时候都那个表情。行了晓梦，你比大人们教我的都多。”

“真的，你没有发现大人们教的很少吗？只有这一天时间，他们为什么不抓紧呢？”

走在前面的眼镜转过身来，那“少一半神经”的脸上还是那副漠然的表情：“这是人类历史上最难上的课，他们怕教错了。”

“孩子们辛苦了！今天下午你们可真走了不少的路，对看到的东西一定印象深刻吧？”主席对走到面前的孩子们说。

眼镜点点头说：“再普通的东西，数量大了就成了不普通的奇迹。”

华华附和道：“是的，真没想到世界上有这么多的味精和盐！”

主席和总理对视了一下，微微一笑，总理说：“我们的问题是：这么多的味精和盐够我们国家所有的公民吃多长时间？”

“起码一年吧。”眼镜不假思索地说。

总理摇摇头。

华华也摇头：“一年可吃不了，5 年！”

总理又摇头。

“那是 10 年？”

总理说：“孩子们，这么多的味精和盐，只够全国公民吃一天。”

“一天？！”三个孩子大眼瞪小眼地呆立了好一会儿，华华对总理不自然地笑笑：“这……开玩笑吧？”

主席说：“按每人一天吃 1 克味精和 10 克盐，这每节车皮的载重量是 60 吨，这个国家有 12 亿公民。一道很简单的算术题，你们自己算吧。”

三个孩子在脑子里吃力地数着那一长串 0，终于知道这是真的。

“天哪！”华华说。

“天哪！”眼镜说。

“天哪！”晓梦说。

总理说：“这两天，我们总是在试图找到一个办法，使你们对自己国家的规模有一个感觉，这很不容易。但要领导这样一个国家，没有这种感觉是不行的。”

“实在对不起，孩子们，时间有限，只能给你们上这唯一的一堂课了。”主席沉重地对三个孩子——几个小时之后世界上最大国家的最高领导人说。

交接世界

这是公元世纪的最后一夜。

国家领导集体和他们的孩子继任者们再次相聚在中南海的那个大厅中。在过去的一天里，孩子们上了一堂人类历史上最难的课：试图在这一天内掌握这世界上绝大多数人终其一生都不可能掌握的东西。

在古老的围墙外面，首都的灯海消失了，城市静静地躺在玫瑰星云的光辉下，与远方同样没有灯光的广阔大地融为一体。此时，全世界的发电厂都小心翼翼地停止了运转，谁也不知道它们多少年以后才能重新启动。但由小型发电机维持的最基本的通信系统仍在运转，收音机仍能收听到已换成童声的广播，世界突然变得广漠无边，但并没有崩溃。

在大厅里，两代国家领导人在做最后的告别。大人们的病情已很重，他们都发着高烧，步履艰难。每位大人领导人都把他们的孩子继任者拉到身边，做最后的叮嘱。有些大人领导者只是在急促地不停地说，仿佛想把自己的全部记忆在这最后的几十分钟里移植到继任者的大脑里；另一些领导者则长时间默默无言，要说的话分量太重，一时不知怎样说起。

总理对华华、眼镜和晓梦说："你们首先要做的事情，是和全国各省取得联系，他们同我们一样已有所准备。记住，一定要和省一级领导机关联系，再往下更细的事情由他们去做，否则，你们是绝对顾不过来的。下一步，要确保全国孩子的基本生活，这个国家将只有 4 亿左右的人口了，只要组织得当，在相当长的一段时间内，这是不难做到的。但要记住，再多的存粮也会吃光的，要立刻着手恢复农业生产，尽你们的所能，夏粮能收多少就收多少，秋粮能种多少就种多少；工业生产的恢复要难得多，但也要立刻着手干，首先是交通，然后是能源，要知道，没有这两样，现有的大中城市将无法存在下去。对你们来说这些都很难，但一定要试着干，不能等，等不来什么了。6 岁以上的孩子都要参加工作，但这并不意味着停止学习，相反，不但要把你们现在的课程继续学下去，还要学多得多的东西，白天工作，就在晚上学。这种学习应该是跳跃式的，你们得提前学会很多只有大学才学的东西，才能使社会各领域运转起来，孩子们，要准备吃苦啊。

"你们必须尽快使国家稳定下来，使国民经济正常运转起来，越快越好。因为据我们预测，你们的注意力很快不得不集中到另一件事上：在三至五年内，国家有很大的可能要面对外敌入侵。"

总参谋长接着说："我们无法准确预测未来的世界格局，但有一点可以肯定，孩子控制的世界将重新失去理智，现有的国际政治体系将全面崩溃，世界将进入野蛮争霸时代，战争会再次成为解决国际问题的主要手段。战争一旦爆发，将是全面的、大规模的，战争的样式和技术水平大约同第一次世界大战相当，虽然进程缓慢，但战场广阔，战况激烈残酷。北约一时不具备向亚洲投放大规模兵力的能力，首批入侵者可能来自近邻强国。所以，军队的恢复也要立即进行，且不能小于现有规模。"

参谋长伸出一只手，他身后的一位大校军官把一只密码箱递给他。

“孩子们，我们很高兴把所有的东西都留给你们，但这件例外。这是国家战略核武器的启动密码和技术资料。我们只给了你们一小部分，但也是很不情愿的。这是把一支拉开栓的手枪放到了婴儿手里。可没有办法，如果人家的孩子手里有了这东西而你们没有，那个亏中华民族是吃不起的。千万记住，绝不能首先用它来打别人！剩下的一切，只能由你们来把握了。”

孩子们几双手同时伸来，接住了那只沉甸甸的箱子。

只有主席还没说话，大家这时都安静下来，把目光汇聚到他身上。

主席沉思良久才开口：“孩子们，在你们很小的时候，大人们就教导你们：有志者事竟成。现在我要告诉你们，这句话不对。只有符合科学规律和社会发展规律的事，才能成。事实上，你们想干的大部分事，不管多么努力，也是成不了的。你们的责任，就是在100件事情中除去99件不能成的事情，找出那一件能成的来。这极难，但你们必须做到！”

总理转身向后，领导者们向两边散开，露出了他们身后的一张大桌子，上面整齐地摆放30多部电话，主席指着那些电话说：“当世界交换完成时，各省的领导机构将通过这些电话同中央联系。这之前还有一段时间，大家要好好休息，睡一会儿，以后，不会有很多睡觉的时间了。”

主席说：“其实把超新星称为死星是完全错误的，冷静地想想，构成我们这个世界的所有重元素都来自爆发的恒星，构成地球的铁和硅，构成生命的碳，都是在远得无法想象的过去，从某个超新星喷发到宇宙中的。所以超新星不是死星，而是真正的造物主！人类文明被拦腰切断，孩子们，我们相信，你们会使这新鲜的创口上开出绚丽的花朵。当超新星第二次袭击地球时，你们肯定已经学会了怎样挡住它的射线。”

华华说：“那时我们会引爆一颗超新星，用它的能量飞出银河系！”

主席高兴地说：“孩子们对未来的设想总比我们高一个层次，在同你们相处的这段时间里，这是最使我们陶醉的……好了，孩子们，我们该走了。”

“我想同孩子们在一起。”年轻的班主任郑晨说。

“小郑老师，我们还是一起走吧，相信你的学生们！姑娘，你应该骄傲地离开这个世界，人类历史上没有任何一位教师能与你相比，你培养出了一个国家！”

大人们相互搀扶着走出大厅，融入玫瑰星云银色的光芒之中。主席走在最后，他出门前转身对新的国家领导集体挥了挥手：

“孩子们，世界是你们的了！”

全世界的大人们用最后的时间到最后的聚集地去迎接死亡，这些被称为终聚地的地方大多很偏僻，很大一部分在荒无人烟的沙漠、极地甚至海底。由于世界人口猛减至原来的五分之一，地球上大片地区重新变成人迹罕至的荒野，直到很多年后，那一座座巨大的陵墓才被发现。

创世纪

当只剩下他们时，孩子们真的感觉累了，50 多个孩子就在大厅里的长沙发和地毯上睡着了。

像透明的雾气无声无息地穿越宇宙，时间在无声地流动着……

当他们中的第一个人醒来时，天还黑着。接着，其他孩子也醒来了，一个孩子无意中看到了大厅一角的那座大钟，他失声惊叫起来，其他的孩子也都看着钟呆住了。

他们睡了 10 多个小时，地球，现在已是一个孩子的世界了。

这一刻，被后来的历史学家称为人类的“精神奇点”，这是人类有史以来最孤独的时刻。这巨大的孤独感如崩塌的天空死死压住了孩子们，攫住了他们的每一个细胞。

“妈妈——”有个女孩失声叫了一声，所有的孩子都想哭，但——

电话响了。

开始是那30多部电话中的一部，紧接着两部、三部……分不清多少部电话在响，蜂鸣声汇成一片，外部世界在呼唤，提醒着孩子领导集体记起他们的责任和使命。

他们没时间哭了。

“同志们，进入工作岗位！”华华大声说，新的国家领导集体向电话走去。

蓝色的玫瑰星云仍然那么明亮，这是古老恒星庄严的坟墓和孕育着新恒星的壮丽的胚胎，这光芒透过高高的落地窗，这群小身躯被镀上了一层银色光辉，与此同时，东方曙光初现，新世界将迎来她的第一次日出。

超新星纪元开始了。

白垩纪往事

这是 6500 万年前白垩纪晚期普通的一天，真的不可能搞清是哪一天了，但确实是普通的一天，这一天的地球，是在平静中度过的。

那时各大陆的形状和位置与现在大不相同，恐龙主要分布在两块大陆上：其一是冈瓦纳古陆，它在几亿年前原本是地球上唯一的完整大陆，现在经过分裂，面积已大为减小，但仍有现在的非洲和南美洲合起来那么大；其二是罗拉西亚大陆，是从冈瓦纳古陆分裂出去的一块大陆，后来形成现在的北美洲。

在这一天，在所有的大陆上，所有的生命都在为生存而奔波，在这蒙昧之中的世界，它们不知道自己从哪里来，也不关心自己到哪里去，当白垩纪的太阳升到正空时，当苏铁的大叶在地上投下的影子缩到最小时，它们只关心从哪里找到自己今天的午餐。

一头霸王龙找到了自己的午餐，它此时正处于冈瓦纳古陆的中部地区，在一片高大的苏铁林中的一块阳光明媚的空地上。它的午餐是一条刚刚抓到的肥硕的大蜥蜴，它用两只大爪把那只拼命扭动的蜥蜴一下子撕成两半，把尾巴那一半扔进大嘴里，津津有味地大嚼起来，这时它对这个世界和自己的生活很满意。

就在距霸王龙左脚一米左右的地方，有一个蚂蚁的小镇，镇子大部分处于地下，里面生活着 1000 多只蚂蚁。今年的旱季很长，日子越来越难了，它们已经连着两天挨饿了。

霸王龙吃完后，后退两步，满意地躺在树荫里睡午觉了。他的倒卧使小镇产生了一场强烈的地震，涌到地面的蚂蚁们看到霸王龙的身躯像远方一道高大的山脉，不一会儿地震又发生了，只见那道山脉在大地上来回滚动着，霸王龙把一只巨爪伸进嘴里，在巨牙间使劲抠着，蚂蚁们很快明白了恐龙睡不着的原因：牙缝里塞了肉，很难受。

蚂蚁小镇的镇长突然间有了一个主意，它攀上一棵小草，向下面的蚁群发出一股气味语言，气味所到之处，蚂蚁们理解了镇长的意思，也发出气味把这信息更广地传播开来，蚁群中触角挥动，出现了一阵兴奋的浪潮。随后，在镇长的率领下，蚁群向霸王龙行进，在地面上形成了几道黑色的小溪。

10 分钟后，蚂蚁们便跟着镇长开始登上恐龙的巨爪。霸王龙看到了前臂上的蚁群，挥起另一只手臂要把它们扫下去。它挥起的巨掌如一片乌云瞬间遮住了正午的太阳，蚁群所在的前臂平原立刻暗了下来。蚂蚁们惊恐地仰望着空中的巨掌，急剧挥动着它们的触须，镇长则抬起前爪指着恐龙的大嘴，其他的蚂蚁也学着镇长的样子，一起指着恐龙的嘴。霸王龙愣了几秒钟，似乎明白了蚂蚁的意思。它想了想，把举着的那只爪子放了下来，前臂平原上立刻云开日出。霸王龙张开大嘴，将爪子的一根指头搭到它的巨牙上，形成了一座沟通前臂平原与巨牙的桥梁。蚂蚁们犹豫着，镇长首先向指头走去，蚁群随后跟上。

一群蚂蚁很快走到了手指的尽头，它们站在那光滑的圆锥形指尖上，充满敬畏地向恐龙的嘴里看了一眼，它们仿佛面对着一个处于雷雨前的暗夜中的世界，一阵充满血腥味的潮湿的大风迎面刮来，那无尽的黑暗深处有隆隆的雷声传来。当蚂蚁们的眼睛适应了黑暗，模糊地看到黑暗中的远方有一大片更黑的区域，那片区域的边界还在不断地变幻着形状，好半天蚂蚁们才明白那是恐龙的嗓子眼儿，隆隆的雷声就是从那里传出的，这声音是从那大黑洞的深处霸王龙庞大的胃里发出的。蚂蚁们惊恐地收回目光，纷纷从指尖爬上了恐龙的巨牙，然后沿着牙面那白色的光滑峭壁爬下去。在宽大的牙缝中，蚂蚁们开始用它们有力的双颚撕咬卡在那里的粉红色的蜥蜴肉。这时霸王龙已经把指头搭到了上排牙上，后来的蚂蚁在持续不断地爬上去，然后进入牙缝中吃肉，这使得上牙的情景仿佛是下牙的镜像。在恐龙的十几道牙缝中，有上千只蚂蚁在忙碌着。很快，牙缝中的残肉被剔得干干净净。

霸王龙牙齿间的不适感消失了，恐龙还没有进化到能说声“谢谢”的地步，它只是快意地长出了一口气，一时间突然出现的飓风掠过两排巨牙，把所有的蚂蚁都吹了出去。蚁群像一片黑色的灰尘纷纷从空中飘落，由于它们身体极轻，都安然无恙地降落在距霸王龙头部一米多远的地方。饱餐一顿的蚂蚁们心满意足地向小镇的入口走去，而消除了齿间不适的霸王龙，又打了一个滚回到凉爽的树荫里，舒适地睡去。

地球在静静地转动着，太阳无声地滑向西方，苏铁植物的影子在悄悄拉长，林间有蝴蝶和小飞虫在静静地飞着，在远方，远古大洋上的浪花拍打着冈瓦纳古陆的海岸……

没有人知道，在这宁静的一刻，地球的历史已被扭向另一个方向。

一、信息时代

时光飞逝，5 万年过去了。

恐龙和蚂蚁的相互依存关系一直延续了下来，两个物种一同创造了白垩纪文明，跨越了石器时代、青铜时代、铁器时代、蒸汽机时代、电气时代、原子时代，现在进入了信息时代。

恐龙在各大陆上建起了巨大的城市，这些城市中有上万米高的大楼，站在它们的楼顶向下看，就像坐在我们的高空飞机上鸟瞰一样，可以看到云层几乎贴着大地。这些巨楼站立在云海之上，下面的云很密时，总是处于万里晴空之中的顶层的恐龙就会打电话问底层的门卫，下面是不是在下雨，以决定它们下班回家时要不要带伞。它们的伞也很大，像我们马戏团的顶棚。它们的汽车每一辆都有我们的一幢楼房那么大，行驶时地面在颤动。恐龙的飞机像我们的巨轮那么大，飞行时如惊雷滚过长空，并在地面上投下大大的影子。恐龙还进入了太空进行探险，在地球同步轨道上运行着它们大量的卫星和飞船，这些航天器同样是庞然大物，在地面上就能看出其形状。恐龙的世界是由庞大而复杂的计算机网络联在一起的，它们的计算机键盘上的每一个键都有我们的电脑屏幕那么大，而它们的电脑屏幕像我们的一面墙那么宽。

与此同时，蚂蚁世界也进入了先进的信息时代。蚂蚁世界的能源动力与恐龙世界完全不同，它们不使用石油和煤炭，而是采集风力和太阳能。在蚂蚁城市中能看到大量的风力发电机，外形和大小与我们的孩子玩的纸风车相仿；城市的建筑表面都是一种光亮的黑色材料，那是太阳能电池。蚂蚁世界的另一个重要技术是用生物工程制造的动力肌肉，这种动力肌肉的外形像一根根粗电缆，注入营养液后就能够进行各种频率的伸缩以产生动力，蚂蚁的汽车和飞机都是由这种动力肌肉做发动机的。蚂蚁也有计算机，它们都是米粒大小的圆粒，与恐龙的计算机不同，没有任何集成电路，所有的计算都是由复杂的有机化学反应完成。蚂蚁计算机没有显示屏，它用化学气味输出信息，这些极其复杂精细的气味只有蚂蚁能够分辨，蚂蚁的感觉可以把这些气味翻译成数据、语言和图像。这些粒状化学计算机同样联成了庞大的网络，只是它们之间的联网不是通过光纤和电波，而是通过化学气味，计算机之间用气味语言来交换信息。蚂蚁社会的结构与我们今天见到的蚁群大不相同，反倒更像我们人类。由于采用生物工程生产胚胎，蚁后在生殖繁衍后代中的作用已微不足道，所以蚁后在蚂蚁社会中没有今天这样的地位和重要性。

蚂蚁和恐龙两个世界间形成了一种相互依存的关系，四肢笨拙的恐龙依赖蚂蚁的精细操作技能，在恐龙世界的所有工厂中，都有大量的蚂蚁在工作，它们主要从事恐龙“工人”无法胜任的微小零件的制造，精密设备和仪器的操作、维护和维修等。蚂蚁在恐龙社会发挥重要作用的另一个领域是医学，恐龙的所有手术仍然由蚂蚁医师们进入它们那巨大的内脏来实施，蚂蚁拥有了许多精密的医疗设备，包括微小的激光手术刀、能够在恐龙血管中行驶并清瘀的微型潜艇等。

冈瓦纳大陆上的蚂蚁帝国最后统一了各个大陆上的未开化的蚂蚁部落，建立了名叫“蚂蚁联邦”的覆盖整个地球的蚂蚁世界。

与蚂蚁世界相反，原本统一的恐龙帝国却发生了分裂，罗拉西亚大陆独立，建立了另一个庞大的恐龙国家——罗拉西亚共和国。后来经过上千年的扩张，冈瓦纳帝国占据了原生印度、原生南极和原生澳大利亚，而罗拉西亚共和国则把自己的版图扩张至原生亚洲和原生欧洲两个大陆。冈瓦纳帝国主要由霸王龙组成，而罗拉西亚共和国的主要龙种是暴龙，双方在领土扩张的漫长历史中不断爆发战争。但在最近的两百年，随着核时代的到来，战争却停止了。这完全是核威慑的结果，两个大国都存贮了大量的热核武器，战争一旦爆发，这些核弹会使地球变成一个没有生命的放射性熔炉。正是对共同毁灭的恐惧，使白垩纪地球维持了这针尖上的可怕和平。

随着时间的流逝，恐龙社会在地球上急剧膨胀，它们的人口迅速增加，各个大陆变得拥挤起来，环境污染和核战争两大威胁变得日益严重。蚂蚁和恐龙两个世界间的裂痕再次出现，白垩纪文明笼罩在一层不祥的阴云之中。

在刚刚闭幕的本年度龙蚁峰会上，蚂蚁世界要求恐龙世界采取断然措施，销毁所有核武器、保护环境和限制“人口”增长，在要求被拒绝后，白垩纪世界中的所有蚂蚁全体罢工。

二、蚂蚁罢工

冈瓦纳帝国首都，在高耸入云的皇宫中的一间宽阔的蓝色大厅中，达达斯皇帝躺在一张大沙发上，用大爪捂着左眼，不时痛苦地呻吟一声。围着它站着几头恐龙，它们是：国务大臣巴巴特、国防大臣洛洛加元帅、科学大臣尼尼坎博士、医疗大臣维维克医生。

维维克医生欠身看着皇帝说："殿下，您的左眼已经发炎了，亟须手术，但现在找不到动眼科手术的蚂蚁医生，只能用抗生素药物维持，这样下去，您的这只眼睛有失明的危险。"

"见鬼！"皇帝咬牙切齿地说，接着问医生，"全国的医院都没有蚂蚁医生了吗？"

维维克点点头："是的殿下，大量需要手术的病人得不到治疗，已经引起了一定的社会恐慌。"

"大概更大的恐慌不是来自此事吧。"皇帝说着，转向国务大臣。

巴巴特欠一下身说："当然，殿下。现在，全国有三分之二的工厂已经停工，有几个城市还停电，罗拉西亚共和国的情况也比我们好不到哪里去。"

"那些恐龙能够操纵的机器和生产线也停下来了吗？"

"是的殿下，在制造业，比如汽车制造之类，如果精细的小部件造不出来，那些恐龙能够生产的大部件也无法装配成能够使用的成品，所以也都停止生产了。在另外一些工业部门，如化工和发电，蚂蚁罢工刚开始还影响不大，但后来随着设备故障的增加，维修又跟不上，瘫痪的工厂越来越多。"

皇帝暴跳如雷："混蛋！龙蚁峰会刚结束，我就命令你们在全国范围内对恐龙产业'工人'进行紧急培训，以使它们能够逐步胜任原来由蚂蚁从事的精细操作。"

"殿下，这几乎是一件不可能的事。"

“对于伟大的冈瓦纳帝国没有什么是不可能的！在帝国漫长的历史上，冈瓦纳恐龙经历过比这大得多的危机，有多少次敌众我寡的血战，多少次扑灭覆盖整个大陆的森林大火，多少次在大陆板块运动后岩浆横流的大地上生存下来……”

“但，殿下，这次不同……”

“有什么不同的？！只要勤学苦练，恐龙也能拥有一双灵巧的手！我们的世界不会因此而屈服于那些小虫子的要挟！”

“我将让您看到，这是一件多么困难的事……”国务大臣说着，张开它的大爪，把两根红色的电线放到沙发上，“殿下，您能试着做一个维修机器设备最基本的操作，把这两根导线接起来吗？”

达达斯皇帝大爪的每根指头都有半米长，比茶杯还粗，那两根直径三毫米的电线，在它看来比我们眼中的头发还细，它费了很大劲儿，蹲在那里把两眼紧凑在沙发上，试图把那两根电线捏起来，爪子粗大的锥形指甲像几颗小炮弹般光滑，夹起的电线最终都滑落下去，剥开电线的胶皮进行连接更是谈不上了。皇帝叹了口气，不耐烦地一挥爪子把电线扫到地上。

“就算是您最终练就了这接线的细功夫，还是无法进行维修工作，我们这粗大的手指不可能伸进那些只有蚂蚁才能钻进去的精密机器中。”

“唉——”科学大臣尼尼坎长叹一声，感慨地说，“早在800年前，先皇就看到了恐龙世界对蚂蚁细微操作技能的依赖所产生的危险，并做出了巨大的努力，研究新的技术和设备以摆脱这种依赖，但恕我冒昧，在包括殿下在位的这两个世纪，这种努力几乎停止了，我们舒适地躺在蚂蚁服务的温床上，忘记了居安思危。”

“我没有躺在谁的温床上！”皇帝举起两只大爪愤怒地说，“事实上，先皇看到的那种危险也无数次在我的噩梦中出现，”它用一根粗指头抵着尼尼坎的前胸，“但你要知道，先皇摆脱对蚂蚁技能依赖的努力是因为失败而停止的，在罗拉西亚共和国也一样！”

“是这样，殿下！”国务大臣点点头，指指地上的电线对尼尼坎说，“博士，您不可能不知道，要想让恐龙顺利地完成接线操作，这两根电线必须有 10 至 15 厘米粗！即使具有这样大的形体，我们也不可能想象一部内部盘着像小树那么粗的电线的移动电话，或者同样的一台电脑。与此类似，要想由恐龙操作和维护，有一半的机器设备必须造得比现在大百倍甚至几百倍，这样，资源和能源的消耗也相应地是现在的几百倍，这是恐龙世界的经济根本无法承受的！”

科学大臣点点头承认了上面的说法：“是的，更要命的是，有些设备的部件是不可能大型化的，比如光学和电磁波通信设备，包括光波在内的电磁波的波长，决定了调制和处理它们的部件一定是微小的。没有微小部件，怎么可能会有计算机和网络？在分子生物学和基因工程的研究和生产方面也是类似的情况。”

医疗大臣说：“我们的医疗也离不开蚂蚁，没有它们，恐龙的外科手术无法想象。”

科学大臣总结道：“龙蚁联盟是大自然在进化中的一项选择，它的意义是十分深远的，没有这种联盟，地球上的文明根本不可能出现，我们绝不能容忍蚂蚁破坏这个联盟。”

“可现在我们怎么办呢？”皇帝摊开双爪看着大家问。

一直沉默的国防大臣洛洛加元帅说话了：“殿下，蚂蚁联邦固然有它们的优势，但我们也有自己的力量，蚂蚁世界的城市比我们娃娃的积木玩具还小，我们撒泡尿就能把它冲垮！帝国应该使用这种力量。”

皇帝点点头，对元帅说：“好吧，你命令总参谋部制订一个行动方案，毁灭几座蚂蚁城市，给它们一个警告！”

“元帅，”国务大臣拉住正要离去的洛洛加说，“关键是要与罗拉西亚协调好。”

“对！”皇帝点点头，“要与它们同时行动，以防让多多米做好人，把蚂蚁联邦拉到罗拉西亚那边去。”

三、最后的战争

“在我们的那三座城市被摧毁后，为避免更大的损失，蚂蚁联邦已经暂时结束罢工，恢复在恐龙世界的工作。现在的事实已经很清楚：要么蚂蚁消灭恐龙；要么整个地球文明一起毁灭！”蚂蚁联邦最高执政官卡奇卡在议会讲坛上对议员们说。

“我同意最高执政官的看法。”蚂蚁参议员比卢比在自己的座位上挥动着触角说，“照现在的趋势发展下去，地球生物圈只有两个命运：或者被恐龙大工业产生的污染完全毒化，或者在冈瓦纳和罗拉西亚两个恐龙大国间的核战争中被完全毁灭！”

它们的话在蚂蚁议员们中引起了强烈反响：“对，是做最后抉择的时候了！”“消灭恐龙，拯救文明！”“行动吧！行动吧！！”

…………

“请大家冷静一下！”蚂蚁联邦的首席科学家乔耶博士挥动触角平息了喧哗，“要知道，蚂蚁和恐龙的共生关系已经延续了2000多年，龙蚁联盟是地球文明的基础，当然也是蚂蚁文明的基础，如果这个联盟突然消失，并且其中的一方恐龙文明被消灭，蚂蚁文明真的能够独自存在下去吗？大家都知道，在龙蚁联盟中，恐龙从蚂蚁这里得到的东西一直是很明确、很具体的，而蚂蚁从恐龙那里得到的，除了基本的生活物资外，还有一些无形的东西，这就是它们的思想和科技知识，对于蚂蚁文明来说，后者显然是更重要的，蚂蚁也许能够成为出色的工程师，但永远也成不了科学家！因为蚂蚁大脑的生理结构决定了我们永远也不可能拥有恐龙的两样东西：好奇心和想象力。”

比卢比参议员不以为然地摇摇头：“好奇心和想象力？博士，您以为这是两样好东西吗？正是这两样东西，使恐龙成为一种神经兮兮的动物，使它们的情绪变幻不定，喜怒无常，整天在胡思乱想的白日梦中浪费时光。”

“但，参议员，正是这种变幻不定和胡思乱想，才使灵感和创造成为可能，才使探索宇宙最深层规律的理论研究成为可能，而后者是技术进步的基础。”

“好了好了——”卡奇卡不耐烦地打断乔耶博士的话，“现在不是进行这种无聊的学术讨论的时候。博士，蚂蚁世界现在面临的问题只有一个：是消灭恐龙，还是与它们一起毁灭？”

乔耶无言以对。

卡奇卡转头示意若列。

若列元帅走上讲坛：“我想让大家看一样小东西，这也是我们不依赖恐龙老师而进行的技术发明中的微不足道的一项。”

在元帅的示意下，有两只蚂蚁拿上来两小条薄薄的白色片状物，像两片小纸屑，若列介绍说：“这是蚂蚁最传统的武器——雷粒的一种最新型号，这种片状的雷粒，是联邦的军事工程师们专为这场终极战争研制的。”它挥了一下触须，又有4只蚂蚁抬上来两小段导线，就是在恐龙的机器中最常见的那种，一段是红色的，另一段是绿色的。它们把这两段导线放到一个支架上，然后把那两片白色的小条分别缠到两段导线的中部，小条紧紧地贴在导线上，像在上面缠了两圈白胶布。但接下来，神奇的事情发生了：那两圈小白条突然开始变色，分别变成与它们所缠的导线一样的颜色，一条变红、一条变绿，很快，它们就与所缠的导线融为一体，根本无法分辨出来。卡奇卡说：“这就是联邦的最新武器：变色雷粒。它们一旦安装到位，恐龙是绝对无法发现的！”约两分钟后雷粒爆炸，“啪啪”两声脆响后，两段导线都被齐齐切断。

“届时，联邦将出动由一亿只蚂蚁组成的大军，它们中的一部分是目前正在恐龙世界工作的蚂蚁，另一部分则正在潜入恐龙世界。这支大军将在恐龙的机器内部的导线上，安装两亿片变色雷粒！我们把这个行动称为‘断线行动’。”

“哇，真是一个宏伟的计划！”比卢比参议员赞叹道，引发了议员们一阵由衷的附和声。

“同时进行的另一个行动也同样宏伟！联邦将出动另一支由2000万只蚂蚁组成的大军，潜入500万头恐龙的头颅，在它们的大脑主血管上安装雷粒。这500万头恐龙是地球上几十亿恐龙中的精英部分，它们包括国家领导层、科学家、关键岗位上的技术人员和操作人员等，这些恐龙一旦被消灭，整个恐龙世界就像失去了大脑，所以我们把这个行动称为‘断脑行动’。”

“计划的最精彩之处是对恐龙世界打击的同时性！”卡奇卡接着说，“安放在恐龙世界机器中的那两亿颗雷粒和布设在恐龙大脑中的500万颗雷粒，将在同一时刻爆炸！这一时刻的误差不会超过一秒钟！这使得恐龙世界的任何一部分都不可能得到其他部分的救援和替代，整个恐龙社会将像大洋中部一艘被抽掉了船底的大船，飞快地沉下去！那时，我们就是真正的地球统治者了。”

“尊敬的卡奇卡执政官，能否告诉我们那一伟大时刻的具体时间？”比卢比拼命抑制着自己的兴奋问。

“所有雷粒的引爆时间，将设定在一个月后的午夜。”

蚂蚁们发出了一阵欢呼。

乔耶博士拼命地挥动触须，想让众蚂蚁安静下来，但欢呼声经久不息，他大喝了一声，才使大家安静下来把目光转向它。

“够了！你们都疯了？！”乔耶大喊道，“恐龙世界是一个极其复杂的超巨型系统，这个系统如果在一瞬间全面崩溃，会产生我们难以预测的后果。”

“博士，除了恐龙世界的毁灭和蚂蚁联邦在地球上的最后胜利，您能告诉大家还会有什么别的后果吗？”卡奇卡问。

“我说过，难以预测！”

“又来了，乔耶书呆子，您那一套我们都厌烦了。”比卢比说，其他的议员对首席科学家扫了大家的兴也纷纷表示不满。

若列走过来用前爪拍拍乔耶，元帅是一只冷静的蚂蚁，也是刚才少数没有同大家一起欢呼的蚂蚁之一，“博士，我理解您的忧虑，其实这种担心我们也有过，我想恐龙的核武器失控算是最可能的一个吧。但不用担心，虽然两个恐龙大国的核武器系统全部都由恐龙控制，日常少量由蚂蚁进行的维护工作也在恐龙的严密监视之下，但对于蚂蚁特种部队来说，进入其内部也不是一件难事。我们在核武器系统中安放的雷粒数量将比别的系统多一倍，当那一时刻过后，核武器系统会同其他系统一样全面瘫痪，不会造成很大的灾难。”

乔耶叹了口气：“元帅，事情要复杂得多，问题的关键在于，我们真的了解恐龙世界吗？”

这个问题让所有的蚂蚁都愣了一下，卡奇卡看着乔耶说：“博士，蚂蚁遍及恐龙世界的每一个角落，而且上万年来一直如此！您怎么能提出一个如此愚蠢的问题？！”

乔耶缓缓地摇摇触须：“蚂蚁和恐龙毕竟是两个差异巨大的物种，生活在两个完全不同的世界里。直觉告诉我，恐龙世界肯定存在着某些蚂蚁完全不知晓的巨大秘密。”

“如果您提不出什么具体的来，那就等于没说。”比卢比不以为然地说。

乔耶说：“为此，我请求建立一个信息收集系统，具体的计划是：每当你们向恐龙的大脑中布设一颗雷粒，同时也向它的耳蜗中安装一个窃听器，我将领导一个部门监听和分析这些窃听器发回的信息，以期能尽快发现一些我们以前不知道的东西。”

四、雷粒

通信大厦是巨石城信息网络的中心，担负着首都同全国的信息处理和交换义务。在冈瓦纳帝国共有上百个这样的网络中心，构成了帝国庞大信息网络的主干。

一支蚂蚁小分队已经进入了信息网络中心的一台服务器内部，它们由上百只蚂蚁组成，在 5 个小时前沿着一根供水管潜入通信大厦，然后又从地板上一道极小的缝隙进入了服务器机房，最后由通风孔进入这台服务器内部。在恐龙巨大的建筑和机器中，蚂蚁是通行无阻的。听到有恐龙走来，蚂蚁们赶紧躲到比它们城市中的足球场还大的主板下面，它们听到机柜的门打开了，透过主板上的小孔，看到一面放大镜遮住了整个天空，放大镜中扭曲地映出了恐龙工程师的一只巨大的眼睛。这时蚂蚁们胆战心惊，但最后恐龙并没有发现它们。恐龙工程师没有发现蚂蚁刚刚布设的几十颗雷粒，那些小小的薄片已与贴于其上的导线颜色浑然一体，根本不可能分辨出来。在十几根不同颜色和粗细的导线上都贴上了薄片雷粒。还有几张薄片雷粒贴在电路板上，这些雷粒具有更高级的变色功能，它能在不同的位置变出不同的颜色，与下面的电路板精确对应，天衣无缝，比贴在导线上的雷粒更难发现。这种雷粒并不会爆炸，当到达设定的时间后，它会流出几滴强酸，将电路板上的蚀刻电路熔断。

机柜的门关上后，服务器中的世界立刻进入夜晚，只有一个电源指示灯像一颗绿色的月亮挂在空中，冷却扇的嗡嗡声和硬盘嗒嗒的轻响反而加剧了这个世界的宁静。

不久，在信息网络中心的每台服务器中，都有一支蚂蚁小部队完成了雷粒的布设。

在广阔的外部世界，在各个大陆上，有上亿只蚂蚁正在恐龙世界的无数大机器中干着同样的事。

这天夜里，冈瓦纳恐龙帝国皇帝达达斯做了一个噩梦，它梦见黑压压的一大片蚂蚁从鼻孔爬进了自己的身体，然后又从嘴里排成长长的一列爬出来，出来的每只蚂蚁嘴里都衔着一块东西，那是自己被咬碎的内脏。蚂蚁们扔下碎块后又从鼻孔钻进去，形成了一个不停循环的大圈……

达达斯皇帝的梦并非完全没有根据，此时，真的有两只蚂蚁正在钻进它的鼻孔，这两只兵蚁在白天就潜入了它的卧室，藏在枕头下等待机会。在鼻孔呼吸大风的呼啸声中，它们很有经验地在纵横交错的鼻毛丛林间悬浮着行走，以免触发恐龙打喷嚏。它们很快通过了鼻腔，沿着以前在无数次手术中早已熟悉的道路来到了眼球后面。蚂蚁们顺着半透明的视觉神经前行，向着大脑进发。有时，薄薄的隔膜挡住了通路，它们就在上面咬出洞穿过它，那洞极小，恐龙感觉不到。两只蚂蚁终于到达了大脑，大脑静静地悬浮于脑液中，像一个神秘的独立生命体。蚂蚁们仔细地寻找着，很快找到了那根粗大的脑血管，它是供应大脑血液的主要通道。一只蚂蚁打开了微小的头灯，很快找到了大脑的主血管，另一只蚂蚁把一颗黄色的雷粒贴在血管透明的外壁上。然后它们从大脑部分撤出，在潮湿黑暗的头颅中沿着另一条曲折的道路向斜下方爬行，很快到达耳部，来到耳膜前，有一丝亮光从半透明的耳膜透进来，经过耳蜗放大的外界微小的声音在耳膜上轰轰作响。两只蚂蚁开始在耳膜下安装窃听器。

达达斯皇帝的噩梦还在继续，梦中自己的内脏已被完全掏空，有更多的蚂蚁钻了进去，要用自己的身体当蚁穴……当它一身冷汗地醒过来时，那两只蚂蚁已经完成了自己的任务，无声地从鼻孔中爬出来，爬下床，从地板上撤出了卧室。

达达斯皇帝沉重地翻了个身，再次进入了仍然被噩梦困扰的睡眠。

五、海神和明月

在蚂蚁联邦统帅部，执政官卡奇卡和联邦军队总司令若列元帅正在指挥着毁灭恐龙世界的巨大行动。有两个大屏幕分别显示着断线行动和断脑行动的进展情况。

“看起来一切顺利。”若列对卡奇卡说。

这时，联邦首席科学家乔耶走了进来。卡奇卡对它打招呼说：

“啊，乔耶博士，有一个星期没看见您了！一直在忙着分析窃听到的信息吗？看您那严肃的样子，好像真有什么惊人的秘密要告诉我们了？”

乔耶点点触须：“是的，我必须立刻和你们两位谈谈。”

“我们很忙，请您简短一些。”

“我想让二位听一段录音，是在昨天召开的冈瓦纳帝国和罗拉西亚共和国首脑会议上，我们窃听到的达达斯和多多米的对话。”

卡奇卡不耐烦地说：“这次会议有什么秘密可言？我们都知道两国在裁减核武器的问题上又谈崩了，冈瓦纳和罗拉西亚之间的战争一触即发，这更证明了我们行动的正确性，必须在恐龙世界的核大战爆发之前消灭它们。”

乔耶说：“您说的是新闻公告，而我要你们听的是它们秘密进行的会谈的细节，这中间，透露出一件我们以前不知道的事。”

录音开始播放。

…………

多多米：“达达斯殿下，您真的认为蚂蚁会那么容易屈服吗？几乎可以肯定，它们回到恐龙世界复工只是缓兵之计，蚂蚁联邦一定在策划着针对恐龙世界的重大阴谋。”

达达斯：“多多米总统，您以为我愚蠢到连这么明显的事实都看不出来吗？

但与罗拉西亚的‘明月’进入负计时的事相比，蚂蚁的威胁，甚至你们的核威胁，都变得微不足道了。”

多多米：“是的是的，比起蚂蚁威胁和核战争的危险，‘明月’和‘海神’当然是地球文明更大的危险，那我们就先谈这个问题吧：在‘明月’的事情上指责我们是不恰当的，是‘海神’首先进入了负计时！”

…………

“停停停，”卡奇卡挥挥触角说，“博士，我听不明白它们在说什么。”

乔耶暂停了录音机后说：“这段对话中有两个重要信息：它们提到的‘明月’和‘海神’是什么？负计时又是什么？”

“博士，恐龙高层领导者的谈话中常常出现各种古怪的代号，您干吗要在这上面疑神疑鬼？”

“从它们的谈话中可以听出，这是很危险的两样东西，能够对整个地球世界构成威胁。”

“从逻辑上说这是不可能的。博士，能够对整个地球构成威胁的东西一定是一个很大的设施，这样的设施如果存在，蚂蚁联邦不可能不知道。”

“执政官，我同意您的看法：地球上不可能有大的设施能瞒过蚂蚁而存在，但简单的规模较小的设施却有可能，它不需要蚂蚁的维护就能正常运行，比如一颗单独的洲际导弹，就可以在没有蚂蚁参与的情况下长期待命并随时可以发射。也许，‘明月’和‘海神’就是类似这样的东西。”

“要是这样就不必担心了，这种小设施是不可能对整个地球构成威胁的，我刚说过，即使能量最高的热核炸弹，要想毁灭地球也需要上万枚。”

乔耶有几秒钟没有说话，然后它把头凑近卡奇卡，它们触须交错，眼睛几乎撞在一起：“这就是问题的关键了，执政官，核弹真的是目前地球上能量最高的武器吗？”

“博士，这是常识啊！”

乔耶缩回头来，点点触须：“不错，是常识，这就是蚂蚁思维致命的缺陷，我们的思想只局限于常识，而恐龙则在时时盯着未知的新领域。”

“那都是些与现实无关的纯科学领域。”

“那我就提醒你们一件与现实有关的事：还记得三年前夜空中突然出现的那个新太阳吗？”

卡奇卡和若列当然记得，那件亘古未有的事给它们的印象太深了。那是一个寒冷的冬夜，南半球的正空中突然出现了一个新太阳，世界在瞬间变成白昼。那太阳的光芒十分强烈，直视它会导致暂时的失明。那个太阳大约亮了 20 秒钟就熄灭了，它辐射的热量使那个严冬之夜变得像夏天般闷热，突然融化的积雪产生的洪水淹没了好几座城市。这件事当时令蚂蚁们很震惊，它们去问恐龙是怎么回事，但恐龙科学家们也没有给出任何解释，缺乏好奇心的蚂蚁很快就把这件事忘了。

“当时，蚂蚁进行观测所得到的唯一能确定的结果是：那个新太阳出现在太阳系内，距地球约一个天文单位。”

卡奇卡仍不以为然：“博士，您所提到的事情仍然与现实无关，就算那种能量真的存在，您也无法证明恐龙已经把它弄到地球上来了，事实上这种可能性几乎不存在。”

“我以前也是这么想的，但……请你们接着听下面的录音吧。”乔耶说着，又启动了录音机。

…………

达达斯：“我们这场游戏太危险了，危险得超出了可以忍受的上限，罗拉西亚应该立刻停止‘明月’的负计时，或至少将其改为正计时，如果这样，冈瓦纳也会跟着做的。”

多多米：“应该是冈瓦纳首先停止‘海神’的负计时，如果这样，罗拉西亚也会跟着做的。”

达达斯：“是罗拉西亚首先启动‘明月’的负计时的！”

多多米：“可是，殿下，在更早一些的时候，也就是3年前的12月4日，如果冈瓦纳的飞船没有在太空中做那件事，‘明月’和‘海神’根本就不会存在！那个魔鬼早已沿着彗星轨道飞出太阳系，与地球无关了！”

达达斯：“那是为了科学研究的需要……”

多多米：“够了！到现在您还在重复这种无耻的谎言！是冈瓦纳帝国把地球文明推到了悬崖边缘，你们这些罪犯没有资格对罗拉西亚提出任何要求！”

达达斯：“看来罗拉西亚共和国是不打算首先做出让步了？”

多多米：“冈瓦纳帝国打算吗？”

达达斯：“那好吧，看来我们都不在乎地球的毁灭。”

多多米：“如果你们不在乎，我们也不在乎。”

达达斯：“呵呵呵，好的好的，恐龙本来就是对什么都不在乎的种族。”

…………

乔耶停止了播放，问卡奇卡和若列：“我想，二位已经注意到了对话中提到的那个日期。”

“3年前的12月4日？”若列回忆着，“就是那个新太阳出现的日子。”

“是的，把所有这一切联系起来，不知你们有什么感觉，但我感到毛骨悚然。”

卡奇卡说：“我们不反对您尽力搞清这件事。”

乔耶叹了口气：“谈何容易！搞清这个秘密的最好办法，是到恐龙的军事网络中查询，但蚂蚁的计算机与恐龙的在结构上完全不同，所以我们虽然能够随意进入恐龙计算机的硬件部分，却至今不能从软件上入侵，否则，怎么会用窃听这样的笨办法来搜集情报呢？而用这种方式，在短时间内揭开这个秘密是不可能的。”

“好吧，博士，我会提供您从事这个调查所需要的力量，但这件事不能影响我们正在进行的对恐龙的全面战争，现在唯一令我毛骨悚然的事就是让恐龙帝国继续存在下去。我觉得您一直生活在幻觉中，这对联邦正在从事的伟大事业是不利的。”

乔耶没再说什么，转身走了，第二天他就失踪了。

六、恐龙世界的毁灭

两只兵蚁悄悄地从冈瓦纳帝国皇宫大门的底缝中爬出，它们是负责在皇宫的计算机系统和恐龙的头颅中布设雷粒的 3000 只蚂蚁中最后撤出的两只。爬出门缝后，它们开始爬下那高大的台阶，就在第一级台阶笔直的悬崖上，它们看到了一只向上爬的蚂蚁的身影。

“咦，那不是乔耶博士吗？！”一只兵蚁吃惊地对另一只说。

“联邦首席科学家？不错，是他！”

“他怎么会到这里来？我怎么看他怪怪的？”一只兵蚁看着乔耶爬进门缝中后说。

“事情有些不对，你的对讲机呢？快向长官报告！”

达达斯皇帝正在主持一个由帝国主要大臣参加的会议，一个秘书走进来通报：蚂蚁联邦首席科学家乔耶博士紧急求见皇帝。

“让它等一等，开完会再说。”达达斯一挥爪说。

秘书出去不长时间又回来了：“它说有极其重要的事情，坚持要立即见您，并且要求国务大臣、科学大臣和帝国军队总司令也在场。”

“混蛋，这个小虫虫怎么这么没礼貌？！让它等着，要不就滚！”

“可它……”秘书看了看在座的大臣们，附到皇帝耳边低声说，“它说自己已从蚂蚁联邦叛逃。”

国务大臣插话说：“乔耶是蚂蚁联邦领导层的重要成员，它的思维方式似乎也与其他蚂蚁不太一样，它这样来，可能真有什么紧急重要的事。”

“那好，就让它到这里来吧。”达达斯指指会议桌宽大的桌面说。

“我为拯救地球而来。”乔耶站在会议桌光滑的平面上，对周围高山似的恐龙说，翻译器把它的气味语言译成恐龙语，由一个看不见的扩音器播放出来。

“哼，好大的口气，地球现在很好嘛。”达达斯冷笑了一声说。

“您很快就不这么认为了。我首先要各位回答一个问题：‘明月’和‘海神’是什么？”

恐龙们顿时警觉起来，互相交换着目光，乔耶周围的高山一时陷入沉默中，过了好一会儿，达达斯才反问：“我们凭什么要告诉你呢？”

“殿下，如果它们真是我预料的那种东西，我也会向你们透露一个关系到恐龙世界生死存亡的超级秘密，你们会认为这种交换是值得的。”

“如果它们不是你预料的那种东西呢？”达达斯阴沉地问。

“那我就不会告诉你们那个超级秘密，你们也可以杀死我或者永远不让我离开这里，以保住你们的秘密。不管怎样，大家都没有什么损失。”

达达斯沉默了几秒钟，对坐在会议桌左边的帝国科学大臣点点头：“告诉它。”

在蚂蚁联邦统帅部，若列元帅放下电话，神色严峻地对卡奇卡执政官说：“已经发现了乔耶的行踪，看来我们的预测是对的，这家伙叛逃了。”

“雷粒的布设行动进行得怎么样了？”

“断线行动已完成了 92%，断脑行动也完成了 90%。”

卡奇卡转向显示着世界地图的大屏幕，看着闪烁着五光十色的各个大陆，沉默了几秒钟后说："让地球的历史翻开新的一页吧，10 分钟后引爆！"

听完了几位恐龙大臣的叙述，震惊使乔耶头晕目眩，一时站立不稳，更说不出话来。

"怎么样，博士？您是否可以按照刚才的承诺，告诉我们您的那个秘密？"达达斯问。

乔耶如梦初醒："这太……太可怕了！！你们简直是魔鬼！不过，蚂蚁也是魔鬼……快，立刻给蚂蚁联邦最高执政官去电话！"

"您还没有回答……"

"殿下，没有时间公布什么秘密了！它们已经知道我到这里来，随时都会提前行动，恐龙世界的毁灭已是千钧一发，整个地球的毁灭将紧跟其后！相信我吧，快打电话！快！！"

"好吧。"恐龙皇帝拿起会议桌上的电话，乔耶心急如焚地看着它的粗指头一个一个地按动着电话机上那硕大的按键，随后从达达斯爪中的话筒中隐约听到了接通的信号声，几秒钟后信号声停止，它知道卡奇卡已在另一端拿起了那小如米粒的电话，话筒中很快传来了它的声音：

"喂，谁呀？"

达达斯对着话筒说："是卡奇卡执政官吗？我是达达斯，现在……"

正在这时，乔耶听到周围响起了一阵细微的"咔嗒"声，像是许多钟表的秒针同时走动了一下，它知道，这是从恐龙们的头颅中传出的雷粒的爆炸声，所有的恐龙同时僵住了，这一刻的现实像被定格，达达斯爪中的话筒重重地摔在距乔耶不远处的桌面上，发出一声惊天动地的巨响，然后，所有的恐龙都轰然倒下，桌面晃动了几下，那些恐龙高山消失后，地平线处显得空旷了。乔耶爬上电话的耳机，里面仍在传出卡奇卡的声音：

“喂，我是卡奇卡，您有什么事吗？喂……”

耳机的音膜在这声音中振动着，使站在上面的乔耶浑身发麻，它大喊：“执政官！我是乔耶！！”与刚才不同，它发出的气味语言没有被转化成声音，因而也无法被线路另一端的卡奇卡听到，皇宫的翻译系统已经被雷粒破坏了。乔耶没有再说话，它知道说什么都晚了。

接着，大厅内所有的灯都灭了，这时已是傍晚，这里的一切陷入昏暗之中。乔耶向着最近的一个窗子爬去，远处城市交通的喧哗声消失了，一切都陷入一片死寂之中，很像刚才恐龙倒下前的僵滞状态。当乔耶越过会议桌的边缘向下爬时，外面开始有种不和谐的声音传进来，先是远远的恐龙的跑动声和惊叫声，乔耶知道这声音来自皇宫外面，因为皇宫内肯定已经没有活着的恐龙了，它们都死于自己头颅中的雷粒；然后，远处的城市有警报声，断断续续地持续了不长时间就消失了；当乔耶在地板上向着窗子爬过一半路程时，远处开始传来隐约的爆炸声。它终于爬上了窗子，向外看去，巨石城尽收眼底，傍晚的城市笼罩在一片黑暗中，可以看到几根细长的烟柱升上还没完全黑下来的天空，后来更多的烟柱出现了，在某些烟柱的根部出现了火光，城市的轮廓在火光中时隐时现。起火点越来越多，火光透过窗子，在乔耶身后高高的天花板上映出跳动的暗红色光影。

七、终极威慑

“我们成功了！！”若列元帅看着大屏幕上红光闪烁的世界地图兴奋地喊道，“恐龙世界已彻底瘫痪，它们的信息系统已经完全中断，所有的城市都已断电，被雷粒所破坏的车辆已堵死了所有的道路，火灾正在到处出现和蔓延。断脑行动已经消灭了400多万恐龙世界的重要领导成员，冈瓦纳帝国和罗拉西亚共和国的首脑机构已不存在，这两个恐龙大国已陷入没有大脑的休克状态，整个社会一片混乱。”

“这还只是开始，”卡奇卡说，“所有的恐龙城市已经断水，存粮也将很快被这些食量很大的居民吃光，那时候真正致命的时刻才到来，大批恐龙将弃城而出，在没有交通工具和道路堵塞的情况下，它们不可能在短时间内真正疏散开来，它们的食量太大了，至少有一半的恐龙将在找到足够的食物之前饿死。其实，在恐龙弃城之际，它们的技术社会就已经彻底崩溃，恐龙世界已退回到低技术的农业时代了。”

“两个大国的核武器系统怎么样了？”有蚂蚁问。

若列回答：“正如我们预料的那样，恐龙的所有核武器，包括洲际导弹和战略轰炸机，都在我们大量雷粒的破坏下成了一堆废铁，没有发生任何意外的核事故或核污染。”

“好极了，这真是一个伟大的时刻，我们只需等待恐龙世界自行灭亡就可以了！”卡奇卡兴高采烈地说。

正在这时，有蚂蚁报告，说乔耶博士回来了，急着要见卡奇卡和若列。当疲惫不堪的首席科学家走进指挥中心时，卡奇卡愤怒地斥责道：

“博士，你在最关键的时刻背叛了蚂蚁联邦的伟大事业，你将受到严厉的审判！”

“当你们听完我已得知的一切时，就明白到底谁该受到审判了。”乔耶冷冷地说。

“你到冈瓦纳皇帝那里去干什么了？”若列问。

“我从它那里知道了‘明月’和‘海神’到底是什么。”

博士的这句话使蚂蚁们亢奋的情绪顿时冷了下来，它们专注地把目光集中在乔耶身上。

乔耶看看四周问："首先，这里有没有谁知道'反物质'是什么？"

蚂蚁们沉默了一会儿，卡奇卡说："我知道一些：反物质是恐龙物理学家们猜想中的一种物质，它的原子中的粒子电荷与我们世界中的物质相反。反物质一旦与我们世界的正物质相接触，双方的质量就全部转化为能量。"

乔耶点点触须说："现在大家知道有比核武器更厉害的东西了，在同样的质量下，正反物质湮灭产生的能量要比核弹大几千倍！"

"但这和那神秘的'明月''海神'有什么关系？"

"请听我接着说：还记得 3 年前南半球的夜间突然出现的那个新太阳吗？这次闪光是从一个沿彗星轨道进入太阳系的小天体上发出的，那个天体直径还不到 30 千米，只是飘浮在太空中的一个小石块。但它是由反物质构成的！在它经过小行星带时，与一块陨石相撞，陨石与反物质发生湮灭爆发出巨大的能量，产生了那次闪光。当时，罗拉西亚和冈瓦纳都发射了探测器，也都得到了同样的结果。这次湮灭产生了许多大大小小的反物质碎片，这些碎片都飞散到太空之中。恐龙天文学家很快定位了几块碎片，这并不是很困难，因为在小行星带以内，太阳风中的正粒子会与反物质产生湮灭，使那些碎片表面发出一种特殊的光。那时正值罗拉西亚和冈瓦纳军备竞赛的高峰期，于是，两个恐龙大国同时产生了一个极其疯狂的想法：采集一些反物质碎片带回地球，作为一种威力远在核弹之上的超级武器威慑对方……"

"等等，"卡奇卡打断了乔耶的话，"这里有一个明显的逻辑错误：既然反物质与正物质接触后会发生湮灭，那它们用什么容器来存贮它并把它带回地球呢？"

乔耶接着说："恐龙天文学家发现，那个反物质天体的相当大一部分是反物质铁，它们在太空中定位的碎片也都是反物质铁。反物质铁与我们世界的铁一样，能受到磁场的作用，这就为解决存贮问题提供了可能，这使得恐龙有可能制造一种容器，容器的内部为真空，并产生一个强大的约束磁场，把要存贮的反物质牢牢约束在容器的正中，避免它与容器的内壁相接触，这样就可以对反物质进行存贮，并能够将它运送或投放到任何地方。当然，这种想法最初只是一种理论上的可能，要想用这种容器将反物质带回地球，则是一个极其疯狂和危险的举动，但疯狂是恐龙的本性，称霸世界的欲望战胜了一切，它们真的那么做了！

“是冈瓦纳帝国首先走出了这通向地狱的第一步。它们设计并制造了磁约束容器，它是一个空心球，在采集反物质碎片时，这个空心球分成两个半球，分别固定在飞船的两只机械臂上，飞船缓慢地接近反物质碎片，机械臂举着两个半球极其小心地向碎片合拢，最后将碎片扣在空心球中，在两个半球合拢的同时，球内由超导体产生的约束磁场开始工作，将碎片约束在球体正中，然后，飞船就将这个球体带回了地球。

“冈瓦纳飞船载着球体容器进入地球大气层，那块碎片重达 45 吨，如果在大气层内湮灭，将使 90 吨的正反物质在大气层内转化为纯能，这巨大的能量将毁灭地球上的一切生命。罗拉西亚恐龙当然不想与冈瓦纳帝国玉石俱焚、同归于尽，所以它们眼巴巴地看着那艘飞船降落在海面上。

“接下来发生的事情使疯狂达到了巅峰：冈瓦纳飞船降落后，在海上将那个球体容器转载到一艘大货轮上，这艘船叫‘海神’号，以后恐龙也就将它所运载的反物质碎片称为‘海神’了。这艘大船不是驶回冈瓦纳，而是驶向罗拉西亚大陆，最后停泊在罗拉西亚最大的港口上！在整个航程中，罗拉西亚不敢对这艘毁灭之船进行任何拦截，只能听之任之，那艘船进入港口如入无人之境。‘海神’号停泊后，船上的恐龙乘直升机返回冈瓦纳，把船遗弃在港口。罗拉西亚恐龙对‘海神’号敬若神明，不敢对它有任何轻举妄动，因为它们知道，冈瓦纳帝国可以遥控球体容器，随时关闭容器内的约束磁场，使那块反物质与容器接触而发生湮灭。如果这事发生，整个世界的毁灭在所难免，但最先毁灭的是罗拉西亚大陆，大陆上的一切将在海岸出现的一轮死亡太阳的烈焰中瞬间化为灰烬。那真是罗拉西亚共和国最黑暗的日子，而冈瓦纳帝国手握地球的生命之弦，变得无比猖狂，不断地向罗拉西亚提出领土要求，并命令其解除核武装。

“但这种一边倒的局面并没有持续多久，冈瓦纳的‘海神’行动仅一个月后，罗拉西亚就采取了同样的行动，用同样的技术从太空中将第二块反物质碎片带回了地球，并做了与冈瓦纳帝国同样的事：将其装载到一艘叫‘明月’号的货轮上，运到了冈瓦纳大陆最大的港口。

“于是，恐龙世界再次形成了平衡，这是终极威慑下的平衡，地球已被推到了毁灭的边缘上。

“为了避免世界性的恐慌，‘海神’行动和‘明月’行动都是在绝密状态下进行的，即使在恐龙世界，也只有极少数的人知道它的底细。这两次行动都不惜成本地使用了高可靠性设备，同时使用了替换的模块结构，因为系统的规模不大，所以完全不需要蚂蚁的维护，蚂蚁联邦也就至今对此一无所知。”

乔耶的叙述使统帅部所有的蚂蚁都极为震惊，它们从胜利的巅峰一下子跌入了恐惧的深渊，卡奇卡说：“这不只是疯狂，是变态！这样以整个世界共同毁灭为基础的终极威慑，已完全失去了任何政治意义和军事意义，只是彻底的变态！”

“博士，这就是您所推崇的恐龙的好奇心、想象力和创造力产生的结果。”若列元帅讥讽地说。

“别扯远了，还是回到世界面临的极度危险中来吧。”乔耶说，“我要谈到两个恐龙大国元首曾提到的‘负计时’了。为了避免在对方这种先发制人的打击下无还手之力，两个恐龙大国几乎同时对‘海神’和‘明月’采取了一种新的待命方式，这就是所谓的‘负计时’。这以后，本土遥控站不再用于对反物质容器发出引爆信号，相反，它发出的是解除引爆的信号；而球形容器则每时每刻都处于引爆倒计时状态，只有在收到本土遥控站的解除信号后，它才中断本次倒计时，重新复位，从零开始新的一轮倒计时，并等待着下一次的解除信号。每次的解除信号由冈瓦纳皇帝和罗拉西亚总统亲自发出。这样，当某一方遭受对方先发制人的打击而陷入瘫痪后，解除信号就无法发出，球形容器就会完成倒计时引爆反物质。这种待命方式使先发制人的打击等于自杀，使得敌人的存在成为自己存在的必要条件，同时，也使地球面临的危险上升了一个等级，‘负计时’是这场终极威慑中最为疯狂，或用执政官的话说，最为变态的部分。”

统帅部再次陷入死寂之中。卡奇卡首先打破沉寂，它的气味语声有些颤抖：

“这就是说，‘海神’和‘明月’现在都在等待着下一个解除信号？”

乔耶点点触须：“也许是两个永远不会发出的信号。”

“您是说，冈瓦纳和罗拉西亚的遥控站已经被我们的雷粒破坏了？！”若列问。

“是的。达达斯告诉了我冈瓦纳遥控站的位置，也告知我他们侦察到的罗拉西亚遥控站的位置，我回来后在断线行动的数据库中查询，发现这是两个很小的信号发射站，由于其用途不明，我们只在其中的通信设备里布设了很少的雷粒，冈瓦纳遥控站中布设了35颗，罗拉西亚遥控站中布设了26颗，总共切断61根导线。虽数量不多，但足以使这两个遥控站的信号发射设备完全失效。”

“每次倒计时有多长时间？”

“3天时间，66小时，罗拉西亚和冈瓦纳的倒计时几乎是同时开始的，一般解除信号是在倒计时开始后的22小时发出的，这次倒计时已过去20小时，我们还有两天的时间。”

若列说：“如果我们知道解除信号的具体内容，就能够自己建立一个发射台，不停地中断‘海神’和‘明月’的倒计时了。”

“问题是我们不知道，也不可能知道！恐龙没有告诉我信号的内容，只是说那个信号是一个十分复杂的长密码，每次都在变化，其算法只存贮在遥控站的计算机中，我想现在已没有恐龙知道了。”

“这就是说，只有这两个遥控站能够发出解除信号了。”

“我想是这样。”

卡奇卡迅速思考了一下说：“我们能够做的，就是尽快修复它们了。”

八、遥控站战役

冈瓦纳帝国发射解除信号的遥控站位于巨石城远郊的一片荒漠之中。这是一幢顶端有复杂天线的不大的建筑，看上去像个气象站似的毫不起眼。遥控站的守卫很松懈，只有一个排的恐龙在把守，而这些守卫者主要是为了防止偶尔路过的本国恐龙无意中的闯入，并不担心敌国的间谍和破坏分子。因为，比起冈瓦纳来，罗拉西亚更愿意保证这个地方的安全。

除去守卫者外，负责遥控站日常工作的只有 5 头恐龙，包括一名工程师、三名操作员和一名维修技师。它们同守卫者一样，对这个站的用途全然不知。

遥控站的控制室里有一个大屏幕，上面显示着一个倒计时，从 66 小时开始递减。但这个倒计时从未减到 44 小时以下，每到这个时间（通常是早晨），另一个空着的屏幕上就出现了帝国皇帝达达斯的影像，皇帝每次只说一句简短的话：

“我命令，发信号。”

这时，值班操作员就会立正回答：“是！殿下！”然后移动操作台上的鼠标，点击一下电脑屏幕上的“发射”图标，大屏幕上就会显示出如下信息：

“解除信号已发出——收到本次解除成功的回复信号——倒计时重置”。

然后，屏幕上重新显示出“66：00”的数字，并开始递减。

在另一个屏幕上，皇帝很专注地看着这一切的进行，直到重置的倒计时开始，它才像松了一口气似的离开了。从皇帝关注信号发出的眼神可以看出，这个信号极其重要，但这些普通恐龙操作员无论如何也不可能想到，这个信号每天都推迟了一次地球的死刑。

这一天，两年如一日的平静生活中断了，信号发射机出了故障。遥控站配备的是高可靠性设备，且有冗余备份，像这样包括备份系统在内的整个设备都因故障停机，肯定不是自然或偶然因素所致。工程师和技师立刻查找故障，很快发现有几根导线断了，而那些导线只有蚂蚁才能接上。于是它们立刻向上级打电话，请求派蚂蚁维修工来，这才发现电话已打不通了。它们继续查找故障，发现了更多的断线，而这时，距皇帝命令发信号的时间已经很近了，恐龙们只好自己动手接线，但它们的粗爪很难接上那些细线，5 头恐龙心急如焚。虽然电话不通，但它们相信通信很快就会恢复,在倒计时减到 44 小时时,皇帝一定会出现在那个屏幕上。两年来，在恐龙们的意识中，皇帝的出现如同太阳升起一般成了雷打不动的规律。但今天,太阳虽升起了,皇帝却没有出现,倒计时的时钟数码第一次减到了 44 以下,还在以同样恒定的速度继续减少着。

后来恐龙们知道，不可能再指望蚂蚁了，因为发射机就是它们破坏的。从巨石城逃出来的恐龙开始经过这里，从那些惊魂未定的恐龙那里，遥控站的恐龙们知道了首都的情况，知道了蚂蚁已经用雷粒破坏了恐龙帝国所有的机器，恐龙世界已经陷入瘫痪。

但在遥控站工作的都是尽心尽责的恐龙，它们继续试图接上已断的导线。但这是一项不可能完成的任务，机器中大部分断线所在的地方，恐龙粗大的爪子根本伸不进去，那几根露在外面的断线的线头在它们那粗笨的手指间跳来跳去，就是凑不到一起。

“唉，这些该死的蚂蚁！”恐龙技师揉揉发酸的双眼，骂了一声。

这时，工程师瞪大了双眼，它真的看到了蚂蚁！那是由百只左右的蚂蚁组成的小队伍，正在操作台白色的台面上急速行进，领队的蚂蚁对着恐龙高喊：

“喂，我们是来帮你们修机器的！我们是来帮你们接线的！！我们是来……”

恐龙这时没有打开气味语言翻译器，因而也听不到蚂蚁的话，其实就是听到了它们也不会相信，对蚂蚁的仇恨此时占据了它们的整个心灵。恐龙们用它们的爪子在控制台上蚂蚁所在的位置拍着踹着，嘴里咬牙切齿地嘟囔着：“让你们放雷粒！让你们破坏机器……”白色的台面上很快出现了一片小小的污迹，这些蚂蚁都被踹碎了。

“报告执政官，遥控站内的恐龙攻击蚂蚁维修队，把它们消灭在控制台上了！”在距遥控站50米远的一棵小草下，从遥控站中侥幸逃回来的一只蚂蚁对卡奇卡说。蚂蚁联邦统帅部的大部分成员都在这里。

“执政官，我们必须设法与遥控站的恐龙交流，说明我们的来意！”乔耶说。

“怎么交流？它们不听我们说话，根本就不打开翻译器！”

“能不能打电话试试？”有蚂蚁建议。

“早试过了，恐龙的整个通信系统已被破坏，与蚂蚁联邦的电话网完全断开，电话根本打不通！”

若列说：“大家应该知道蚂蚁的一项古老的技艺，在蒸汽机时代之前的漫长岁月，先祖用队列排出字来与恐龙交流。”

“目前在这里已集结了多少部队？”

“10个陆军师，大约15万只蚂蚁。”

“这能排出多少个字来呢？”

“这要看字的大小了，为了让恐龙在一定的距离上也能看清，最多也就是十几个字吧。”

“好吧，”卡奇卡想了一下，“就排出以下的字句：我们来帮你们修机器，这台机器能拯救世界。”

“蚂蚁又来了！这次好多耶！”

在遥控站的门前，恐龙士兵们看到有一个蚂蚁方阵正在向这里逼近，方阵约有三四米见方，随着地面的凸凹起伏，像一面在地上飘动的黑色旗帜。

“它们要进攻我们吗？”

“不像，这队形好奇怪。”

蚂蚁方阵渐渐近了，一头眼尖的恐龙惊叫起来：“哇，那里面有字耶！！”

另一头恐龙一字一顿地念着：“我——们——来——帮——你——们——修——机——器，这——台——机——器——能——拯——救——世——界。”

“听说在古代蚂蚁就是这样与我们的先祖交谈的，现在亲眼看见了！”有头恐龙赞叹说。

“扯淡！”少尉一摆触须说，“不要中它们的诡计，去，把热水器中的所有热水都倒到盆里端来。”

恐龙士兵七嘴八舌地议论起来：“它们的话太奇怪了，这台机器怎么能拯救世界？”“谁的世界？我们的还是它们的？”“这台机器发出的信号想必是很重要的。”“是啊，要不为什么每天都由皇帝亲自下命令发出呢？”

“白痴！”中尉训斥道，“到现在你们还相信蚂蚁？就因为我们对它们的轻信，它们已经摧毁了帝国！这是地球上最卑鄙、最阴险的虫虫，我们决不再上它们的当了！快，去倒热水！”

很快，恐龙士兵们搬出了 5 大盆热水，5 个士兵每人端一盆，一字排开向蚂蚁方阵走去，同时把热水泼向方阵。滚烫的水花在弥漫的蒸汽中飞溅，地上的那行黑色字迹被冲散了，字阵中的蚂蚁被烫死大半。

“与恐龙交流已不可能，现在唯一的选择，就是强攻遥控站，将其占领后修好机器，我们自己发出解除信号。”卡奇卡看着远处腾起的蒸汽说。

“蚂蚁强攻恐龙的建筑？！”若列像不认识似的看着卡奇卡，“这在军事上简直是发疯！”

“没办法，这本来就是一个疯狂的世界。这个建筑规模不大，且处于孤立状态，短时间内得不到增援，我们集结可能集结的最大力量，是有可能攻下它的！”

“看远处那是些什么？好像是蚂蚁的超级行走车！”

听到哨兵的喊声，少尉举起望远镜，看到远方的荒原上果然有一长排黑色的东西在移动，再细看，那确实是哨兵所说的东西。蚂蚁的交通工具一般都很小，但出于军事方面的特殊需要，它们也造出了一些与它们的身体相比极其巨大的车辆，这就是超级行走车。每辆这样的车约有我们的三轮车大小，这在蚂蚁的眼中无疑是庞然大物，与我们眼中的万吨巨轮一样。超级行走车没有轮子，而是仿照蚂蚁用 6 条机械腿行走，所以能够快速穿越复杂的地形。每辆超级行走车可以搭载几十万只蚂蚁。

“开枪，打那些车！”少尉命令。恐龙士兵用它们仅有的一挺轻机枪向远处的行走车射击，一排子弹在沙地上激起道道尘柱，走在最前面的那辆车的一条前腿被打断了，一下子翻倒在地，剩下的 5 条机械腿仍在不停地挥动着。从打开侧盖的车厢里滚出许多黑色的圆球，每一个有我们的足球那么大，那是一团团的蚂蚁！这些黑球滚到地面后很快散开来，就像在水中溶化的咖啡块一样。又有两辆行走车被击中停了下来，穿透车厢的子弹并不能杀死多少蚂蚁，黑色的蚁团纷纷从车厢中滚落到地面。

“唉，要是有门炮就好了！”一名恐龙士兵说。

“是啊，有手榴弹也行啊。”

“火焰喷射器最管用！”

“好了，不要废话了，你们数数有多少辆行走车！”少尉放下望远镜，指着前方说。

“天哪，足有二三百辆啊！”

“我看蚂蚁联邦在冈瓦纳大陆的超级行走车都开到这里了。”

“这就是说，这里集结了上亿只蚂蚁！”少尉说，“可以肯定，蚂蚁要强攻遥控站了！”

“少尉，我们冲过去，捣毁那些虫虫车！”

“不行，我们的机枪和步枪对它们没有多少杀伤力。”

“我们还有发电用的汽油，冲过去烧它们！”

少尉冷静地摇摇头：“那也只能烧掉一部分。我们的首要任务是保卫遥控站，下面，听我的安排……”

“执政官，元帅，前方空军观察机报告，恐龙们正在挖壕沟，以遥控站为圆心挖了两圈壕沟。它们正在引来附近一条小河的水灌满外圈壕沟，还搬出了几个大油桶，向内圈的壕沟中倒汽油！”

“立刻发起进攻！”

蚁群开始向遥控站移动，黑压压一片，仿佛是空中的云层在大地上投下的阴影。这景象让遥控站中的恐龙们胆战心惊。

蚁群的前锋到达已经注满水的第一道壕沟边，最前边的蚂蚁没有停留，直接爬进了水中，后面的蚂蚁踏着它们的身体爬进稍靠前些的水中，很快，水面上形成了一层厚厚的黑色浮膜，这浮膜在迅速向水壕的内侧扩展。恐龙士兵们都戴上了密封头盔以防蚂蚁钻进体内，它们在水壕的内侧用铁锹向蚁群撒土，还大盆大盆地泼热水，但这些作用都不大，那层黑色浮膜很快覆盖了整个水面，蚁群踏着浮膜如黑色的洪水般涌了过来，恐龙们只得撤到第二道壕沟之内，并点燃了壕沟中的汽油。一圈熊熊的烈火将遥控站围了起来。

蚁群到达火沟后，在沟边堆叠起来，形成了一道蚁坝。蚁坝不断增高，最后高达两米多，在火沟外面形成一堵黑色的墙。接着，蚁坝整体开始向火沟移动，它的表面在火光中蠕动着，仿佛是一条黑色的巨蟒。在烈火的烘烤中，蚁坝的表面冒出了青烟，空气中充满了刺鼻的焦味，蚁坝表面被烤焦的蚂蚁不停地滚落下去，掉进火沟烧着了，在火沟的外缘形成了一圈奇异的绿火，蚁坝的表面则不断地被一层新蚂蚁代替，整个蚁坝仍坚定地站立在火沟边上。这时，大批蚂蚁从蚁坝的另一侧登上顶端，聚成了一个个黑色的大蚁球，其大小与一小时前从超级行走车上滚下的那些相当，每个蚁球包含了一个师的蚂蚁兵力。这些黑色的球体从蚁坝的顶端滚下去，有一些被大火吞没了，但大部分借着冲力滚过了火沟，到达沟的另一侧。在穿越烈火的过程中，这些蚁球的外层都被烧焦了，但那无数只蚂蚁仍互相紧抓着不放，在蚁球外面形成了一层焦壳，保护了内层的蚂蚁。滚上火沟对岸的蚁球很快达到了上千个，它们外部的焦壳很快裂开，球体分散成蚁群，黑压压地涌上遥控站的台阶。

守卫遥控站的恐龙士兵们的精神完全崩溃了，它们不顾少尉的阻拦，夺门而出，绕到建筑物后面，沿着正在包围遥控站的蚁群尚未填充的一条通道狂奔而去。

蚁群涌入了遥控站的底层，然后涌上楼梯，进入控制室。同时，蚁群也爬上了建筑的外墙，由窗户进入，一时间这幢建筑的下半截变成了黑色。

控制室中还有 6 头恐龙，它们是少尉、工程师、维修技师和三名操作员。它们惊恐地看着蚂蚁从门、窗等所有的缝隙进入这个房间，仿佛整幢建筑被浸在蚂蚁之海中，黑色的海水正在从各处渗进来。它们看看窗外，发现这蚂蚁之海真的存在，目力所及之处，大地都被黑色的蚁群所覆盖，遥控站只是这蚂蚁海洋中的一个孤岛。

蚁群很快淹没了控制室的大部分地板，在控制台前留下了一个空圈，6 头恐龙就站在空圈中。工程师赶紧取出翻译器，打开开关时立刻听到了一个声音：

“我是蚂蚁联邦的最高执政官，已没有时间向您详细说明一切，您只需要知道，如果遥控站不能在 10 分钟之内发出信号，地球将被毁灭。”

工程师向四周看看，黑压压的全是蚂蚁，按照翻译器上的方向指示，它看到控制台上有三只蚂蚁，刚才的话就是其中的一只说出的。它对那三只蚂蚁摇摇头：

“发射机坏了。”

“我们的技工已经接好了所有的断线，修好了机器，请立即启动机器发信号！”

工程师再次摇头：“没电了。”

“你们不是有备用发电机吗？”

“是的，自从外部电力中断后，我们一直用汽油发电机供电，但现在没有油了，汽油都倒进外面的壕沟中烧光了……世界真的会在 10 分钟后毁灭吗？”

翻译器中传出了卡奇卡的回答：“如果发不出信号，是的！”

卡奇卡看看窗外，发现外面的火已经灭了，这证实了少尉的话，壕沟中也没有剩油了。他转身问若列：

“倒计时还剩多长时间？”

若列一直在看着表，他回答说：“还剩 5 分钟 30 秒，执政官。”

乔耶说：“刚刚接到电话，罗拉西亚那边已经失败了，守卫遥控站的恐龙在蚂蚁军队的进攻中炸毁了遥控站，对‘明月’的解除信号已不可能发出，5 分钟后它将引爆。”

若列平静地说：“‘海神’也一样，执政官，一切都完了。”

恐龙们并没有听明白这三位蚂蚁联邦的最高领导者在说什么，工程师说：“我们可以到附近去找汽油，距这里 5000 米处有一个村庄，快的话，20 分钟就能回来。”

卡奇卡无力地挥了挥触须：“去吧，你们都去吧，想去哪儿就去哪儿。”

6 头恐龙鱼贯而出，工程师在门口停下脚步，问了刚才少尉问的同一个问题：

“几分钟后地球真的会毁灭吗？”

蚂蚁联邦的最高执政官对它做出了一个类似微笑的表情：“工程师，什么东西都有毁灭的一天。”

“呵，我第一次听蚂蚁说出这么有哲学意味的话。”工程师说完，转身走出去。

卡奇卡再次走到控制台的边缘，对地板上黑压压一片的蚂蚁军队说：“迅速向全军将士传我的话：遥控站附近的部队立刻到这幢建筑的地下室隐蔽，远处的部队就地寻找缝隙和孔洞藏身，蚂蚁联邦政府最后告诉全体公民的话是：世界末日到了，大家各自保重吧。”

“执政官，元帅，我们一起去地下室吧！”

“不，您快去吧，博士。我们已犯了文明史上最大的错误，没有资格再活下去了。”

“是的，博士，”若列说，“虽然不太可能，还是希望您能把文明的火种保存下去。”

乔耶同卡奇卡和若列分别碰了碰触须，这是蚂蚁世界的最高礼仪，然后它转身混入了控制室中正在快速离去的蚁群。

蚂蚁军队离开后，控制室内一片宁静，卡奇卡向窗子爬去，若列跟着它。两只蚂蚁爬到窗前时，正好看到了一幅奇景：此时是夜色将尽的凌晨，天空中有一轮残月。突然，月牙的方向在瞬间转动了一个角度，同时亮度急剧增强，直到那银光变得电弧般刺目，把大地上的一切，包括正在疏散的蚁群，都照得毫发毕现。

“怎么回事？太阳的亮度增强了吗？”若列好奇地问。

“不，元帅，是又出现了一个新太阳，月球在反射着它的光芒，那个太阳在罗拉西亚出现，正在把那个大陆烧焦。”

“冈瓦纳的太阳也该出现了。”

“这不是吗？来了。”

更强的光芒从西方射来，很快淹没了一切。在被高温汽化之前，两只蚂蚁看到有一轮雪亮的太阳从西方的地平线上迅速升起，那太阳的体积急剧膨胀，最后占据了半个天空，大地上的一切在瞬间燃烧起来。反物质湮灭的海岸距这里有上千千米，冲击波要几十分钟后才能到达，但在这之前，一切都早已在烈火中结束了。

这是白垩纪的最后一天。

九、漫漫长夜

寒冬已持续了 3000 年。

在一个稍微暖和一些的正午，冈瓦纳大陆中部，两只蚂蚁从深深的蚁穴中爬到地面。在没有生气的灰蒙蒙的天空中，太阳只是一团模糊的光晕，大地覆盖在厚厚的冰雪下，偶尔有一块岩石从雪中露出，黑乎乎的格外醒目，极目望去，远方的山脉也是白色的。

蚂蚁 A 转过身来，打量着一个巨大的骨架，这种大骨架在大地上到处都有，由于也是白色的，同雪混在一起，从远处不易看到。但从这个角度看，在天空的背景上显得格外醒目。

“听说这种动物叫恐龙。”蚂蚁 A 说。

蚂蚁 B 转过身来，也凝视着天空中的骨架：“昨天夜里你听它们讲那个关于神奇时代的传说了吗？”

“听了，它们说在几千年前，蚂蚁有过辉煌的时代。”

“是啊，它们说，那时的蚂蚁不是住在地下的洞穴中，而是生活在地面的大城市里，它们也不是由蚁后来生育，那真是一个神奇的时代。”

“那个传说里面说，那个神奇时代是蚂蚁和恐龙一起创造的，恐龙没有灵巧的手，蚂蚁就为它们干细活儿；蚂蚁没有灵活的思想，恐龙就想出了神奇的技术。”

“那个神奇的时代啊，蚂蚁和恐龙造出了许多大机器，建造了许多大城市，拥有了神一般的力量！”

“你听懂了传说中关于那个世界毁灭的部分了吗？”

“听不太懂，好像很复杂的：恐龙世界里爆发了战争，蚂蚁和恐龙之间也爆发了战争……再到后来，地球上出现了两个太阳。”

蚂蚁 A 在寒风中打着抖：“唉，现在要是有个新太阳有多好啊！”

“你不懂的！那两个太阳很可怕，把陆地上的一切都烧毁了！”

“那现在为什么这么冷呢？”

“这很复杂，好像是这么回事：那两个新太阳出现以后的一段时间内，世界上确实很热，据说太阳附近的大地都熔成岩浆了！但后来，新太阳爆炸时激起的尘埃在空中遮住了旧太阳的阳光，世界就变冷了，变得比那两个太阳出现前还冷得多，就是现在这个样子。恐龙那么大个儿，在那可怕的时代自然都死光了，但有一部分蚂蚁钻到地下，活了下来。”

“听说就在不久前蚂蚁还识字的，现在，我们都不认识字了，那些古代留下来的书谁也读不了了。”

“我们在退化，照这样下去，蚂蚁很快就会退化成什么都不知道，只会筑穴觅食的小虫子了。”

“那有什么不好？在这艰难时代，懂得少些就舒服些。”

“那倒也是。”

…………

“会不会有那么一天，世界又温暖起来，别的什么动物又建立起一个神奇时代？”

“有可能，我觉得那种动物应该既有足够大的大脑，又有灵巧的双手。”

“是的，但不能像恐龙这么大，它们吃得太多，生活会很难。”

“也不能像我们这么小，脑子不够大。”

“唉，这种神奇的动物怎么会出现呢？”

“我想会的，时间是无穷无尽的，什么都会出现，我告诉你吧，什么都会出现的。”

圆圆的肥皂泡

一

很多人生来就会莫名其妙地迷上一样东西，仿佛他（她）的出生就是要和这东西约会似的，正是这样，圆圆迷上了肥皂泡。

圆圆出生后一直是一副无精打采的样子，连啼哭都像是在应付差事，显然这个世界让她很失望。

直到她第一次看到肥皂泡。

圆圆第一次看到肥皂泡时才 5 个月大，立刻在妈妈的怀中手舞足蹈起来，小眼睛中爆发出足以使太阳、星辰都黯然失色的光芒，仿佛这才是第一次真正地看到这个世界。

这是一个西北的正午，已经数月无雨，窗外，烈日下的城市弥漫着沙尘，在这异常干燥的世界中，那飘浮在空中的绚丽的水的精灵确实是绝美的东西，看到小女儿能认识到这种美，为她吹出肥皂泡的爸爸很高兴，抱着她的妈妈也很高兴，圆圆的妈妈放弃了还有一个月的产假，明天就要回实验室上班了。

二

时光飞逝，圆圆进幼儿园大班了，她仍然热爱肥皂泡。

这个星期天和爸爸出去玩，她的小衣袋中就装着吹泡泡的小瓶，爸爸许诺要让妈妈带她坐飞机吹泡泡。这并不是吹牛，他们真的去了近郊的一个简易机场，妈妈做飞播造林研究用的飞机就停在那里。那飞机让圆圆很失望，这是一架破旧的双翼农用飞机，估计是那个已消失的社会主义联盟制造的，圆圆觉得它是旧木板做的，像童话中的猎人在森林中住的破木屋，真不相信这玩意儿能飞起来。但就是这架破飞机，妈妈也不让圆圆坐。

“今天是孩子生日，你还加班不回家，让圆圆坐坐飞机，总能给她个惊喜嘛！”爸爸说。

“惊喜什么呀，她这么大分量，我要少带多少树种？”妈妈说着，又把一个沉重的大塑料包吃力地搬进舱门。

圆圆觉得自己没有多少分量，咧嘴大哭起来。于是妈妈赶紧来哄女儿，她从扔放在地上的一堆大塑料袋中的其中一个里拿出一件奇怪的东西，样子和大小与胡萝卜差不多，头儿尖尖的呈流线型，屁股上还有一对用硬纸板做的尾翼，看上去像个小炸弹，但却是透明的，很好玩的样子。圆圆伸手去抓，但小手立刻又松开了，这玩意儿是冰做的。妈妈指着小炸弹中心的一颗小黑粒，告诉圆圆那就是树种：“飞机从好高的地方把这些冰炸弹扔下去，它们落到地上时会扎进沙土中。春天来了冰炸弹就会在沙土里悄悄地化开，化出的水会让种子发芽。把好多好多这样的冰炸弹投下来，沙漠就会变绿，沙子就不会吹到我圆圆的小脸儿上了……这是妈妈的研究项目，它能使西北干旱地区飞播造林的成活率提高一倍……”

“孩子懂什么成活率，真是，圆圆，咱们走！”爸爸抱起圆圆，气鼓鼓地走了。妈妈没有留他们，只是赶紧用两手又捧了一下女儿的脸蛋儿。

圆圆感到妈妈的手比爸爸的粗糙多了。

圆圆伏在爸爸的肩膀上看到“猎人木屋”轰鸣着起飞，她对着飞机吹出一串肥皂泡，看着它消失在沙尘弥漫的空中。

爸爸抱着圆圆走出了机场，在公路边的车站等着回市里的汽车，圆圆感到爸爸的身体突然颤抖了一下。

“爸爸，你冷吗？”

“不……圆圆。你没听到什么？”

“嗯……没有呀。”

但他听到了，那是一声沉闷的爆炸，从飞机飞向的远方传来，隐隐约约，他几乎是用第六感听到的。他猛地回头看着那个方向，在他和女儿面前，大西北干旱的大地冷酷地凝视着苍穹。

三

时光继续飞逝，圆圆上了小学，她仍然热爱肥皂泡。

清明节，当她和爸爸来到妈妈墓前时，仍拿着吹泡泡的小瓶，当爸爸把鲜花放到那朴素的墓碑前时，圆圆吹出了一串泡泡。爸爸正要发作，女儿的一句话使他平静下来，双眼湿润了。

“妈妈会看到的！”圆圆指着飘过墓碑的肥皂泡说。

“孩子啊，你要做一个妈妈那样的人，像她那样有责任感和使命感，像她那样有一个远大的人生目标！”爸爸搂着圆圆说。

“我有远大的目标呀！”圆圆喊道。

“说给爸爸听听？”

“吹——”圆圆指着已飞远的肥皂泡，“大——大——的——泡——泡！”

爸爸苦笑着摇摇头，拉着女儿走去。这里距几年前飞机坠毁的地点不远，当年由自天而降的冰炸弹播下的种子确实都成活了，长成了小树苗，但最后的胜利者仍是无边的干旱，飞播林在干旱少雨的第二年都死光了，沙漠化仍在继续着它不可阻挡的步伐。爸爸回头看，夕阳将墓碑的影子拉得好长好长，圆圆吹出的肥皂泡已经一个都不见了，像墓中人的理想，像西部大开发美丽的梦幻。

四

时光继续飞逝，圆圆上了中学，她仍然喜欢肥皂泡。

这天，圆圆年轻的女班主任老师来家访，递给爸爸一把新奇漂亮的玩具手枪，说是圆圆在课上玩，让物理老师没收的。那把枪有个大肚子，枪管顶部固定着一个天线似的圆圈，爸爸翻来覆去地看着，很迷惑它怎么玩。“这是泡泡枪。”班主任说着，拿过来一扣扳机，随着一阵嗡嗡的轻响，从枪口的小圆圈上飞出一长串肥皂泡。

班主任告诉爸爸，圆圆的学习成绩一直在同年级中领先，她最大的长处是有很强的创造性思维，班主任说自己还是第一次看到思想这么活跃的学生，告诉爸爸要珍惜这个苗头。

“你不觉得这孩子……怎么说呢，有些轻飘飘的吗？”爸爸手拿着泡泡枪问。

“现在的孩子嘛，都这样……其实在这个新时代，轻松洒脱一些的思想和性格也不一定就是缺点。”

爸爸叹口气，挥挥泡泡枪结束了谈话，他觉得和这个班主任没什么可谈的，她自己几乎还是个孩子呢。

送走了班主任，回到只有他们父女两人的家中，爸爸想和圆圆谈谈泡泡枪的问题，但立刻发生了另一件让他不快的事：

“又换了一个？今年你已经换了一个了！”他指着圆圆挂在胸前的手机问。

“没有呀爸爸，人家只是换了个壳儿嘛！看，这能给我新鲜的感觉。”圆圆说着，拿出了一个扁盒子，爸爸打开来，看到一排鲜艳的色块，最初以为是绘画颜料一类的东西，仔细一看才发现那是 12 个手机外壳，12 种色彩。

爸爸摇摇头，把盒子放在一边：“我正想和你谈谈你的这种……嗯，思想倾向。”

圆圆看到了爸爸手中的泡泡枪，一把抢了过来：“爸爸，我保证以后不再带它去学校了！”说完，她对着爸爸射出一串泡泡。

“我要说的不是这个，我要说的问题比这深刻得多，圆圆，你看你这么大了还喜欢吹肥皂泡……”

“不行吗？”

“哦不，这本来不算什么大问题，我是说，你的这种喜好反映出了你的一种，嗯，刚才说过的，思想倾向。”

圆圆不解地看着父亲。

“这说明你倾向于追求美丽、新奇而虚幻的东西，容易对远离现实的幻影着迷，你的双脚将离开大地，会将你的人生引向一个错误的方向。”

圆圆看看满屋飘浮着的肥皂泡，显得更迷惑了。那些肥皂泡像一群透明金鱼，在空气中幽幽地游着。

“爸爸，咱们还是谈一些更有趣的事吧！”圆圆靠到爸爸的肩膀上，语气变得神秘起来，“爸，我们的班主任漂亮吗？”

“没注意……圆圆，我刚才的意思是……”

“她显然很漂亮的！”

“也许吧……我刚才要说的是……”

“爸爸，您真没注意到她和您说话时的眼神？她好像被您吸引了耶！”

“我说你这个孩子，就不能少想些无聊的事？！”爸爸生气地把女儿的手从肩上拨开。

圆圆长叹一声：“唉，爸爸呀爸爸，您已经变成了一个对什么都提不起兴趣的人了，您这没有新鲜、没有新奇、没有激动的日子，有什么劲呢？还好意思当别人的人生教师。”

一个肥皂泡飘到爸爸脸前爆裂了，他隐约感到了一小股弱得不能再弱的湿润水汽，这一场转瞬即逝的微型毛毛雨令他感到片刻的陶醉，不可思议，这竟让他想起了自己遥远的南方故乡。他不为人察觉地叹息了一下。

“我年轻的时候也追逐过缥缈的梦想，和你妈妈从上海来到这里，天真地把大西北看作实现自己人生价值的地方。我们那批建设者用了那么短的时间，就让荒漠上出现了这座崭新的城市，我们曾把它当作一生的骄傲，想到当离开人世之前，这城市能成为自己没有虚度一生的证明。谁能想到，它不过是我们这一代人用青春甚至生命吹出的一个肥皂泡。”

圆圆很吃惊：“丝路市怎么是肥皂泡呢？它可是实实在在的，总不会‘啪’一下消失吧？”

“它将消失，中央已经认可了省里的报告，停止为丝路市引水的一切规划和努力。”

“那要把我们渴死吗？现在已经是两天来一次水，每次只来一个半小时！”

“正在制订一个为期 10 年的拆迁计划，整座城市将全部分散迁移，丝路将成为现代世界第一座因缺水而消失的城市，一个现代的楼兰……其实，曾让年轻的我们热血沸腾的整个西部大开发，现在已经变成了噩梦般的西部大开矿，谁知道，这是不是一个更大的肥皂泡呢？”

“哇，太棒了！”圆圆欢呼起来，“早就该离开这地方了！一个平淡乏味的地方，我真的不喜欢这里耶！迁移！迁移到一个全新的地方，开始全新的生活，这是多美妙的事啊！爸爸！”

爸爸默默地看了女儿一会儿，站起身来走到窗前，呆呆地看着外面黄沙中的城市，他双肩下垂的背影，看上去一下子老了许多。

“爸——”圆圆轻轻叫了一声，父亲没有回答。

两天后，圆圆的爸爸成为这即将消失的城市的最后一任市长。

五

高考结束了，圆圆取得了全省理科第二名的成绩。爸爸难得彻底地高兴了一次，慷慨地问女儿有什么要求，过分些也行，圆圆冲他张开一只手掌。

“5……5 个什么？”

“5 块透明皂，”说完她又张开另一只手掌，“10 袋洗衣粉，”两手翻了一下，“20 瓶洗洁精，”最后拿出一张纸，“最重要的是这些化学药剂，照清单上的分量买。”

那些化学药剂让父亲费了些事，他让一个在北京出差的办公室副主任跑了一天才买齐。

拿到这些东西后，圆圆一头扎进了卫生间，在那里面忙活了三天，配制了整整一浴池的溶液，怪味弥漫在家里的每个房间。第四天，两个男生送来了她定做的一个直径一米多的圆环，那圆环是用一根钻了许多小眼的长金属管弯成的。

第五天，家里早早就有一群人来访，他们中包括两个电视台的摄像师，市长还认出了其中的一位漂亮女士，是省电视台一个娱乐节目的主持人，还有两个穿得花里胡哨的家伙，自称是吉尼斯中国分部的人，昨天刚从上海飞来，其中一位沙哑着嗓子说：

“市长先生，您的女儿……咳咳……这地方空气真干燥……您的女儿要创造吉尼斯纪录了！”

市长随着一行人爬到开阔的楼顶上，他发现女儿和她的几个同学已经上来了，圆圆扛着那个大圆环，他们面前放着的那个大澡盆中盛满了她配的那种溶液。那两个吉尼斯的人开始架设两根有长度刻度的标杆，后来才知道那是用于测量肥皂泡直径的。

一切准备就绪后，圆圆把那个圆环伸进澡盆，再提出来时环面已附着了一层液膜。她小心地把带液膜的圆环固定在一根长杆顶端，走到楼顶边缘，挥动长杆使圆环在空中画了一个大圈，吹出了一个巨大的肥皂泡。那个大泡在空中颤颤地变着形状，像是在跳舞。后来知道，这个大泡的直径竟达 4.6 米，打破了由比利时人凯利斯保持的 3.9 米的吉尼斯纪录。

“液体的配方是很重要的，但窍门还在这个大环上。”圆圆在回答主持人提问时说，“那个比利时人用的只是一个普通的液膜环圈，而我这个，是由钻了一排洞的铅管弯成的，管里面充满了发泡液体，在大泡的形成过程中，这些液体不断地从管上的小孔中泄出，以使尽可能多的液体参与成泡，这样自然就可以形成更大的泡泡了。”

“那么，你还有可能制造出更大的泡泡来吗？”主持人问。

“当然会的！这就要研究肥皂泡形成的几个要素，它包括液体黏度、延展性、蒸发率和表面张力，但对于形成超大的泡泡来说，最需要改进的是后两项。蒸发率必须降低，因为蒸发是泡壁破裂的主要原因之一；表面张力嘛……你知道为什么纯水不能吹出泡泡？”

“当然是它的表面张力太小了。”

“恰恰相反，是因为水的表面张力太大了，形不成气泡。再问一句，你知道肥皂泡形成以后，它的表面张力与直径大小有什么关系吗？”

“那……照你说的，张力越小泡就越大呗。”

“No！当泡形成后，随着直径的增大，它反而需要增大自己的表面张力，以维持泡壁的强度。这就出现了一个问题：液体的表面张力是恒定的，那么要想吹出超大的泡泡，我们该解决什么样的问题呢？”

主持人茫然地摇摇头，她属于外形漂亮、口齿伶俐、头脑简单的类型，圆圆看出了这点：“算了，我们还是给观众们再吹几个大泡吧！”

于是，又有几个直径四五米的大肥皂泡顺风飘行在城市上空，在这沙尘弥漫的干旱世界中，它们显得那么不真实，仿佛是来自另一个世界的幻影。

一星期后，圆圆离开了这座她出生长大的西北城市，到中国那所最好的理工科大学去学习纳米专业了。

六

时光继续飞逝，但圆圆不再吹肥皂泡了。

圆圆读完了学士、硕士和博士，然后以令她父亲头晕目眩的速度开始创业。她以做博士课题时创造的一项技术为基础，开发了一种新的太阳能电池，成本仅为传统的单晶硅电池的几十分之一，可以作为马赛克贴到整个建筑表面上。仅三四年时间，她的公司就发展到几亿元资产的规模，成为纳米技术的东风催生的一大批急剧膨胀的奇迹企业之一。

圆圆的父亲由此陷入了一个尴尬的境地。以事业的成功程度而言，女儿现在已经有资格教导父亲了。看来圆圆当年的那个漂亮班主任说的有道理，轻飘洒脱的思想和性格不一定就是缺点。这是一个令父亲这一代人恼火的时代，现在的成功需要的是逼人的思想灵气，经验、毅力和使命感之类的不起决定作用，凝重和沉重更是显得傻乎乎的。

“很久没有过这种感觉了，这是我听过的最好的歌唱，他们确实比上一代那三个强。”在国家大剧院广阔的出口平台上，市长对女儿说。圆圆知道父亲喜欢听古典美声，这是他不多的爱好之一，就趁他到北京开会之际，请他听新一代世界三大男高音为即将到来的奥运会举办的演唱会。

“早知道我该买最好座位的票，怕您又嫌我浪费，就买了两张中等的。”

“这样的票多少钱一张？”父亲随口问。

“便宜多了，好像每张 2.8 万吧。”

“嗯……啊，什么？！”

看着父亲目瞪口呆的样子，圆圆笑了起来：“如果您能找回很久没有过的感觉，就是 28 万也值得。看这座大剧院，投资几十个亿，还不是为了人们从艺术中得到或找回某种感觉。”

“也许你有道理，我还是希望你的钱能花到更有意义的地方。圆圆，我想与你谈谈有关丝路市的事，你能不能进行一项它的市政投资？”

“是什么？”

“一个大型的水处理工程，建成后能够大大提高城市用水的循环利用率，还能够用太阳能淡化一部分盐湖的水。如果这个系统能够实现，丝路市就能在缩小规模后继续存在下去，避免完全消失的命运。”

“投资是多少？”

“初步规划，大约 16 个亿吧。大部分资金已有来源，但到位时间很长，怕来不及了，所以现在需要你投入一笔启动资金，约一个亿吧。”

“爸爸，不行，我目前能周转的资金也就这么多了，我想用它搞一个研究项目……”

父亲举起一只手打断女儿的话说：“那就算了。圆圆，我丝毫没有想影响你的事业，其实，我本来没打算向你提这个要求的，虽然你的投资能保证收回，但利润回报却微乎其微。”

“呵，那倒无所谓，爸爸，我这个项目更惨，别说盈利，投资都肯定会打水漂！”

“你想搞基础研究吗？”

“不，但也不是应用研究，是好玩的研究。”

“……”

“我将研制一种超级表面活性剂，已为它想好了名字，叫‘飞液’。它的溶液黏性和延展性比现有的任何液体都大几个数量级，蒸发速度仅是甘油的千分之一。这种表面活性剂溶液还具有一个魔鬼般的特性——它的表面张力能够随着液层的厚度和液面的曲率自动调节，调节范围从水的张力的百分之一到一万多倍。”

“它是干什么用的？”父亲惊恐地问，他已知道答案，但还是不敢相信。

年轻的亿万富翁搂住父亲的肩膀大声说：“吹——大——大——的——泡——泡！”

“你不是开玩笑吧？”

圆圆看着长安街上的灯火，沉默了好久：“谁知道呢？也许我的整个生活就是一个大玩笑，但，爸爸，我觉得这也没有什么不好，一个人用一生开一个玩笑也是一种使命吧。”

“用一亿元吹泡泡？有什么用吗？”父亲的语气好像觉得自己在做梦。

“没什么用，好玩呗。不过，比起你们当年用几百个亿建起一座很快就拆掉的城市，我的奢侈微不足道。”

“可你现在能救这座城市，它也是你的城市，你在那里出生长大。可你却用这笔钱吹肥皂泡！你……也太自私了！”

“我在过自己的生活，无私奉献并不一定能推动历史，您的那座城市就是证明！”

直到圆圆把车开上长安街，父女俩都没有再说话。

“对不起，爸爸。”圆圆轻声说。

“这些天我总是想起拉着你小手的那些日子，那是多好的时光啊。”灯光中，父亲的双眼一闪一闪的，似乎有些湿润。

“我知道让您失望了。您一直想让我成为妈妈那样的人，如果我能有两次人生的话，其中的一次会照您的意愿做，把自己奉献给责任和使命。可是，爸爸，我只能活一次。”

父亲没有说话。当这沉默的路程快结束时，圆圆拿出一个大纸袋递给父亲。

“什么？”父亲不解地问。

“房产证和钥匙。爸，我给您买了一幢别墅，在太湖边上，您退休后可以回到南方了。”

父亲把纸袋轻轻地推了回来：“不，孩子，我会在丝路的废墟上度过余生，我和你妈妈的青春和理想都埋在那儿，离不开了。”

北极星在夏夜里尽情地闪烁着，看着这绚丽的光海，圆圆和父亲竟同时联想到肥皂泡，这无边的灿烂似乎在极力向他们展示着什么，是生命之重还是生命之轻？

七

两年后的一天，市长在办公室里接到了女儿的电话。

“爸爸，生日快乐！”

“呵，圆圆吗？你在哪儿？”

“离您那儿不远，我给您送生日礼物来了！”

“嗨，我好多年没想起生日这回事儿了，那中午回家吧，我也有一个多月没回家了，只有保姆在那儿照看着。”

“不，礼物现在就送给您！”

“我在工作，马上要开市政周例会了。”

“没关系，您打开窗向天上看！”

今天的天空万里无云，蓝得清澈，这种天气在这一地区是很少见的。空中传来引擎的轰鸣声，市长看到有一架飞机在城市上空缓缓地盘旋，在蓝天的背景下很醒目。

“爸爸，我在飞机上呢！”圆圆在电话中喊道。

这是一架老式双翼螺旋桨飞机，在空中像一只懒洋洋的大鸟。时光瞬间闪回，一种熟悉的感觉闪电般出现，市长浑身颤抖了一下，20 多年前他也这样过，那时女儿问他是不是冷了。

“圆圆，你……干什么？！”

“要送礼物啦爸爸，注意飞机下面！”

市长刚才就发现，飞机机腹下面吊着一个大环，那环的直径比飞机还长，显然是升空以后才展开的。整体看去，飞机和大环组成了一个在空中飞行的戒指。后来知道，那个大环的结构同圆圆破吉尼斯纪录时用的环一样，由轻型金属管制成，管内充满了那种叫“飞液”的魔鬼液体。环面上罩着一层飞液的液膜，环上有无数的小洞，使飞液能够不断地从围成大圆环的细管中流出。

令人震惊的景象出现了，在那个大环后面，吹出了一个大肥皂泡！它反射着阳光，形状时隐时现。肥皂泡在急剧膨胀，很快，飞机与它相比只是透明西瓜上的一粒小芝麻。

下面城市广场上的所有人都在驻足仰望，市政府办公大楼里也开始有人跑出来看。

飞机拖着巨泡在城市上空缓缓盘旋，肥皂泡的膨胀速度大大减慢，但仍在继续着。最后，它脱离了飞机下的大环，独自在空中飘浮着。虽然巨泡的进气口已经消失，但它的膨胀却没有停止，这是阳光的热量在泡内聚集使其中的空气膨胀的缘故。渐渐地，巨泡占据了半个天空！

“这就是礼物啦，爸爸！”圆圆在电话中兴奋地喊着。

蓝天上晃动着大片的闪光，仿佛整个天空就是一张平滑的玻璃纸，正被一双无形的大手在阳光下抖动着。细看去，那些闪光勾勒出了一个巨大的球体形状，那个透明球体此时占据了大部分天空，下面的人们得将头转动近180度才能看全它。它仿佛是地球在天空的镜面上投下的一个晶莹的幻影。

城市骚动起来，大街上开始出现交通堵塞。

巨泡缓缓从空中降下来，当它降到足够低时，地面上的人们竟然在泡壁上看到了城市的高楼群的镜像，由于泡壁在风中的波动，高楼群扭曲变形，像是海中的植物林。这广阔的泡壁从上方气势磅礴地压下来，人们不由得捂住了脑袋。当巨泡接触地面时，地面上暴露在外的人们在身体穿过泡壁时感到脸上痒痒了一下。

巨泡没有破碎，而是呈一个直径近10千米的半球形立在大地上。这座城市，连同边缘的一座火力发电厂和一个化工厂，全被巨泡扣在其中！

“我们不是故意的，真的不是故意的！”圆圆对着摄像机说，“本来，按一般的情况，大泡是会顺风飘走的，谁想到今天这里的风力竟这么弱，这儿一贯是风很大的！所以它才掉了下来，把城市扣住了！”

市长看着市电视台中断了正常节目插进的紧急现场报道，他看到女儿身穿航空皮夹克，拉链敞开着，露出里面的蓝色工作服。她的身后，是那架老式双翼飞机……时光再次闪回，太像了，太像了……市长的心融化了，泪水夺眶而出。

两小时后，市长同刚刚成立的紧急小组一起，驱车来到了城市边缘巨泡泡壁的位置，圆圆和她的几个工程师早已等在那里。

“爸爸，我的肥皂泡很棒吧？！”圆圆没有了刚才的恐慌，不合时宜地一脸兴奋。

市长没理女儿，抬头打量着泡壁，这是一张在阳光下发着多彩霓光的大膜，它表面的结构是极其精细的衍射条纹，令人迷惑地变幻着，构成一个疯狂展示宇宙间所有色彩的妖艳的海洋。大膜是全透明的，这使得透过它看到的外部世界也蒙上了一层霓彩。向上到一定的高度，霓彩消失了，从空中看不出膜的存在。

市长伸出一只手，小心地触摸泡壁，他的手背感到一阵极其轻微的瘙痒，手已在膜的另一面了，这膜可能只有几个分子的厚度。他抽回手来，膜瞬间恢复原状，那一处的霓彩光纹仍是完整的形状，仿佛根本没有中断过。

现在，他一贯认为是虚幻象征的肥皂泡已是这样一个实实在在的巨大现实，而透过它看到的现实世界反倒变得虚幻了。

其他人也开始触摸大膜，后来挥手试图撕裂膜面，最后发展成对大膜拳打脚踢。市长的司机从车里拿出一根铁棍，抡得呜呜作响击打膜面……但这一切对大膜没有丝毫影响，所有的打击物都毫无阻碍地穿膜而过，之后膜面完好无损。市长挥手制止了大家的徒劳，接着指指远处的高速公路，人们看到，公路上的车流正在不间断地高速穿过大膜。

“这同肥皂泡膜的性质一样：固体可以穿过，但不透气。”圆圆说。

“正是因为它不透气，现在城市里的空气质量在急剧恶化。”市长瞪了女儿一眼说。

众人抬头看去，发现城市上空出现了一个巨大的半球状白色顶盖。这是由于城市和工厂产生的烟雾被大膜限制在泡内，使大泡的形状显现出来，这时如果从远处看城市，恐怕只能看到一个顶天立地的乳白色半球了。

“可能需要关闭发电厂和化工厂，以减缓空气污染的速度。”紧急小组组长说，“但最严重的问题是泡内气温的上升，现在城市实际上处于一个密闭极好的温室内，与外界没有空气流通，阳光的热量在很快聚集，现在正值盛夏，据测算，泡内气温最终将达到 60℃！”

“到现在为止，都进行了哪些方面的尝试来打破它？”市长问。

一名驻军指挥官回答：“一小时前，我们曾调用陆军航空兵的直升机在泡顶反复穿过，试图用螺旋桨撕裂它，没有用；后来又用炸药在泡壁与地面的交接处进行爆破，爆炸只是使大膜波动了一会儿，不能造成任何破坏，更邪乎的是，这张膜居然瞬间延伸到爆炸产生的大坑中，天衣无缝地横穿过坑的底部！”

市长问圆圆：“大泡要多长时间才能自然破裂？”

“大泡的破裂主要是由于泡壁液体的蒸发，这种物质的蒸发速度是极慢的，即使日照良好，大泡也得五六天才能破。”圆圆回答。令父亲气恼的是，女儿的语气显得很得意。

“那只有全城紧急疏散了。”紧急小组组长叹了口气说。

市长摇摇头：“不到万不得已，不能走这一步。”

“还有一个办法，”一名环境专家说，“赶造许多长筒，口径越大越好，把这些筒的一头伸出泡外，在筒的底部装上大功率换气扇，以实现与外界的空气交换。”

“哈哈哈哈……”圆圆大笑起来，把大家吓了一跳，她在众人气愤的目光中笑得直不起腰来，“这想法真……真够滑稽的！哈哈……”

“这都是你干的好事！”市长厉声喝道，“你要为此负责的，必须赔偿对本市造成的一切损失！”

圆圆两眼看天止住笑说：“那是，我们会赔的。不过我刚想出一个使大泡破裂的简单方法——烧。在泡壁与地面交接线的内侧，挖一条 100 米至 200 米长的壕沟，沟中灌满燃油并点燃，火焰会大大加速泡壁的蒸发，可以在三个小时左右使大泡破裂。”

市长命令抢险队照圆圆的方案做了。城市的边缘出现了一道100多米长的火墙，在那一排冲天烈焰的上方，被火舌舔着的泡壁变幻着各种怪异的色彩和图案，从图案的纹路可以看出，大膜上其他部分的飞液正在涌过来补充已被火焰蒸发掉的部分，这使得大膜上被烧灼的位置像一个大旋涡，绚丽妖艳的色彩洪水般从四面八方涌来，消失在火焰中。火焰的黑烟顺着泡壁上升，在天空中形成了一个黑色巨掌，令大泡中的百万市民惊恐不已。

三小时后，大泡破裂了，城市里的人们听到天地间发出一声轻微的破碎声，清脆悠扬深远，仿佛宇宙的琴弦被轻轻拨动了一下。

“爸爸，我很奇怪，您并没有像我想象的那样暴跳如雷。”圆圆对父亲说，这时，他们正站在市政府大楼的楼顶看着大泡破裂。

“我一直在思考一件事……圆圆，你认真回答我几个问题。”

“关于大肥皂泡的？”

“是的。我问你，既然泡壁是不透气的，那大泡也能保持住内部的湿润空气了？”

“当然。其实，在飞液的研制即将完成时，我不经意想到了它的一项可能的用途：用大泡作为超大型温室，可以在冬季制造小型气候区，为大片的土地提供适合作物生长的湿度和温度。当然，这还要使大泡更持久些。”

“第二个问题：你能让大泡随风飘很远吗？比如说几千千米？”

“这没问题，阳光的热量在泡内聚集，使其内部空气膨胀，会产生类似于热气球的浮力。至于今天这个大泡的坠落，只是因为它生成的位置太低，风也太小了。”

“第三个问题：你能让大泡在确定的时间破裂吗？”

“这也不难，只需调节飞液内的一种成分，改变其溶液的蒸发速度就行了。”

“最后一个问题：如果有足够的资金，你能够吹出几千万甚至上亿个大泡吗？”

圆圆吃惊地瞪大双眼：“上亿个？天哪，干什么？！”

“想象这样一幅图景：在遥远的海洋上空，形成了无数个大肥皂泡，它们在平流层强风的吹送下，飞越了漫长的路程，来到大西北上空，全部破裂了，把它们在海洋上空包裹起来的潮湿的空气，都播撒在我们这片干旱的天空中……是的，肥皂泡能为大西北从海洋上运来潮湿空气，也就是运来雨水！”

震惊和激动使圆圆一时间说不出话来，只是呆呆地看着父亲。

“圆圆，你送给我一件伟大的生日礼物，说不定，这一天也是大西北的生日！”

这时，外界清凉的风吹过城市，上空那个由烟雾构成的巨大白色半球失去了大膜的限制，在风中缓慢地改变着形状，东方的天空中有一道色彩奇异的彩虹，这是大泡破裂后，构成它的飞液散布到空中形成的。

八

向中国西部空中调水的宏大工程进行了10年。

这10年，在中国南海和孟加拉湾，建成了许多巨大的天网。这些天网是由表面布满小孔的细管构成的，每个网眼有几百米甚至上千米的直径，相当于那个10多年前曾吹出超级肥皂泡的大圆环。每张天网有几千个网眼。天网分陆基和空中两种，陆基天网沿海岸线布设，空中天网则由巨型气球悬挂在几千米的高空。在南海和孟加拉湾，天网在海岸线和海洋上空连绵2000多千米，被称作“泡泡长城”。

空中调水系统首次启动的那天，构成天网的细管中充满了飞液，并在每个网眼上形成一层液膜。潮湿而强劲的海风在天网上吹出了无数巨型气泡，它们的直径都有几千米，这些气泡相继脱离天网，一群群升上更高的天空，升向平流层，随风而去，同时，更多的气泡从天网上源源不断地被吹出来。大群大群的巨型气泡浩浩荡荡地飘向大陆深处，包裹着海洋的湿气，飘过了喜马拉雅山，飘过了大西南，飘到大西北上空，在南海、孟加拉湾和大西北之间的天空中，形成了两条长达数千千米的气泡长河！

九

在空中调水系统正式启动的两天后，圆圆从孟加拉湾飞到大西北的一座省会城市。当她走下飞机时，看到一轮圆月静静地悬在夜空中，从海上启程的气泡还没有到达。在城市里，月光下挤满了人，圆圆也在中心广场停下车，挤在人群中，同他们一起热切地等待着。一直到午夜，夜空依旧，人群开始同前两天一样散去，但圆圆没走，她知道气泡在今夜一定会到达这里。她坐在一把长椅上，正在睡意蒙眬之际，突然听到有人喊：

“天哪，怎么这么多的月亮！”

圆圆睁开眼，真的在夜空中看到了一条月亮河！那无数个月亮是由无数个巨型气泡映出的，与真月亮不同，它们都是弯月，有上弦的也有下弦的，每个都是那么晶莹剔透，真正的月亮倒显得平淡无奇了，只有根据其静止状态才能从浩浩荡荡流过长空的月亮河中将它分辨出来。

从此，大西北的天空成了梦的天空。

白天，空中的气泡看不太清楚，只是蓝天上到处出现泡壁的反光，整个天空像阳光下泛起涟漪的湖面，大地上缓缓运行着气泡巨大而清晰的影子。最壮丽的时刻是在清晨和黄昏，当地平线上的朝阳或夕阳将天空中的气泡大河镀上灿烂的金色时。

但这些美景并不会存在很久，空中的气泡相继破裂。虽然有更多的气泡滚滚而来，天空中的云却多了起来，使气泡看不清了。

接着，在这个往年最干旱的时节，天空飘下了绵绵细雨。

圆圆在雨中来到了自己出生的那座城市。经过 10 年的搬迁，丝路市已成了一座寂静的空城。一座座空荡的高楼在小雨中静静地立着。圆圆注意到，这些建筑并没有真正被抛弃，它们都被保护得很好，窗上的玻璃还都完整，整座城市仿佛在沉睡中，等待着肯定要到来的复活之日。

小雨掩盖了尘埃，空气清新怡人，雨洒在脸上凉丝丝的很舒服。圆圆慢慢地行走在她熟悉的街道上，那些街道，爸爸曾拉着她的小手无数次走过，曾洒落过她吹出的无数个肥皂泡，圆圆的心里响起了一支童年的歌。

突然她发现，这歌真的在响着。这时天已黑了，在整座浸没于夜色中的空城里，只有一扇窗户亮着灯，那是一幢普通住宅楼的二楼，是她的家，歌声就是从那里传出的。

圆圆来到楼前，看到周围收拾得很干净，还有一小片菜地，里面的菜长得很好。地边有一辆小工具车，车上装有大铁桶，显然是用来从远处运水浇地的。即使在朦胧的夜色中，这里也能感觉到一股生活的气息，它在这一片死寂的空城里，像沙漠中的绿洲一样令圆圆向往。

圆圆走上了扫得很干净的楼梯，轻轻地推开家门，看到灯下头发花白的父亲，仰在躺椅上，陶醉地哼着那首童年老歌，他手里拿着那个圆圆在孩提时代装肥皂液的小瓶，还有那个小小的塑料吹环，正吹出一串五光十色的肥皂泡。

纤 维

“喂，你走错纤维了！”这是我到达这个世界后听到的第一句话，当时我正驾驶着这架 F-18 返回“罗斯福”号，这是在大西洋上空的一次正常的巡逻飞行，突然就闯进了这里，尽管我把加力开到最大，但我的歼击机还是悬在这巨大的透明穹顶下一动不动，好像被什么看不见的力场固定住了，还有外面那颗巨大的黄色星球，围绕着星球的那纸一样薄的巨环在它的表面投下阴影。我不像那些傻瓜，我并不认为自己在做梦，我知道这是现实，理智和冷静是我的长项，正因为如此，我才通过了 90% 的淘汰率飞上了 F-18。

“请到意外闯入者登记处！当然，你得先下飞机。”那声音又在我的耳机中说。我看了看下面，飞机现在悬停的高度足有 50 米。

“跳下来，这里重力不大！”

果真如此，我打开舱盖，双腿使劲想站起来，却跳了起来，整个人像乘了弹射座椅似的飞出了座舱，轻轻地飘落在地。我看到在光洁的玻璃地面上有几个人在闲逛，他们让我感到最不寻常的地方就是太寻常了，这些人的穿着和长相，就是走在纽约大街上都不会引起注意的，但这种地方，这种寻常反而让人感觉怪异。然后我就看到了登记处，那里除了那个登记员外已经有了 3 个人，可能都是与我一样的意外闯入者，我走了过去。

“姓名？”那个登记员问，那人又黑又瘦，一副地球上低级公务员的样子，“如果你听不懂这里的语言，就用翻译器。”他指了指旁边桌子上那一堆形状奇怪的设备，“不过我想用不着，我们的纤维都是相邻的。”

“戴维 · 斯科特。”我回答，接着问，“这是哪儿？”

“这儿是纤维中转站，您不必沮丧，走错纤维是常有的事。您的职业？”

我指着外面那个有环的黄色星球："那，那是哪儿？"

登记员抬头看了我一眼，我发现他面带倦容，无精打采，显然每天都在处理这类事，见这类人，已厌烦了，"当然是地球了。"他说。

"那怎么会是地球？！"我惊叫起来，但很快想到了一种可能，"现在是什么时间？"

"您是问今天的日期吗？ 2001 年 1 月 20 日。您的职业？"

"您肯定吗？！"

"什么？日期？当然肯定，今天是美国新总统就职的日子。"

听到这里我松了一口气，多少有了些归宿感，他们肯定是地球人。

"戈尔那个白痴，怎么能当选总统？"旁边那 3 位中的一个披着棕色大衣的人说。

"您搞错了，当选总统的是布什。"我对他说。

他坚持说是戈尔，我们吵了起来。

"我听不明白你们在说些什么。"后面的一个男人说，他穿着一件很古典的外套。

"他们两个的纤维距离较近。"登记员解释说，又问我，"您的职业，先生？"

"先别扯什么职业，我想知道这是哪儿？外面这个星球绝不是地球，地球怎么会是黄色的？！"

"说得对！地球怎么会是这种颜色？你拿我们当白痴吗？"披棕色大衣的人对登记员说。

登记员无奈地摇摇头："您最后这句话是蛀洞产生以来我听到的最多的一句话。"

我立刻对披棕色大衣的人产生了亲切感，问他："您也是走错纤维的吗？"尽管我自己也不理解这话的意思。

他点点头："这两位也都是。"

"您是乘飞机进来的？"

他摇摇头："早上跑步跑进来的，他们两位的情况有些不同，但都类似：走着走着，突然一切都变了，就到了这儿。"

我理解地点点头："所以你们一定明白我的话：外面那个星球绝不是地球！"

他们 3 个都频频点头，我得意地看了登记员一眼。

"地球怎么会是这种颜色？拿我们当白痴？！"披棕色大衣的人重复道。

我也连连点头。

"连白痴都知道，地球从太空中看是深紫色的！"

在我发呆的当儿，穿古典外套的人说："您可能是色盲吧？"

我又点头，"或者真是个白痴。"

穿古典外套的人接着说："谁都知道地球的色彩是由其大气的散射特性和海洋的反射特性决定的，这就决定了它的色彩应该是……"

我不停地点头，穿古典外套的人说着也对我点头。

"……是深灰色。"

"你们都是白痴吗？"那个姑娘第一次说话了，她身材窈窕、面容姣好，如果我这时不是心烦意乱，会被她吸引住的，"谁都知道地球是粉红色的！它的天空是粉红色的，海洋也是，你们没听过这首歌吗？'我是一个迷人的女孩儿，蓝色的云彩像我的双眸，粉红的晴空像我的脸蛋儿……'"

"您的职业？"登记员又问我。

我冲他大喊起来："别急着问他妈的什么职业，告诉我这是哪儿？！这儿不是地球！就算你们的地球是黄色的，那个环是怎么回事？"

这下我们 4 个走错纤维的人达成了一致，他们 3 个都同意说地球没有环，只有土星、天王星和海王星才有环。

姑娘说：“地球只不过是有3颗卫星而已。”

“地球只有一颗卫星！”我冲她大叫。

“那你们谈情说爱时是多么乏味，你们怎么能体会到两人手拉手在海边，一月、二月和三月给你们在沙滩上投下6个影子的浪漫。”

穿古典外套的人说：“我觉得那情形除了恐怖外没什么浪漫，谁都知道地球没有卫星。”

姑娘说：“那你们谈情说爱就更乏味了。”

“您怎么能这么说？两人在海滩上看着木星升起，乏味？”

我不解地看着他：“木星？木星怎么了？你们谈恋爱时还能看到木星？”

“您是个瞎子吗？！”

“我是个飞行员，我的眼睛比你们都好！”

“那您怎么会看不到一颗准恒星呢？您怎么这么看着我？您难道不知道木星的质量已经很大，其引力在8000万年前引发了内部的核反应，变成了一颗准恒星吗？您难道不知道恐龙因此而灭绝吗？！您没有上过学吗？就算如此，您总看到过木星单独升起那银色的黎明吧？您总看到木星与太阳一同落下时那诗一般的黄昏吧？唉，您这个人啊。”

我感觉像来到了疯人院，便转向登记员：“你刚才问我的职业，好吧，我是美国空军少校飞行员。”

“哇！”姑娘大叫起来，“您是美国人？”

我点点头。

“那您一定是角斗士吧！我早看到您不一般，我叫哇哇妮，印度人，我们会成为朋友的！”

“角斗士？那和美国有什么关系？”我一头雾水。

“我知道美国国会是打算取消角斗士和角斗场的，但现在这个法案不是还没通过吗？再说布什与他老子一样，是个嗜血者，他上台法案就更没希望通过了。您觉得我没有见识是吗？最近的一次亚特兰大奥角斗会我可是去了的，唉，买不起票，只在最次的座位上看了一场最次的角斗，那叫什么？两人扭成一团，刀都掉了，一点儿血都没见。”

“您说的是古罗马的事吧？”

“古罗马？呸，那个绵软的时代，那个没有男人的时代，那时最重的刑罚就是让罪犯看看杀鸡，他百分之百会晕过去。”她温情地向我靠过来，“你就是角斗士。”

我不知该说什么了，甚至不知该有什么表情，于是又转向了登记员：“您还想问什么？”

登记员冲我点点头：“这就对了，我们10个人应该互相配合，事情就能快点完。”

我、哇哇妮、披棕色大衣的人和穿古典外套的人都四下看看：“我们只有5个人啊？”

“‘5’是什么？”登记员一脸茫然，“你们4个加上我不就是10个吗？”

“你真是白痴吗？”穿古典外套的人说，“如果不识数我就教你，达达加1才是10！”

这次轮到我不识数了：“什么是达达？”

“你的手指和脚趾加起来是多少？ 10个；如果砍去一个，随便手指或脚趾，就剩达达个了。”

我点点头：“达达是19，那你们是20进制，他们，”我指指登记员，“是5进制。”

“你就是角斗士……”哇哇妮亲昵地用手指触摸着我的脸说，感觉很舒服。

穿古典外套的人轻蔑地看了一眼登记员：“多么愚蠢的数制，你有两只手和两只脚，计数时却只利用了四分之一。”

登记员大声反驳：“你才愚蠢呢！如果你用一只手上的指头就能计数，干吗还要把你的另一个爪子和两个蹄子都伸出来？！”

我问大家：“那你们的计算机的数制呢？你们都有电脑吧？”

我们再次达成了一致，他们都说是二进制。

披棕色大衣的人说：“这是很自然的，要不计算机就很难发明出来。因为只有两种状态：豆子掉进竹片的洞中或没掉进去。”

我又迷惑了：“……竹片？豆子？”

“看来你真的没上过学，不过周文王发明计算机的事应该属于常识。”

“周文王？那个东方的巫师？”

“你说话要有分寸，怎么能这样形容控制论的创始人？”

“那计算机……您是指的中国的算盘吧？”

“什么算盘，那是计算机！占地面积有一个足球场那么大，用竹片和松木制造，以黄豆作为运算介质，要 100 多头牛才能启动呢！可它的 CPU 做得很精致，只有一座小楼那么大，其中竹制的累加器是工艺上的绝活。”

“怎么编程序呢？”

“在竹片上打眼呀，那个出土的青铜钻头现在还存在北京的故宫博物院里呢！周文王开发的易经 3.2，有上百万行代码，钻出的竹条有上千千米长呢……”

“你就是角斗士……”哇哇妮依偎着我说。

登记员不耐烦地说：“我们先登记好吗？之后我再试着向你们解释这一切。”

我看着外面那黄色的有环的地球沉思了一会儿，说：“我好像明白一些了，我不是没上过学，我知道一些量子力学。”

“我也明白一些了。”穿古典外套的人说，“看来，量子力学的多宇宙解释是正确的。”

披棕色大衣的人是这几个人中看上去最有学问的，他点点头说：“一个量子系统每做出一个选择，宇宙就分裂为两个或几个，包含了这个选择的所有可能，由此产生了众多的平行宇宙，这是量子多态叠加放大到宏观宇宙的结果。”

登记员说：“我们把这些平行宇宙叫纤维，整个宇宙就是这样一个纤维丛，你们都来自临近的纤维，所以你们的世界比较相似。”

我说：“至少我们都能听懂彼此的语言。”刚说完，哇哇妮就部分否定了我的话。

“妙名其莫！你们都在说些什么？”她最没学问，但最可爱，而且我相信，那个词在她的纤维中就是那个顺序，她又冲我温柔地一笑，“你就是角斗士。”

“你们打通了纤维？”我问登记员。

他点点头：“只是超光速航行的附带效应，那些蛀洞很小，会很快消失的，但同时也有新的出现，特别是当你们的纤维都进入超光速宇航时代时，蛀洞就更多了，那时会有更多的人走错门的。”

“那我们怎么办呢？”

“你们不能驻留在我们的纤维，登记后只能把你们送回原纤维。”

哇哇妮对登记员说：“我想让角斗士和我一起回到我的纤维。”

“他要愿意当然行，只要不留在这个纤维就行。”他指了一下黄地球。

我说：“我要回自己的纤维。”

“你的地球是什么颜色的？”哇哇妮问我。

“蓝色，还点缀着雪白的云。”

“真难看！跟我回粉色的地球吧！”哇哇妮摇着我娇滴滴地说。

“我觉得好看，我要回自己的纤维。”我冷冷地说。

我们很快登记完了，哇哇妮对登记员说：“能给件纪念品吗？”

“拿个纤维镜走吧，你们每人都可以拿一个。”登记员指着远处玻璃地板上散放着的几个球体说，“分别之前把球上的导线互相连接一下，回到你们的纤维后，就可以看到相关纤维的图像。”

哇哇妮惊喜地说：“如果我和角斗士的球连一下，那我回去后可以看到角斗士的纤维了？！”

“不仅如此，我说过是相关纤维，不止一个。”

我对登记员的话不太明白，但还是拿了一个球，把上面的导线与哇哇妮的球连了一下，听到一声表示完成的蜂鸣后，就回到了我的 F-18 上，座舱里勉强能放下那个球。几分钟后，纤维中转站和黄色地球都在瞬间消失，我又回到了大西洋上空，看到了熟悉的蓝天和大海，当我在“罗斯福”号上降落时，塔台的人说我没有耽误时间，还说无线电联系也没有中断过。

但那个球证明我到过另一个纤维，我设法偷偷从机舱中拿回了球。当天晚上，航母在波士顿靠岸了，我把那个球带到军官宿舍。当我从大袋子中把它拿出来时，球上果然显示出了清晰的图像，我看到了粉色的天空和蓝色的云，哇哇妮正在一座晶莹的水晶山的山脚下闲逛。我转动球体，看到另一个半球在显示着另一幅图像，仍是粉色的天空和蓝色的云，但画面上除了哇哇妮外还有一个人，那人穿着美国空军的飞行夹克，那人是我。

其实事情很简单：当我做出了不随哇哇妮走的决定时，宇宙分裂为二，我看到的是另一种可能的纤维宇宙。

纤维镜伴随了我的一生，我看着我和哇哇妮在粉红色的地球上恩恩爱爱，隐居水晶山，白头到老，生了一大群粉红色的娃娃。

就是在哇哇妮孤身回到的那个纤维，她也没有忘记我。在我们走错纤维 30 周年那天，我在球体相应的一面上看到她挽着一个老头的手，亲密地在海边散步，一月、二月和三月把他们的 6 个影子投在沙滩上，这时哇哇妮在球体中向我回过头来，她的眸子已不像蓝色的云，脸蛋儿也不再像粉红色的天空，但笑容还是那么迷人，我分明听见她说：

“你就是角斗士！”

诗云

伊依一行三人乘一艘游艇在南太平洋上做吟诗航行，他们的目的地是南极，如果几天后能顺利地到达那里，他们将钻出地壳去看诗云。

今天，天空和海水都很清澈，对于作诗来说，世界显得太透明了。抬头望去，平时难得一见的美洲大陆清晰地出现在天空中，在东半球构成的覆盖世界的巨大穹顶上，大陆好像是墙皮脱落的区域……

哦，现在人类生活在地球里面，更准确地说，人类生活在气球里面，哦，地球已变成了气球。地球被掏空了，只剩下厚约 100 千米的一层薄壳，但大陆和海洋还原封不动地存在着，只不过都跑到里面了，球壳的里面。大气层也还存在，也跑到球壳里面了，所以地球变成了气球，一个内壁贴着海洋和大陆的气球。空心地球仍在自转，但自转的意义与以前已大不相同：它产生重力，构成薄薄地壳的那点质量产生的引力是微不足道的，地球重力现在主要由自转的离心力来产生了。但这样的重力在世界各个区域是不均匀的：赤道上最强，约为 1.5 个原地球重力，随着纬度增高，重力也渐渐减小，两极地区的重力为零。现在吟诗游艇航行的纬度正好是原地球的标准重力，但很难令伊依找到已经消失的实心地球上旧世界的感觉。

空心地球的球心悬浮着一个小太阳，现在正以正午的阳光照耀着世界。这个太阳的光度在 24 小时内不停地变化，由最亮渐变至熄灭，给空心地球里面带来昼夜更替。在适当的夜里，它还会发出月亮的冷光，但只是从一点发出的，看不到圆月。

游艇上的三个人中有两个其实不是人，他们中的一个是一头名叫大牙的恐龙，它高达 10 米的身躯一移动，游艇就跟着摇晃倾斜，这令站在船头的吟诗者很烦。

吟诗者是一个干瘦的老头儿，同样雪白的长发和胡须混在一起飘动，他身着唐朝的宽大古装，仙风道骨，仿佛是在海天之间挥洒写就的一个狂草字。

这就是新世界的创造者，伟大的——李白。

礼 物

事情是从10年前开始的，当时，吞食帝国刚刚完成了对太阳系长达两个世纪的掠夺，来自远古的恐龙驾驶着那个直径5万千米的环形世界飞离太阳，航向天鹅座方向。吞食帝国还带走了被恐龙掠去当作小家禽饲养的12亿人类。但就在接近土星轨道时，环形世界突然开始减速，最后竟沿原轨道返回，重新驶向太阳系内层空间。

在吞食帝国开始它的返程后的一个大环星期，使者大牙乘着它那艘如古老锅炉般的飞船飞离大环，它的衣袋中装着一个叫伊依的人类。

“你是一件礼物！”大牙对伊依说，眼睛看着舷窗外黑暗的太空，它那粗放的嗓音震得衣袋中的伊依浑身发麻。

“送给谁？”伊依在衣袋中仰头大声问，他能从袋口看到恐龙的下颚，像是一大块悬崖顶上凸出的岩石。

“送给神！神来到了太阳系，这就是帝国返回的原因。”

“是真的神吗？”

“它们掌握了不可思议的技术，已经纯能化，并且能在瞬间从银河系的一端跃迁到另一端，这不就是神了。如果我们能得到那些超级技术的百分之一，吞食帝国的前景就很光明了。我们正在完成一个伟大的使命，你要学会讨神喜欢！”

“为什么选中了我，我的肉质是很次的。”伊依说。他30多岁，与吞食帝国精心饲养的那些肌肤白嫩的人类相比，他的外貌很有些沧桑感。

“神不吃虫虫，只是收集，我听饲养员说你很特别，你好像还有很多学生？”

“我是一名诗人，现在在饲养场的家禽人中教授人类的古典文学。”伊依很吃力地念出了“诗”“文学”这类在吞食语中很生僻的词。

“无用又无聊的学问，你那里的饲养员默许你授课，是因为其中的一些内容在精神上有助于改善虫虫们的肉质……我观察过，你自视清高、目空一切，对于一个被饲养的小家禽来说，这应该是很有趣的。”

“诗人都是这样！”伊依在衣袋中站直，虽然知道大牙看不见，但还是骄傲地昂起了头。

“你的先辈参加过地球保卫战吗？”

伊依摇摇头：“我在那个时代的先辈也是诗人。”

“一种最无用的虫虫，在当时的地球上也十分稀少了。”

“他生活在自己的内心世界里，对外部世界的变化并不在意。”

“没出息……呵，我们快到了。”

听到大牙的话，伊依把头从衣袋中伸出来，透过宽大的舷窗向外看，看到了飞船前方那两个发出白光的物体，那是悬浮在太空中的一个正方形平面和一个球体，当飞船移动到与平面齐平时，它在星空的背景上短暂地消失了一下，这说明它几乎没有厚度；那个完美的球体悬浮在平面正上方，两者都发出柔和的白光，表面均匀得看不出任何特征。这两个东西仿佛是从计算机图库中取出的两个元素，是这纷乱的宇宙中两个简明而抽象的概念。

“神呢？”伊依问。

“就是这两个几何体啊，神喜欢简洁。”

距离拉近，伊依发现平面有足球场大小，飞船在向平面上降落，它的发动机喷出的火流首先接触到平面，仿佛只是接触到一个幻影，没有在上面留下任何痕迹，但伊依感到了重力和飞船接触平面时的震动，说明它不是幻影。大牙显然以前来过这里，没有犹豫就拉开舱门走了出去，伊依看到他同时打开了气密过渡舱的两道舱门，心一下抽紧了，但他并没有听到舱内空气涌出时的呼啸声，当大牙走出舱门后，衣袋中的伊依嗅到了清新的空气，伸在外面的脸上感到了习习的凉风……这是人和恐龙都无法理解的超级技术，它温柔和漫不经心的展示震撼了伊依，与人类第一次见到吞食者时相比，这震撼更加深入灵魂。他抬头望望，以灿烂的银河为背景，球体悬浮在他们上方。

“使者，这次你又给我带来了什么小礼物？”神问，他说的是吞食语，声音不高，仿佛从无限远的太空深渊中传来，让伊依第一次感觉到这种粗陋的恐龙语言听起来很悦耳。

大牙把一只爪子伸进衣袋，抓出伊依放到平面上，伊依的脚底感到了平面的弹性，大牙说：“尊敬的神，得知您喜欢收集各个星系的小生物，我带来了这个很有趣的小东西：地球人类。”

“我只喜欢完美的小生物，你把这么肮脏的虫子拿来干什么？”神说，球体和平面发出的白光微微地闪动了两下，可能是表示厌恶。

“您知道这种虫虫？！”大牙惊奇地抬起头。

“只是听这个旋臂的一些航行者提到过，不是太了解。在这种虫子不算长的进化史中，这些航行者曾频繁地光顾地球，这种生物的思想之猥琐、行为之低劣、其历史之混乱和肮脏，都很让他们恶心，以至于直到地球世界毁灭之前，也没有一个航行者屑于同它们建立联系……快把它扔掉。”

大牙抓起伊依，转动着硕大的脑袋看看可往哪儿扔，“垃圾焚化口在你后面。”神说，大牙一转身，看到身后的平面上突然出现了一个小圆口，里面闪着蓝幽幽的光……

“你不要这样说！人类建立了伟大的文明！”伊依用吞食语声嘶力竭地大喊。

球体和平面的白光又颤动了两次，神冷笑了两声：“文明？使者，告诉这个虫子什么是文明。”

大牙把伊依举到眼前，伊依甚至听到了恐龙的两个大眼球转动时骨碌碌的声音：“虫虫，在这个宇宙中，对一个种族文明程度的统一度量是这个种族所进入的空间的维度，只有进入六维以上空间的种族才具备加入文明大家庭的起码条件，我们尊敬的神的一族已能够进入十一维空间。吞食帝国已能在实验室中小规模地进入四维空间，只能算是银河系中一个未开化的原始群落，而你们，在神的眼里也就是杂草和青苔一类的。”

“快扔了，脏死了。”神不耐烦地催促道。

大牙说完，举着伊依向垃圾焚化口走去，伊依拼命挣扎，从衣服中掉出了许多白色的纸片。当那些纸片飘荡着下落时，从球体中射出一条极细的光线，当那束光线射到其中一张纸上时，它便在半空中悬住了，光线飞快地在上面扫描了一遍。

“哟，等等，这是什么东西？”

大牙把伊依悬在焚化口上方，扭头看着球体。

“那是……是我的学生们的作业！”伊依在恐龙的巨掌中吃力地挣扎着说。

“这种方形的符号很有趣，它们组成的小矩阵也很好玩。”神说，从球体中射出的光束又飞快地扫描了已落在平面上的另外几张纸。

“那是汉……汉字，这些是用汉字写的古诗！”

“诗？”神惊奇地问，收回了光束，“使者，你应该懂一些这种虫子的文字吧？”

“当然，尊敬的神，在吞食帝国吃掉地球前，我在它们的世界生活了很长时间。”大牙把伊依放到焚化口旁边的平面上，弯腰拾起一张纸，举到眼前吃力地辨认着上面的小字，“它的大意是……”

“算了吧，你会曲解它的！”伊依挥手制止大牙说下去。

“为什么？”神很感兴趣地问。

“因为这是一种只能用古汉语表达的艺术，即使被翻译成人类的其他语言，也会失去大部分内涵和魅力，变成另一种东西了。”

“使者，你的计算机中有这种语言的数据库吗？还有有关地球历史的一切知识，好的，给我传过来吧，就用我们上次见面时建立的那个信道。”

大牙急忙返回飞船上，在舱内的电脑上鼓捣了一阵儿，嘴里嘟囔着：“古汉语部分没有，还要从帝国的网络上传过来，可能有些时滞。”伊依从敞开的舱门中看到，恐龙的大眼球中映射着电脑屏幕上变幻的彩光。当大牙从飞船上走出来时，神已经能用标准的汉语读出一张纸上的中国古诗了：

白日依山尽，黄河入海流。

欲穷千里目，更上一层楼。

“您学得真快！”伊依惊叹道。

神没有理他，只是沉默着。

大牙解释说：“它的意思是：恒星已在行星的山后面落下，一条叫黄河的河流向着大海的方向流去，哦，这河和海都是由那种由一个氧原子和两个氢原子构成的化合物组成，要想看得更远，就应该在建筑物上登得更高些。”

神仍然沉默着。

“尊敬的神，您不久前曾君临吞食帝国，那里的景色与写这首诗的虫虫的世界十分相似，有山有河也有海，所以……”

“所以我明白诗的意思，”神说，球体突然移动到大牙头顶上，伊依感觉它就像一只盯着大牙看的没有眸子的大眼睛，“但，你，没有感觉到些什么？”

大牙茫然地摇摇头。

“我是说，隐含在这个简洁的方块符号矩阵的表面含义后面的一些东西？”

大牙显得更茫然了，于是神又吟诵了一首古诗：

前不见古人，后不见来者。

念天地之悠悠，独怆然而涕下。

大牙赶紧殷勤地解释道："这首诗的意思是：向前看，看不到在遥远过去曾经在这颗行星上生活过的虫虫；向后看，看不到未来将要在这行星上生活的虫虫，于是感到时空太广大了，于是哭了。"

神沉默。

"呵，哭是地球虫虫表达悲哀的一种方式，这是它们的视觉器官……"

"你仍没感觉到什么？"神打断了大牙的话问，球体又向下降了一些，几乎贴到大牙的鼻子上。

大牙这次坚定地摇摇头："尊敬的神，我想里面没有什么的，一首很简单的小诗。"

接下来，神又连续吟诵了几首古诗，都很简短，且属于题材空灵超脱的一类，有李白的《下江陵》《静夜思》和《黄鹤楼送孟浩然之广陵》，柳宗元的《江雪》，崔颢的《黄鹤楼》，孟浩然的《春晓》等。

大牙说："在吞食帝国，有许多长达百万行的史诗，尊敬的神，我愿意把它们全部献给您！相比之下，人类虫虫的诗是这么短小简单，就像他们的技术……"

球体忽地从大牙头顶飘开去，在半空中沿着随意的曲线飘行着："使者，我知道你们最大的愿望就是希望我回答一个问题：吞食帝国已经存在了 8000 万年，为什么其技术仍徘徊在原子时代？我现在有答案了。"

大牙热切地望着球体说："尊敬的神，这个答案对我们很重要！求您……"

"尊敬的神，"伊依举起一只手大声说，"我也有一个问题，不知能不能问？！"

大牙恼怒地瞪着伊依，像要把他一口吃了似的，但神说“我仍然讨厌地球虫子，但那些小矩阵为你赢得了这个权利。”

“艺术在宇宙中普遍存在吗？”

球体在空中微微颤动，似乎在点头：“是的，我就是一名宇宙艺术的收集和研究者，我穿行于星云间，接触过众多文明的各种艺术，它们大多是庞杂而晦涩的体系，用如此少的符号，在如此小巧的矩阵中涵含着如此丰富的感觉层次和含义分支，而且这种表达还要在严酷得有些变态的诗律和音韵的约束下进行，这，确实是我第一次见到……使者，现在可以把这虫子扔了。”

大牙再次把伊依抓在爪子里：“对，该扔了它，尊敬的神，吞食帝国中心网络中存贮的人类文化资料是相当丰富的，现在您的记忆中已经拥有了所有资料，而这个虫虫，大概就记得那么几首小诗。”说着，它拿着伊依向焚化口走去。“把这些纸片也扔了。”神说，大牙又赶紧返身去用另一只爪子收拾纸片，这时伊依在大爪中高喊：

“神啊，把这些写着人类古诗的纸片留作纪念吧！您收集到了一种不可超越的艺术，向宇宙中传播它吧！”

“等等，”神再次制止了大牙，伊依已经悬到了焚化口上方，他感到了下面蓝色火焰的热力。球体飘过来，在距伊依的额头几厘米处悬定，他同刚才的大牙一样受到了那只没有眸子的巨眼的逼视。

“不可超越？”

“哈哈哈……”大牙举着伊依大笑起来，“这个可怜的虫虫居然在伟大的神面前说这样的话，滑稽！人类还剩下什么？你们失去了地球上的一切，即便能带走的科学知识也忘得差不多了。有一次在晚餐桌上，我在吃一个人之前问他：地球保卫战争中的人类的原子弹是用什么做的？他说是原子做的！”

“哈哈哈哈……”神也让大牙逗得大笑起来，球体颤动成了椭圆，“不可能有比这更正确的回答了，哈哈哈……”

“尊敬的神，这些脏虫虫就剩下那几首小诗了！哈哈哈……”

“但它们是不可超越的！”伊依在大爪中挺起胸膛庄严地说。

球体停止了颤动，用近似耳语的声音说：“技术能超越一切。”

“这与技术无关，这是人类心灵世界的精华，不可超越！”

“那是因为你不知道技术最终能具有什么样的力量，小虫子，小小的虫子，你不知道。”神的语气变得父亲般的温柔，但潜藏在深处阴冷的杀气让伊依不寒而栗，神说，“看着太阳。”

伊依按神的话做了，这是位于地球和火星轨道之间的太空，太阳的光芒使他眯起了双眼。

“你最喜欢的颜色是什么？”神问。

“绿色。”

话音刚落，太阳变成了绿色，那绿色妖艳无比，太阳仿佛是一只突然浮现在太空深渊中的猫眼，在它的凝视下，整个宇宙都变得诡异无比。

大牙爪子一颤，把伊依掉在平面上。当理智稍稍恢复后，他们都意识到另一个比太阳变绿更加震撼的事实：从这里到太阳，光需行走十几分钟，但这一切都发生在一瞬间!

半分钟后，太阳恢复原状，又发出耀眼的白光。

“看到了吗？这就是技术，是这种力量使我们的种族从海底淤泥中的鼻涕虫变为神。其实技术本身才是真正的神，我们都真诚地崇拜它。”

伊依眨着昏花的双眼说：“但神并不能超越那样的艺术，我们也有神，想象中的神，我们崇拜它们，但并不认为它们能写出李白和杜甫那样的诗。”

神冷笑了两声，对伊依说：“真是一只无比固执的虫子，这使你更让人厌恶。不过，为了消遣，就让我来超越一下你们的矩阵艺术。”

伊依也冷笑了两声："不可能的，首先你不是人，不可能有人的心灵感受，人类艺术在你那里只是石板上的花朵，技术并不能使你超越这个障碍。"

"技术超越这个障碍易如反掌，给我你的基因！"

伊依不知所措，"给神一根头发！"大牙提醒说，伊依伸手拔下一根头发，一股无形的吸力将头发吸向球体，后来那根头发又从球体中飘落到平面上，神只是提取了发根带着的一点皮屑。

球体中的白光涌动起来，渐渐变得透明了，里面充满了清澈的液体，浮起串串水泡。接着，伊依在液体中看到了一个蛋黄大小的球，它在射入液球的阳光中呈淡红色，仿佛自己会发光。小球很快长大，伊依认出了那是一个蜷曲着的胎儿，他肿胀的双眼紧闭着，大大的脑袋上交错着红色的血管。胎儿继续成长，小身体终于伸展开来，像青蛙似的在液球中游动着。液体渐渐变得浑浊了，透过液球的阳光只映出一个模糊的影子，看得出那个影子仍在飞速成长，最后变成了一个游动着的成人的身影。这时液球又恢复成原来那样完全不透明的白色光球，一个赤裸的人从球中掉出来，落到平面上。伊依的克隆体摇摇晃晃地站了起来，阳光在他湿漉漉的身体上闪亮，他的头发和胡子老长，但看得出来只有三四十岁的样子，除了一样的精瘦外，一点也不像伊依本人。克隆体僵站着，呆滞的目光看着无限远方，似乎对这个他刚刚进入的宇宙浑然不知。在他的上方，球体的白光在暗下来，最后完全熄灭了，球体本身也像蒸发似的消失了。但这时，伊依感觉什么东西又亮了起来，很快发现那是克隆体的眼睛，它们由呆滞突然充满了智慧的灵光。后来伊依知道，神的记忆这时已全部转移到克隆体中了。

"冷，这就是冷？！"一阵轻风吹来，克隆体双手抱住湿乎乎的双肩，浑身打战，但声音中充满了惊喜，"这就是冷，这就是痛苦，精致的、完美的痛苦，我在星际间苦苦寻觅的感觉，尖锐如洞穿时空的十维弦，晶莹如类星体中心的纯能钻石，啊——"他伸开皮包骨头的双臂仰望银河，"前不见古人，后不见来者，念天地之……”一阵冷战使克隆体的牙齿咯咯作响，赶紧停止了出生演说，跑到焚化口边烤火了。

克隆体把两手放到焚化口的蓝色火焰上烤着，哆哆嗦嗦地对伊依说：“其实，我现在进行的是一项很普通的操作，当我研究和收集一种文明的艺术时，总是将自己的记忆借宿于该文明的一个个体中，这样才能保证对该艺术的完全理解。”

这时，焚化口中的火焰亮度剧增，周围的平面上也涌动着各色的光晕，使得伊依感觉整个平面像是一块漂浮在火海上的毛玻璃。

大牙低声对伊依说：“焚化口已转换为制造口了，神正在进行能—质转换。”看到伊依不太明白，他又解释说，“傻瓜，就是用纯能制造物品，上帝的活计！”

制造口突然喷出了一团白色的东西，那东西在空中展开并落了下来，原来是一件衣服，克隆体接住衣服穿了起来，伊依看到那竟是一件宽大的唐朝古装，用雪白的丝绸做成，有宽大的黑色镶边，刚才还一副可怜相的克隆体穿上它后立刻显得飘飘欲仙，伊依实在想象不出它是如何从蓝色火焰中被制造出来的。

又有物品被制造出来，从制造口飞出一块黑色的东西，像一块石头一样“咚”地砸在平面上，伊依跑过去拾起来，不管他是否相信自己的眼睛，手中拿着的分明是一块沉重的石砚，而且还是冰凉的。接着又有什么“啪”地掉下来，伊依拾起那个黑色的条状物，他没猜错，这是一块墨！接着被制造出来的是几支毛笔、一个笔架、一张雪白的宣纸（从火里飞出的纸！），还有几件古色古香的案头小饰品，最后制造出来的也是最大的一件东西：一张样式古老的书案！伊依和大牙忙着把书案扶正，把那些小东西在案头摆放好。

“转化成这些东西的能量，足以把一颗行星炸成碎末。”大牙对伊依耳语，声音有些发颤。

克隆体走到书案旁，看着上面的摆设满意地点点头，一手理着刚刚干了的胡子，说：

“我，李白。”

伊依审视着克隆体问：“你是说想成为李白呢，还是真把自己当成了李白？”

“我就是李白，超越李白的李白！”

伊依笑着摇摇头。

“怎么，到现在你还怀疑吗？”

伊依点点头说：“不错，你们的技术远远超过了我的理解力，已与人类想象中的神力和魔法无异，即使是在诗歌艺术方面也有让我惊叹的东西：跨越如此巨大的文化和时空的鸿沟，你竟能感觉到中国古诗的内涵……但理解李白是一回事，超越他又是另一回事，我仍然认为你面对的是不可超越的艺术。”

克隆体——李白的脸上浮现出高深莫测的笑容，但转瞬即逝，他手指书案，对伊依大喝一声：“研墨！”然后径自走去，在几乎走到平面边缘时站住，理着胡须遥望星河沉思起来。

伊依从书案上的一个紫砂壶中向砚上倒了一点清水，拿起那条墨研了起来，他是第一次干这个，笨拙地斜着墨条磨边角。看着砚中渐渐浓起来的墨汁，伊依想到自己正身处距太阳 1.5 个天文单位的茫茫太空中，这个无限薄的平面（即使在刚才由纯能制造物品时，从远处看它仍没有厚度）仿佛是一个飘浮在宇宙深渊中的舞台，在它上面，一头恐龙、一个被恐龙当作肉食家禽饲养的人类、一个穿着唐朝古装准备超越李白的技术之神，正在演出一场怪诞到极点的话剧，想到这里，伊依摇头苦笑起来。

当觉得墨研得差不多了时，伊依站起来，同大牙一起等待着，这时平面上的轻风已经停止，太阳和星河静静地发着光，仿佛整个宇宙都在期待。李白静立在平面边缘，由于平面上的空气层几乎没有散射，他在阳光中的明暗部分极其分明，除了理胡须的手不时动一下外，简直就是一尊石像。伊依和大牙等啊等，时间在默默地流逝，书案上蘸满了墨的毛笔渐渐有些发干了，不知不觉，太阳的位置已移动了很多，把他们和书案、飞船的影子长长地投在平面上，书案上平铺的白纸仿佛变成了平面的一部分。终于，李白转过身来，慢步走回书案前，伊依赶紧把毛笔重新蘸了墨，用双手递了过去，但李白抬起一只手回绝了，只是看着书案上的白纸继续沉思着，他的目光中有了些新的东西。

伊依得意地看出，那是困惑和不安。

“我还要制造一些东西，那都是……易碎品，你们去小心接着。”李白指了指制造口说，那里面本来已暗淡下去的蓝焰又明亮起来，伊依和大牙刚刚跑过去，就有一股蓝色的火舌把一个球形物推出来，大牙眼疾手快地接住了它，细看是一个大坛子。接着又从蓝焰中飞出了三只大碗，伊依接住了其中的两只，有一只摔碎了。大牙把坛子抱到书案上，小心地打开封盖，一股浓烈的酒味溢了出来，它与伊依惊奇地对视了一眼。

“在我从吞食帝国接收到的地球信息中，有关人类酿造业的资料不多，所以这东西造得不一定准确。”李白说，同时指着酒坛示意伊依尝尝。

伊依拿碗从中舀了一点儿抿了一口，一股火辣从嗓子眼流到肚子里，他点点头:“是酒，但是与我们为改善肉质喝的那些相比太烈了。”

“满上。”李白指着书案上的另一个空碗说。待大牙倒满烈酒后，端起来咕咚咚一饮而尽，然后转身再次向远处走去，不时走出几个不太稳的舞步。到达平面边缘后又站在那里对着星海深思，但与上次不同的是，他的身体有节奏地左右摆动，像在和着某首听不见的曲子。这次李白沉思的时间不长就走回到书案前，回来的一路上全是舞步了，他一把抓过伊依递过来的笔扔到远处。

“满上。”李白眼睛直勾勾地盯着空碗说。

…………

一小时后，大牙用两个大爪小心翼翼地把烂醉如泥的李白放到已清空的书案上，但他一翻身又骨碌下来，嘴里嘀咕着恐龙和人都听不懂的语言。他已经红红绿绿地吐了一大摊（真不知是什么时候吃进的这些食物），宽大的古服上也吐得脏污一片，那一摊呕吐物被平面发出的白光透过，形成了一幅很抽象的图形。李白的嘴上黑乎乎的全是墨，这是因为在喝光第四碗后，他曾试图在纸上写什么，但只是把蘸饱墨的毛笔重重地戳到桌面上，接着，李白就像初学书法的小孩子那样，试图用嘴把笔理顺……

“尊敬的神？”大牙伏下身来小心翼翼地问。

“哇咦卡啊……卡啊咦唉哇。”李白大着舌头说。

大牙站起身，摇摇头叹了一口气，对伊依说：“我们走吧。”

另一条路

伊依所在的饲养场位于吞食者的赤道上，当吞食者处于太阳系内层空间时，这里曾是一片夹在两条大河之间的美丽草原。吞食者航出木星轨道后，严冬降临了，草原消失，大河封冻，被饲养的人类都转到地下城中。当吞食者受到神的召唤而返回后，随着太阳的临近，大地回春，两条大河很快解冻了，草原也开始变绿。

当气候好的时候，伊依总是独自住在河边自己搭的一间简陋的草棚中，自己种地过日子。对于一般人来说这是不被允许的，但由于伊依在饲养场中讲授的古典文学课程有陶冶性的功能，他的学生的肉有一种很特别的风味，所以恐龙饲养员也就不干涉他了。

这是伊依与李白初次见面两个月后的一个黄昏，太阳刚刚从吞食帝国平直的地平线上落下，两条映着晚霞的大河在天边交汇。在河边的草棚外，微风把远处草原上欢舞的歌声隐隐送来，伊依独自一人在下围棋，抬头看到李白和大牙沿着河岸向这里走来。这时的李白已有了很大的变化，他头发蓬乱，胡子老长，脸晒得很黑，左肩背着一个粗布包，右手提着一个大葫芦，身上那件古装已破烂不堪，脚上穿着一双已磨得不像样子的草鞋，伊依觉得这时的他倒更像一个人了。

李白走到围棋桌前，像前几次来一样，不看伊依一眼就把葫芦重重地向桌上一放，说："碗！"待伊依拿来两个木碗后，李白打开葫芦盖，把两个碗里倒满酒，然后又从布包中拿出一个纸包，打开来，伊依发现里面竟放着切好的熟肉，并闻到扑鼻的香味，不由得拿起一块嚼了起来。

大牙只是站在两三米远处静静地看着他们，有前几次的经验，它知道他们俩又要谈诗了，这种谈话它既无兴趣也没资格参与。

"好吃，"伊依赞许地点点头，"这牛肉也是纯能转化的？"

"不，我早就回归自然了。你可能没听说过，在距这里很遥远的一个牧场，饲养着来自地球的牛群。这牛肉是我亲自做的，是用山西平遥牛肉的做法，关键是在炖的时候放——"李白凑到伊依耳边神秘地说，"尿碱。"

伊依迷惑不解地看着他。

"哦，就是人类的小便蒸干以后析出的那种白色的东西，能使炖好的肉外观红润，肉质鲜嫩，肥而不腻，瘦而不柴。"

"这尿碱……也不是纯能做出来的？"伊依恐惧地问。

"我说过自己已经回归自然了！尿碱是我费了好大劲儿从几个人类饲养场收集来的，这是很正宗的民间烹饪技艺，早在地球毁灭前就已失传。"

伊依已经把嘴里的牛肉咽下去了，为了抑制呕吐，他端起了酒碗。

李白指指葫芦说："在我的指导下，吞食帝国已经建起了几个酒厂，并且能够生产出地球上的大部分名酒，这是它们酿制的正宗的竹叶青，是用汾酒浸泡竹叶而成。"

伊依这才发现碗里的酒与前几次李白带来的不同，呈翠绿色，入口后有甜甜的药草味。

“看来，你对人类文化已了如指掌了。”伊依感慨地对李白说。

“不仅如此，我还花了大量的时间亲身体验，你知道，吞食帝国很多地区的风景与李白所在的地球极为相似，这两个月来，我浪迹于山水之间，饱览美景，月下饮酒，山巅吟诗。还在遍布各地的人类饲养场中有过几次艳遇……”

“那么，现在总能让我看看你的诗作了吧。”

李白呼地放下酒碗，站起身不安地踱起步来：“是作了一些诗，而且是些肯定让你吃惊的诗，你会看到，我已经是一个很出色的诗人了，甚至比你和你的祖爷爷都出色，但我不想让你看，因为我同样肯定你会认为那些诗没有超越李白，而我……”他抬起头遥望天边落日的余晖，目光中充满了迷离和痛苦，“也这么认为。”

远处的草原上，舞会已经结束，快乐的人们开始丰盛的晚餐。有一群少女向河边跑来，在岸边的浅水中嬉戏。她们头戴花环，身上披着薄雾一样的轻纱，在暮色中构成一幅醉人的画面。伊依指着距草棚较近的一个少女问李白：“她美吗？”

“当然。”李白不解地看着伊依说。

“想象一下，用一把利刃把她切开，取出她的每一个脏器，剜出她的眼球，挖出她的大脑，剔出每一根骨头，把肌肉和脂肪按其不同部位和功能分割开来，再把所有的血管和神经分别理成两束，最后在这里铺上一大块白布，把这些东西按解剖学原理分门别类地放好，你还觉得美吗？”

“你怎么在喝酒的时候想到这些？恶心。”李白皱起眉头说。

“怎么会恶心呢？这不正是你所崇拜的技术吗？”

“你到底想说什么？”

“李白眼中的大自然就是你现在看到的河边少女，而同样的大自然在技术的眼睛中呢，就是白布上那些井然有序但血淋淋的部件，所以，技术是反诗意的。”

“你好像对我有什么建议？”李白理着胡子若有所思地说。

“我仍然不认为你有超越李白的可能，但可以为你的努力指出一个正确的方向：技术的迷雾蒙住了你的双眼，使你看不到自然之美。所以，你首先要做的是把那些超级技术全部忘掉，你既然能够把自己的全部记忆移植到你现在的大脑中，当然也可以删除其中的一部分。”

李白抬头和大牙对视了一下，两者都哈哈大笑起来，大牙对李白说：“尊敬的神，我早就告诉过您，这是一种多么狡诈的虫虫，您稍不小心就会跌入它们设下的陷阱。”

“哈哈哈哈，是狡诈，但也有趣。”李白对大牙说，然后转向伊依，冷笑着说，“你真的认为我是来认输的？”

“你没能超越人类诗词艺术的巅峰，这是事实。”

李白突然抬起一只手指着大河，问：“到河边去有几种走法？”

伊依不解地看了李白几秒钟：“好像……只有一种。”

“不，是两种，我还可以向这个方向走，”李白指着与河相反的方向说，“这样一直走，绕吞食帝国的大环一周，再从对岸过河，也能走到这个岸边，我甚至还可以绕银河系一周再回来，对于我们的技术来说，这也易如反掌。技术可以超越一切！我现在已经被逼得要走另一条路了！”

伊依努力想了好半天，终于困惑地摇摇头：“就算是你有神一般的技术，我还是想不出超越李白的另一条路在哪儿。”

李白站起来说：“很简单，超越李白的两条路是：一、把超越他的那些诗写出来；二、把所有的诗都写出来！”

伊依显得更糊涂了，但站在一旁的大牙似有所悟。

“我要写出所有的五言和七言诗，这是李白所擅长的；另外我还要写出常见词牌的所有的词！你怎么还不明白？！我要在符合这些格律的诗词中，试遍所有汉字的所有组合！”

“啊，伟大！伟大的工程！！”大牙忘形地欢呼起来。

“这很难吗？”伊依傻傻地问。

“当然难，难极了！如果用吞食帝国最大的计算机来进行这样的计算，可能到宇宙末日也完成不了！”

“没那么多吧？”伊依充满疑问地说。

“当然有那么多！”李白得意地点点头，“但使用你们还远未掌握的量子计算技术，就能在可以接受的时间内完成这样的计算。到那时，我就写出了所有的诗词，包括所有以前写过的和所有以后可能写的，特别注意，所有以后可能写的！超越李白的巅峰之作自然包括在内。事实上我终结了诗词艺术，直到宇宙毁灭，所出现的任何一个诗人，不管他们达到了怎样的高度，都不过是个抄袭者，他的作品肯定能在我那巨大的存储器中检索出来。”

大牙突然发出了一声低沉的惊叫，看着李白的目光由兴奋变为震惊：“巨大的……存储器？！尊敬的神，您该不是说，要把量子计算机写出的诗都……都存起来吧？”

“写出来就删除有什么意思呢？当然要存起来！这将是我的种族留在这个宇宙中的艺术丰碑之一！”

大牙的目光由震惊变为恐惧，把粗大的双爪向前伸着，两腿打弯，像要给李白跪下，声音也像要哭出来似的：“使不得，尊敬的神，这使不得啊！！”

“是什么把你吓成这样？”伊依抬头惊奇地看着大牙问。

“你个白痴！你不是知道原子弹是原子做的吗？那存储器也是原子做的，它的存贮精度最高只能达到原子级别！知道什么是原子级别的存贮吗？就是说，一个针尖大小的地方，就能存下人类所有的书！不是你们现在那点儿书，是地球被吃掉前上面所有的书！”

“啊，这好像是有可能的，听说一杯水中的原子数比地球上海洋中水的杯数都多。那，他写完那些诗后带根儿针走就行了。”伊依指指李白说。

大牙恼怒至极，来回急走几步总算挤出了一点儿耐性：“好，好，你说，按神说的那些五言、七言诗，还有那些常见的词牌，各写一首，总共有多少字？”

“不多，也就两三千字吧，古曲诗词是最精练的艺术。”

“那好，我就让你这个白痴虫虫看看它有多么精练！”大牙说着走到桌前，用爪指着上面的棋盘说，“你们管这种无聊的游戏叫什么，哦，围棋，这上面有多少个交叉点？”

“纵横各 19 行，共 361 点。”

“很好，每点上可以放黑子、白子或空着，共三种状态。这样，每一个棋局，就可以看作由三个汉字写成的一首 19 行 361 个字的诗。”

“这比喻很妙。”

“那么，穷尽这三个汉字在这种诗上的所有组合，总共能写出多少首诗呢？让我告诉你：3 的 361 次方首，或者说，嗯……我想想，10 的 172 次方首！”

“这……很多吗？”

“白痴！”大牙第三次骂出这个词，“宇宙中的全部原子只有……啊——”它气恼得说不下去了。

“有多少？”伊依仍是那副傻样。

“只有 10 的 80 次方个！你个白痴虫虫啊——”

直到这时，伊依才表现出一点儿惊奇：“你是说，如果一个原子存贮一首诗，用光宇宙中的所有原子，还存不完量子计算机写出的那些诗？”

“差得远呢！差 10 的 92 次方倍呢！再说，一个原子哪能存下一首诗？人类虫虫的存储器，存一首诗用的原子数可能比你们的人口都多，至于我们，用单个原子存贮一位二进制还仅处于实验室阶段……唉！”

“使者，在这一点上是你目光短浅了，想象力不足，是吞食帝国技术进步缓慢的原因之一。”李白笑着说，“使用基于量子多态叠加原理的量子存储器，只用很少量的物质就可以存下那些诗，当然，量子存贮不太稳定，为了永久保存那些诗作，还需要与更传统的存贮技术结合使用，即使这样，制造存储器需要的物质量也是很少的。”

“是多少？”大牙问，看那样子显然心已提到了嗓子眼儿。

“大约为 10 的 57 次方个原子，微不足道，微不足道。”

“这……这正好是整个太阳系的物质量！”

“是的，包括所有的太阳行星，当然也包括吞食帝国。”

李白最后这句话是轻描淡写地随口而出的，但在伊依听来却像晴天霹雳，不过大牙反倒显得平静下来，当长时间受到灾难预感的折磨后，灾难真正来临时反而有一种解脱感。

“您不是能把纯能转换成物质吗？”大牙问。

“得到如此巨量的物质需要多少能量你不会不清楚，这对我们也是不可想象的，还是用现成的吧。”

“这么说，皇帝的忧虑不无道理。”大牙自语道。

“是的是的，”李白欢快地说，“我前天已向吞食皇帝说明，这个伟大的环形帝国将被用于一个更伟大的目的，所有的恐龙应该为此感到自豪。”

“尊敬的神，您会看到吞食帝国的感受的。”大牙阴沉地说，“还有一个问题：与太阳相比，吞食帝国的质量实在是微不足道，为了得到这九牛之一毛的物质，有必要毁灭一个进化了几千万年的文明吗？”

“你的这个疑问我完全理解，但要知道，熄灭、冷却和拆解太阳是需要很长时间的，在这之前对诗的量子计算应已经开始，我们需要及时地把结果存起来，清空量子计算机的内存以继续计算，这样，可以立即用于制造存储器的行星和吞食帝国的物质就是必不可少的了。”

“明白了，尊敬的神，最后一个问题：有必要把所有的组合结果都存起来吗？为什么不能在输出端加一个判断程序，把那些不值得存贮的诗作剔除掉。据我所知，中国古诗是要遵从严格的格律的，如果把不符合格律的诗去掉，那最后结果的总量将大为减少。”

“格律？哼，”李白不屑地摇摇头，“那不过是对灵感的束缚，中国南北朝以前的古体诗并不受格律的限制，即使是在唐代以后严格的近体诗中，也有许多古典诗词大师不遵从格律，写出了许多卓越的变体诗，所以，在这次终极吟诗中我将不考虑格律。”

“那，您总该考虑诗的内容吧？最后的计算结果中肯定有 99% 的诗是毫无意义的，存下这些随机的汉字矩阵有什么用？”

“意义？”李白耸耸肩，说，“使者，诗的意义并不取决于你的认可，也不取决于我或其他任何人，它取决于时间。许多在当时无意义的诗后来成了旷世杰作，而现今和以后的许多杰作在遥远的过去肯定也曾是无意义的。我要作出所有的诗，亿万年之后，谁知道伟大的时间把其中的哪首选为巅峰之作呢？”

“这简直荒唐！”大牙大叫起来，它那粗放的嗓音惊起了远处草丛中的几只鸟，“如果按现有的人类虫虫的汉字字库，您的量子计算机写出的第一首诗应该是这样的：

啊啊啊啊啊
啊啊啊啊啊
啊啊啊啊啊
啊啊啊啊唉

“请问，伟大的时间会把这首选为杰作？！”

一直不说话的伊依这时欢叫起来："哇！还用什么伟大的时间来选？！它现在就是一首巅峰之作耶！！前三行和第四行的前四个字都是表达生命对宏伟宇宙的惊叹，最后一个字是诗眼，它是诗人在领略了宇宙之浩渺后，对生命在无限时空中的渺小发出的一声无奈的叹息。"

"哈哈哈哈哈，"李白抚着胡须乐得合不拢嘴，"好诗，伊依虫虫，真的是好诗，哈哈哈……"说着拿起葫芦给伊依倒酒。

大牙挥起巨爪一巴掌把伊依打了老远："混账虫虫，我知道你现在高兴了，可不要忘记，吞食帝国一旦毁灭，你们也活不了！"

伊依一直滚到河边，好半天才能爬起来，他满脸沙土，咧大了嘴，既是痛的也是在笑，他确实很高兴，"哈哈，有趣，这个宇宙真他妈的不可思议！"他忘形地喊道。

"使者，还有问题吗？"看到大牙摇头，李白接着说，"那么，我在明天就要离去，后天，量子计算机将启动作诗软件，终极吟诗将开始，同时，熄灭太阳、拆解行星和吞食帝国的工程也将启动。"

"尊敬的神，吞食帝国在今天夜里就能做好战斗准备！"大牙立正后庄严地说。

"好好，真是很好，往后的日子会很有趣的，但这一切发生之前，还是让我们喝完这一壶吧。"李白快乐地点点头说，同时拿起了酒葫芦，倒完酒，他看着已笼罩在夜幕中的大河，意犹未尽地回味着，"真是一首好诗，第一首，呵呵，第一首就是好诗。"

终极吟诗

吟诗软件其实十分简单，用人类的C语言表达可能不超过2000行代码，另外再加一个存贮所有汉字字符的不大的数据库。当这个软件在位于海王星轨道上的那台量子计算机（一个飘浮在太空中的巨大透明锥体）上启动时，终极吟诗就开始了。

这时吞食帝国才知道，李白只是那个超级文明种族中的一个个体，这与以前预想的不同，当时恐龙们都认为进化到这样技术级别的社会在意识上早就融为一个整体了，吞食帝国在过去 1000 万年中遇到的五个超级文明都是这种形态。李白一族保持了个体的存在，也部分解释了他们对艺术超常的理解力。当吟诗开始时，李白一族又有大量的个体从外太空的各个方位跃迁到太阳系，开始了制造存储器的工程。

吞食帝国上的人类看不到太空中的量子计算机，也看不到新来的神族，在他们看来，终极吟诗的过程，就是太空中太阳数目的增减过程。

在吟诗软件启动一个星期后，神族成功地熄灭了太阳，这时太空中太阳的数目减到零，但太阳内部核聚变的停止使恒星的外壳失去了支撑，使它很快坍缩成一颗新星，于是暗夜很快又被照亮，只是这颗太阳的亮度是以前的上百倍，使吞食者表面草木生烟。新星又被熄灭了，但过一段时间后又爆发了，就这样亮了又灭灭了又亮，仿佛太阳是一只九条命的猫，在没完没了地挣扎。但神族对于杀死恒星其实很熟练，他们从容不迫地一次次熄灭新星，使它的物质最大比例地聚变为制造存储器所需的重元素，当第 11 次新星熄灭后，太阳才真正咽了气，这时，终极吟诗已经开始了三个地球月。早在这之前，在第三次新星出现时，太空中就有其他的太阳出现，这些太阳此起彼伏地在太空中的不同位置亮起或熄灭，最多时天空中出现过九个新太阳。这些太阳是神族在拆解行星时的能量释放，由于后来恒星太阳的闪烁已变得暗弱，人们就分不清这些太阳的真假了。

对吞食帝国的拆解是在吟诗开始后的第五个星期进行的，这之前，李白曾向帝国提出了一个建议：由神族将所有恐龙跃迁到银河系另一端的一个世界，那里有一个文明，比神族落后许多，仍未纯能化，但比吞食文明要先进得多。恐龙们到那里后，将作为一种小家禽被饲养，过着衣食无忧的快乐生活。但恐龙们宁为玉碎不为瓦全，愤怒地拒绝了这个提议。

李白接着提出了另一个要求：让人类返回他们的母亲星球。其实，地球也被拆解了，它的大部分用于制造存储器，但神族还是剩下了其中的一小部分物质为人类建造了一个空心地球。空心地球的大小与原地球差不多，但其质量仅为后者的百分之一。说地球被掏空了是不确切的，因为原地球表面那层脆弱的岩石根本不可能用来做球壳，球壳的材料可能取自地核，另外球壳上像经纬线般交错的、虽然很细但强度极高的加固圈，是用太阳坍缩时产生的简并态中子物质制造的。

令人感动的是：吞食帝国不但立即答应了李白的要求，允许所有人类离开大环世界，还把从地球掠夺来的海水和空气全部还给了地球，神族借此在空心地球内部恢复了原地球所有的大陆、海洋和大气层。

接着，惨烈的大环保卫战开始了。吞食帝国向太空中的神族目标大量发射核弹和伽马射线激光，但这些对敌人毫无作用。在神族发射的一个无形的强大力场推动下，吞食者大环越转越快，最后在超速自转产生的离心力下解体了。这时，伊依正在飞向空心地球的途中，他从1200万千米的距离上目睹了吞食帝国毁灭的全过程：

大环解体的过程很慢，如同梦幻，在漆黑太空的背景上，这个巨大的世界如同一团浮在咖啡上的奶沫一样散开来，边缘的碎块渐渐隐没于黑暗之中，仿佛被太空溶解了，只有不时出现的爆炸的闪光才使它们重新现形。（选自《吞食者》）

这个来自古老地球的充满阳刚之气的伟大文明就这样被毁灭了，伊依悲哀万分。只有一小部分恐龙活了下来，与人类一起回归地球，其中包括使者大牙。

在返回地球的途中，人类普遍都很沮丧，但原因与伊依不同：回到地球后是要开荒种地才有饭吃的，这对于已在长期被饲养的生活中变得四肢不勤、五谷不分的人们来说，确实像一场噩梦。

但伊依对地球世界的前途充满信心，不管前面有多少磨难，人将重新成为人。

诗 云

吟诗航行的游艇到达了南极海岸。

这里的重力已经很小，海浪的运行很缓慢，像是一种描述梦幻的舞蹈。在低重力下，拍岸浪把水花送上十几米高处，飞上半空的海水由于表面张力而形成无数水球，大的像足球，小的如雨滴，这些水球在缓慢地下落，慢到可以用手在它们周围画圈，它们折射着小太阳的光芒，使上岸后的伊依、李白和大牙置身于一片晶莹灿烂之中。由于自转，地球的南北极地轴有轻微的拉长，这就使得空心地球的两极地区保持了过去的寒冷状态。低重力下的雪很奇特，呈一种蓬松的泡沫状，浅处齐腰深，深处能把他们都淹没，但在被淹没后，他们竟然能在雪沫中正常呼吸！整个南极大陆就覆盖在这雪沫之下，起伏不平，一片雪白。

伊依一行乘一辆雪地车前往南极点，雪地车像是一艘掠过雪沫表面的快艇，在两侧激起片片雪浪。

第二天他们到达了南极点。南极点的标志是一座高大的水晶金字塔，这是为纪念两个世纪前的地球保卫战而建立的纪念碑，上面没有任何文字和图形，只有晶莹的碑体在地球顶端的雪沫之上默默地折射着阳光。

从这里看去，整个地球世界尽收眼底，光芒四射的小太阳周围，围绕着大陆和海洋，使它看上去仿佛是从北冰洋中浮出来似的。

“这个小太阳真的能够永远亮着吗？”伊依问李白。

“至少能亮到新的地球文明进化到具有制造新太阳的能力的时候，它是一个微型白洞。”

“白洞？是黑洞的反演吗？”大牙问。

“是的，它通过空间蛀洞与200万光年外的一个黑洞相连，那个黑洞围绕着一颗恒星运行，它吸入的恒星的光从这里被释放出来，可以把它看作一根超时空光纤的出口。”

纪念碑的塔尖是拉格朗日轴线的南起点，这是指连接空心地球南北两极的轴线，因战前地月之间的零重力拉格朗日点而得名，这是一条长13000千米的零重力轴线。以后，人类肯定要在拉格朗日轴线上发射各种卫星，比起战前的地球来，这种发射易如反掌：只需把卫星运到南极或北极点，愿意的话用驴车运都行，然后用脚把它向空中踹出去就行了。

就在他们观看纪念碑时，又有一辆较大的雪地车载来了一群年轻的旅行者，这些人下车后双腿一弹，径直跃向空中，沿拉格朗日轴线高高飞去，把自己变成了卫星。从这里看去，有许多小黑点在空中标出了轴线的位置，那都是在零重力轴线上飘浮的游客和各种车辆。本来，从这里可以直接飞到北极，但小太阳位于拉格朗日轴线中部，最初有些沿轴线飞行的游客因随身携带的小型喷气推进器坏了，无法减速而一直飞到太阳里，其实在距小太阳很远的距离上他们就被蒸发了。

在空心地球，进入太空也是一件很容易的事，只需要跳进赤道上的5口深井（名叫地门）中的一口，向下（上？）坠落100千米穿过地壳，就被空心地球自转的离心力抛进太空了。

现在，伊依一行为了看诗云也要穿过地壳，但他们走的是南极的地门，在这里地球自转的离心力为零，所以不会被抛入太空，只能到达空心地球的外表面。他们在南极地门控制站穿好轻便太空服后，就进入了那条长 100 千米的深井，由于没有重力，叫它“隧道”更合适一些。在失重状态下，他们借助于太空服上的喷气推进器前进，这比在赤道的地门中坠落要慢得多，用了半个小时才来到外表面。

空心地球外表面十分荒凉，只有纵横的中子材料加固圈，这些加固圈把地球外表面按经纬线划分成了许多个方格，南极点正是所有经向加固圈的交点，当伊依一行走出地门后，看到自己身处一个面积不大的高原上，地球加固圈像一道道漫长的山脉，以高原为中心放射状向各个方向延伸。

抬头，他们看到了诗云。

诗云处于已消失的太阳系所在的位置，是一片直径为 100 个天文单位的旋涡状星云，形状很像银河系。空心地球处于诗云边缘，与原来太阳在银河系中的位置也很相似，不同的是地球的轨道与诗云不在同一平面，这就使得从地球上可以看到诗云的一面，而不是像银河系那样只能看到截面。但地球离开诗云平面的距离还远不足以使这里的人们观察到诗云的完整形状，事实上，南半球的整个天空都被诗云所覆盖。

诗云发出银色的光芒，能在地上照出人影。据说诗云本身是不发光的，这银光是宇宙射线激发出来的。由于空间的宇宙射线密度不均，诗云中常涌动着大团的光晕，那些色彩各异的光晕滚过长空，好像是潜行在诗云中的发光巨鲸。也有很少的时候，宇宙射线的强度急剧增加，在诗云中激发出粼粼的光斑，这时的诗云已完全不像云了，整个天空仿佛是一个月夜从水下看到的海面。地球与诗云的运行并不是同步的，所以有时地球会处于旋臂间的空隙上，这时透过空隙可以看到夜空和星星，最为激动人心的是，在旋臂的边缘还可以看到诗云的断面形状，它很像地球大气中的积雨云，变幻出各种宏伟的让人浮想联翩的形体，这些巨大的形体高高地升出诗云的旋转平面，发出幽幽的银光，仿佛是一个超级意识没完没了的梦境。

伊依把目光从诗云收回，从地上拾起一块晶片，这种晶片散布在他们周围的地面上，像严冬的碎冰般闪闪发亮。伊依举起晶片对着诗云密布的天空，晶片很薄，有半个手掌大小，从正面看全透明，但把它稍倾斜一下，就能看到诗云的亮光在它表面映出的霓彩光晕。这就是量子存储器，人类历史上产生的全部文字信息，也只能占它们每一片存贮量的几亿分之一。诗云就是由10的40次方片这样的存储器组成的，它们存贮了终极吟诗的全部结果。这片诗云，是用原来构成太阳和它的九大行星的全部物质所制造，当然还包括吞食帝国。

"真是伟大的艺术品！"大牙由衷地赞叹道。

"是的，它的美在于其内涵：一片直径100亿千米的，包含着全部可能的诗词的星云，这太伟大了！"伊依仰望着星云激动地说，"我，也开始崇拜技术了。"

一直情绪低落的李白长叹一声："唉！看来我们都在走向对方，我看到了技术在艺术上的极限，我……"他抽泣起来，"我是个失败者，呜呜……"

"你怎么能这样讲呢？！"伊依指着上空的诗云说，"这里面包含了所有可能的诗，当然也包括那些超越李白的诗！"

"可我却得不到它们！"李白一跺脚，飞起了几米高，在半空中蜷缩成一团，悲伤地把脸埋在两膝之间呈胎儿状，在地壳那十分微小的重力下缓缓下落，"在终极吟诗开始时，我就着手编制诗词识别软件，这时，技术在艺术中再次遇到了那道不可逾越的障碍，到现在，具备古诗鉴赏力的软件也没能编出来。"他在半空中指指诗云，"不错，借助伟大的技术，我写出了诗词的巅峰之作，却不可能把它们从诗云中检索出来，唉……"

"智慧生命的精华和本质，真的是技术所无法触及的吗？"大牙仰头对着诗云大声问，经历过这一切，它变得越来越哲学了。

"既然诗云中包含了所有可能的诗，那其中自然有一部分诗，是描写我们全部的过去和所有可能与不可能的未来的，伊依虫虫肯定能找到一首诗，描述他在 30 年前的一天晚上剪指甲时的感受，或 12 年后的一顿午餐的菜谱；大牙使者也可以找到一首诗，描述它的腿上的某一块鳞片在 5 年后的颜色……”说着，已重新落回地面的李白拿出了两块晶片，它们在诗云的照耀下闪闪发光，“这是我临走前送给二位的礼物，这是量子计算机以你们的名字为关键词，在诗云中检索出来的与二位有关的几亿亿首诗，描述了你们在未来各种可能的生活，当然，在诗云中，这也只占描写你们的诗作里极小的一部分。我只看过其中的几十首，最喜欢的是关于伊依虫虫的一首七律，描写他与一位美丽的乡下姑娘在江边相爱的情景……我走后，希望人类和剩下的恐龙好好相处，人类之间更要好好相处，要是空心地球的球壳被核弹炸个洞，可就麻烦了……诗云中的那些好诗目前还不属于任何人，希望人类今后能写出其中的一部分。”

“我和那位姑娘后来怎样了？”伊依好奇地问。

在诗云的银光下，李白嘻嘻一笑：“你们幸福地生活在一起。”

梦之海

上 篇

低温艺术家

是冰雪艺术节把低温艺术家引来的。这想法虽然荒唐，但自海洋干涸以后，颜冬一直是这么想的，不管过去多少岁月，当时的情景仍然历历在目。

当时，颜冬站在自己刚刚完成的冰雕作品前，他的周围都是玲珑剔透的冰雕，向更远处望去，雪原上矗立着用冰建成的高大建筑，这些晶莹的高楼和城堡浸透了冬日的阳光。这是最短命的艺术品，不久之后，这个晶莹的世界将在春风中化作一汪清水，这过程除了带给人一种淡淡的忧伤外，还包含了更多说不清道不明的东西，这也许是颜冬迷恋冰雪艺术的真正原因。

颜冬把目光从自己的作品上移开，下定决心在评委会宣布获奖名次之前不再看它了。他长出一口气，抬头扫了一眼天空，就在这时，他第一次看到了低温艺术家。

最初他以为那是一架拖着白色尾迹的飞机，但那个飞行物的速度比飞机要快得多，它在空中转了一个大弯，那尾迹如同一支巨大的粉笔在蓝天上随意地画了个钩，在钩的末端，那个飞行物居然停住了，就停在颜冬正上方的高空中。尾迹从后向前渐渐消失，像是被它的释放者吸回去似的。

颜冬仔细地观察尾迹最后消失的那一点，发现那点不时地出现短暂的闪光，他很快确定，那闪光是一个物体被阳光反射所致。接着他看到了那个物体，它是一个小小的球体，呈灰白色；很快他又意识到那个球体并不小，它看上去小只是因为距离比较远，它这时正在飞快地扩大。颜冬很快明白了那个球体正在从高空向他站的地方掉下来，周围的人也意识到了这点，人们四散而逃。颜冬也低头跑起来，他在一座座冰雕间七拐八拐，突然间地面被一个巨大的阴影所笼罩，颜冬的头皮一紧，一时间血液仿佛凝固了。但预料的打击并未出现，颜冬发现周围的人也都站住了脚，呆呆地向上仰望着，他也抬头看，看到那个巨大的球体就悬在他们百米左右的上空。它并不是一个完全的球体，似乎在高速飞行中被气流冲击得变了形：向着飞行方向的一半是光滑的球面，另一半则出现了一束巨大的毛刺，使它看上去像一颗剪短了彗尾的彗星。它的体积很大，直径肯定超过了 100 米，像悬在半空中的一座小山，使地面上的人产生了一种巨大的压迫感。

急剧下坠的球体在半空中急刹住后，被它带动的空气仍在向下冲来，很快到达地面，激起了一圈飞快扩大的雪尘。据说，当非洲的土著首次触摸西方人带来的冰块时，总是猛抽回手，惊叫：好烫！在颜冬接触到那团下坠的空气的一刹那，他也产生了这种感觉。而能使在东北的严寒露天的人产生这种感觉，这团空气的温度一定低得惊人。幸亏它很快扩散了，否则地面上的人都会被冻僵，但即使这样，很多人暴露在外的皮肤也都受到了不同程度的冻伤。

颜冬的脸已由于突然出现的严寒而麻木，他抬头仔细观察着那个球体表面，那半透明的灰白色物质是他再熟悉不过的东西：冰，这悬在半空中的是一个大冰球。

空气平静下来之后，颜冬吃惊地发现，那半空中巨大冰球的周围居然飘起了雪花，雪花很大，在蓝天的背景前显得异常洁白，并在阳光中闪闪发光。但这些雪花只在距球体表面一定距离内出现，飘出这段距离后立刻消失，以球体为中心形成了一个雪圈，仿佛是雪夜中的一盏街灯照亮了周围的雪花。

“我是一名低温艺术家！”一个清脆的男音从冰球中传出，“我是一名低温艺术家！”

“这个大冰球就是你吗？”颜冬仰头大声问。

“我的形象你们是看不到的，你们看到的冰球是我的冷冻场冻结空气中的水分形成的。”低温艺术家回答说。

“那些雪花是怎么回事？”颜冬又问。

“那是空气中氧和氮的结晶体，还有二氧化碳形成的干冰。”

“你的冷冻场真厉害！”

“当然，就像无数只小手攥紧无数颗小心脏一样，它使其作用范围内所有的分子和原子停止运动。”

“它还能把这个大冰团举在空中吗？”

“那是另一种场了，那是反引力场。你们每个人使用的那一套冰雕工具真有趣：有各种形状的小铲和小刀，还有喷水壶和喷灯，有趣！为了制作低温艺术品，我也拥有一套小小的工具，那就是几种力场，种类没有你们的这么多，但也很好使。”

“你也创作冰雕吗？”

“当然，我是低温艺术家，你们的世界很适合进行冰雪造型艺术，我惊讶地发现这个世界早已存在这种艺术，我很高兴地说，我们是同行。”

“你从哪里来？”颜冬旁边的另一位冰雕作者问。

“我来自一个遥远的、你们无法理解的世界，那个世界远不如你们的世界有趣。本来，我只从事艺术，一般不同其他世界交流的，但看到这样一个展览会，看到这么多的同行，我产生了交流的愿望。不过坦率地说，下面这些低温作品中真正称得上是艺术品的并不多。”

“为什么？”有人问。

“过分写实，过分拘泥于形状和细节，当你们明白宇宙除了空间什么都没有，整个现实世界不过是一大堆曲率不同的空间时，就会看到这些作品是何等可笑。不过，嗯，这一件还是有点儿感觉的。”

话音刚落，冰团周围的雪花伸下来细细的一缕，仿佛是沿着一条看不见的漏斗流下来的，这缕雪花从半空中一直伸到颜冬的冰雕作品顶部才消失。颜冬踮起脚尖，试探着向那缕雪花伸出戴着手套的手，在那缕雪花的附近，他的手指又有了那种灼热感，他急忙抽回来，手已经在手套里冻僵了。

“你是指我的作品吗？”颜冬用另一只手揉着冻僵的手说，“我，我没有用传统的方法，也就是用现成的冰块雕刻作品，而是建造了一个由几大块薄膜构成的结构，在这个结构下面长时间地升腾起由沸水产生的蒸气，蒸气在薄膜表面冻结，形成一种复杂的结晶体，当这种结晶体达到一定的厚度后，去掉薄膜，就做成了你现在看到的造型。”

“很好，很有感觉，很能体现寒冷之美！这件作品的灵感是来自……”

“来自窗玻璃！不知你是否能理解我的描述：在严冬的凌晨醒来，你蒙胧的睡眼看到窗玻璃上布满了冰晶，它们映着清晨暗蓝色的天光，仿佛是你一夜梦的产物……”

“理解理解，我理解！”低温艺术家周围的雪花欢快地舞动起来，“我的灵感也被激发了，我要创作！我必须创作！！”

“那个方向就是松花江，你可以去取一块冰，或者……”

“什么？你以为我这样的低温艺术家，要从事的是你们这种细菌般可怜的艺术吗？这里没有我需要的冰材！”

地面上的冰雕艺术家们都茫然地看着来自星际的低温艺术家，颜冬呆呆地说：“那么，你要去……”

“我要去海洋！”

取 冰

一队庞大的机群在5000米空中向海岸线方向飞行，这是有史以来最混杂的一队机群，它由从体形庞大的波音巨无霸到蚊子似的轻型飞机在内的各种飞机组成，这是全球各大通讯社派出的采访飞机，还有研究机构和政府派出的观察监视飞机。这乱哄哄的机群紧跟着前面一条短粗的白色航迹飞行着，像一群追赶着牧羊人的羊群。那条航迹是低温艺术家飞行时留下的，它不停地催促后面的飞机快些，为了等它们它不得不忍受这比爬行还慢的速度（对于可随意进行时空跃迁的它，光速已经是爬行了），它不停地抱怨说这会使自己的灵感消失的。

对于后面飞机上的记者们通过无线电喋喋不休的提问，低温艺术家一概懒得回答，他只有兴趣同坐在一架中央电视台租用的运-12上的颜冬谈话，于是到后来记者们都不吱声了，只是专心地听着这一对艺术家同行的对话。

“你的故乡是在银河系之内吗？”颜冬问，这架运-12距离低温艺术家最近，可以看到那个飞行中的冰球在白色航迹的头部时隐时现，这航迹是冰球周围的超低温冷凝了大气中的氧、氮和二氧化碳形成的，有时飞机不慎进入这滚滚掠过的白雾中，机窗上会立刻覆盖上厚厚的一层白霜。

“我的故乡不属于任何恒星系，它处于星系之间广漠的黑暗虚空中。”

“你们的星球一定很冷。”

“我们没有星球，低温文明起源于一团暗物质云中，那个世界确实很冷，生命从接近绝对零度的环境中艰难地取得微小的热量，吮吸着来自遥远星系的每一丝辐射。当低温文明学会走路时，我们便迫不及待地进入银河系这个最近的温暖世界。在这个世界中我们也必须保持低温状态才能生存，于是我们成了温暖世界的低温艺术家。”

“你指的低温艺术就是冰雪造型吗？”

“哦，不不，用远低于一个世界平均温度的低温与这个世界发生作用，以产生艺术效应，这都属于低温艺术。冰雪造型只是适合于你们世界的低温艺术，冰雪的温度在你们的世界属于低温，在暗物质世界就属于高温了；而在恒星世界，熔化的岩浆也属于低温材料。”

“我们之间对艺术美的感觉好像有共同之处。”

“不奇怪，所谓温暖，不过是宇宙诞生后一阵短暂的痉挛所产生的同样短暂的效应，它将像日落后的暮光一样转瞬即逝，能量将消失，只有寒冷永存，寒冷之美才是永恒的美。”

“这么说，宇宙最终将热寂？！”颜冬听到耳机中有人问，事后知道他是坐在后面飞机上的一位理论物理学家。

“不要离题，我们只谈艺术。”低温艺术家冷冷地说。

“下面是海了！”颜冬无意间从舷窗望下去，看到弯曲的海岸线正在下面缓缓移过。

“再向前，我们要到最深的海洋，那里便于取冰。”

“可哪儿有冰啊？”颜冬看着下面广阔的蓝色海面不解地问。

“低温艺术家到哪里，哪里就会有冰。”

低温艺术家又向前飞行了一个多小时，颜冬从飞机上向下看，下面早已是一片汪洋。这时，飞机突然拉升，超重使颜冬两眼一黑。

“天啊，我们差点撞上它！”飞行员大叫，原来低温艺术家突然停下了，后面的飞机都猝不及防地纷纷转向。“妈的，惯性定律对这家伙不起作用，它的速度好像是在瞬间减到零，按理说这样的减速早把冰球扯碎了！”飞行员对颜冬说，同时掉转机头，与别的飞机一起，浩浩荡荡地围绕着悬在空中的冰球盘旋着。静止的冰球又在空气中产生了大量的氧氮雪花，但由于高空中的强风，雪花都被吹向一个方向，像是冰球随风飘舞的白发。

“我要开始创作了！”低温艺术家说，没等颜冬回话，它突然垂直坠落下去，仿佛在空中举着它的那只无形的巨手突然放开了。飞机上的人们看着它以自由落体的方式越来越快地下落，很快便消失在海面蓝色的背景中，只能隐约看到它在空气中拉出的一道雾化痕迹。很快，海面上出现了一团白色的水花，水花消失后有一圈波纹在扩散。

“这个外星人投海自杀了。”飞行员对颜冬说。

“别瞎扯了！”颜冬拖着东北口音白了飞行员一眼，“飞低些，那个冰球很快就要浮起来了！”

但冰球并没有浮出来，在那个位置的海面上出现了一个白点，这白点很快扩大成一个白色的圆形区域。这时飞机的高度已经很低了，颜冬仔细观察，发现那白色区域其实是覆盖海面的一层白色雾气。白雾区域急剧扩大，加上飞机在继续降低，很快可以看到的海面全部冒起了白雾。这时颜冬听到了一个声音，像连续的雷声，又像是大地和山脉在断裂，这声音来自海面，盖住了引擎的轰鸣声。飞机贴海飞行，颜冬向下仔细观察白雾下的海面，首先发现海面反射的阳光很完整、很柔和，不像刚才那样呈刺目的碎金状；他接着看到海的颜色变深了，海面的波浪变得平滑了，但真正震撼他的是下一个发现：那些波浪是凝固不动的。

“天啊，海冻了！”

“你没疯吧？”飞行员扭头扫了他一眼说。

“你自个儿仔细看看……嗨，我说你怎么还往下降啊？想往冰面上降落？！”

飞行员猛拉操纵杆，颜冬眼前又一黑，听到他说：“啊，不，妈的，真邪门儿了……”再看看他，一副梦游的表情，“我没下降，那海面，哦不，那冰面，在自己上升！”这时他们听到了低温艺术家的声音：

“你们的飞行器赶快让开，别挡住上升的路，哼，要不是有同行在一架飞行器里，我才不在乎撞着你们呢，我在创作中最讨厌干扰灵感的东西。向西飞向西飞，那面距边缘比较近！”

“边缘？什么的边缘？”颜冬不解地问。

“我采的冰块呀！”

所有的飞机像一群被惊飞的鸟，边爬高边向低温艺术家指引的方向飞去，在它们的下面，因温度突降产生的白雾已消失，深蓝色的冰原一望无际。尽管飞机在爬高，但冰原的上升速度更快，所以飞机与冰面的相对高度还是在不断降低，“天啊，地球在追着我们呢！”飞行员惊叫道。渐渐地，飞机又紧贴着冰面飞行了，凝固的暗蓝色波涛从机翼下滚滚而过，飞行员喊道：“我们只好在冰面上降落了！我的天，边爬高边降落，这太奇怪了！”

就在这时，运 -12 飞到了冰块的尽头，一道笔直的边缘从机身下飞速掠过，下面重新出现了波光粼粼的海洋。这情形很像航空母舰上的战斗机起飞时，跃出甲板的瞬间所看到的，但后面这艘“航母”有几千米高！颜冬猛回头，看到一道巨大的暗蓝色悬崖正在向后退去，这道悬崖表面极其平整，向两端延伸出去，一时还望不到尽头；悬崖下部与海面相接，可以看到海浪拍打在上面形成的一条白边。但这道白边在颜冬看到它几秒钟后就突然消失了，代之以另一条笔直的边缘——大冰块的底部已离开了海面。

大冰块以更快的速度上升，运 -12 同时在下降，它的高度很快位于海面和空中的冰块之间。这时颜冬看到了另一个广阔的冰原，与刚才不同的是它在上方，形成了一个极具压抑感的阴暗的天空。

随着大冰块的继续上升，颜冬终于在视觉上证实了低温艺术家的话：这确实是一个大冰块，一大块呈规则长方体的冰，现在，它在空中已经可以完整地看到，这暗蓝色的长方体占据了三分之二的天空，它那平整的表面不时反射着阳光，如同高空的一道道刺目的闪电。在由它构成的巨大的背景前有几架飞机在缓缓爬行，如同在一座摩天大楼边盘旋的小鸟，只有仔细看才能看到。事后雷达观测数据表明，这个冰块的长为 60 千米，宽 20 千米，高 5 千米，呈一个扁平的长方体。

大冰块继续上升，它在空中的体积渐渐缩小，终于在心理上可以让人接受了。与此同时，它投在海面上巨大的阴影也在移动，露出了海洋上有史以来最恐怖的景象。

颜冬看到，他们飞行在一个狭长的盆地上空，这盆地就是大冰块离开后在海中留下的空间。盆地四周是高达 5000 米的海水的高山，人类从未见过水能构成这样的结构：它形成了几千米高的悬崖！这液态的悬崖底部翻起百米高的巨浪，上部在不停地崩塌着，悬崖就在崩塌中向前推进，它的表面起伏不定，但总体与海底保持着垂直。随着海水悬崖的推进，盆地在缩小。

这是摩西劈开红海的反演。

最让颜冬震撼的是，整个过程居然很慢！这显然是尺度的缘故，他见过黄果树瀑布，觉得那水流下落得也很慢，而眼前的这海水悬崖，尺度要比那瀑布大两个数量级，这使他可以有充足的时间欣赏这旷世奇观。

这时，冰块投下的阴影已完全消失，颜冬抬头一看，冰块看去只有两个满月大小，在天空中已不太显眼了。

随着海水悬崖的推进，盆地已缩成了一道峡谷，紧接着，两道几十千米长、5000 米高的海水悬崖迎面相撞，一声沉闷的巨响在海天间久久回荡，冰块在海洋中留下的空间完全消失了。

“我们不是在做梦吧？”颜冬自语道。

“是梦就好了，你看！”飞行员指指下面，在两道悬崖相撞之处，海面并未平静，而是出现了两道与悬崖同样长的波带，仿佛是已经消失的两道海水悬崖在海面的化身，它们分别向着相反的方向分离开来。从高空看去波带并没有惊人之处，但仔细目测可知它们的高度都超过了两百米，如果近看，肯定像两道移动的山脉。

“海啸？”颜冬问。

“是的，可能是有史以来最大的，海岸要遭殃了。”

颜冬再抬头看，蓝天上，冰块已看不到了，据雷达观测，它已成为地球的一颗冰卫星。

在这一天，低温艺术家以同样的方式又从太平洋中取走了上百块同样大小的冰块，把它们送入绕地球运行的轨道。

这天，在处于夜晚的半球，每隔两三个小时就可以看到一群闪烁的亮点横贯夜空飞过，与背景上的星星不同的是，如果仔细看，每个亮点都可以看出形状，那是一个个小长方体，它们都在以不同的姿势自转着，使它们反射的阳光以不同的频率闪动。人们想了很久也不知如何形容这些太空中的小东西，最后还是一名记者的比喻得到了认可：

“这是宇宙巨人撒出的一把水晶骨牌。”

两名艺术家的对话

“我们应该好好谈谈了。”颜冬说。

“我约你来就是为了谈谈，但我们只谈艺术。”低温艺术家说。

颜冬此时正站在一个悬浮于 5000 米空中的大冰块上，是低温艺术家请他到这里来的。现在，送他上来的直升机就停在旁边的冰面上，旋翼还转动着，随时准备起飞。四周是一望无际的冰原，冰面反射着耀眼的阳光，向脚下看看，蓝色的冰层深不见底。在这个高度上晴空万里，风很大。

这是低温艺术家已从海洋中取走的 5000 块大冰中的一块，在这之前的 5 天里，它以平均每天 1000 块的速度从海洋中取冰，并把冰块送到地球轨道上去。在太平洋和大西洋的不同位置，一块块巨冰在海中被冻结后升上天空，成为夜空中那越来越多的亮闪闪的“宇宙骨牌”中的一块。世界沿海的各大城市都受到了海啸的袭击，但随着时间的推移，这种灾难渐渐减少了，原因很简单：海面在降低。

地球的海洋，正在变成围绕它运行的冰块。

颜冬用脚跺了跺坚硬的冰面说：“这么大的冰块，你是如何在瞬间把它冻结，如何使它成为一个整体而不破碎，又用什么力量把它送到太空轨道上去？这一切远超出了我们的理解和想象。”

低温艺术家说：“这有什么，我们在创作中还常常熄灭恒星呢！不是说好了只谈艺术吗？我这样制作艺术品，与你用小刀铲制作冰雕，从艺术角度看没什么太大的区别。”

“那些轨道中的冰块暴露在太空强烈的阳光中时，为什么不融化呢？”

“我在每个冰块的表面覆盖了一层极薄的透明滤光膜，这种膜只允许不发热频段的冷光进入冰块，发热频段的光线都被反射，所以冰块保持不化。这是我最后一次回答你这类问题了，我停下工作来，不是为了谈这些无聊的事，下面我们只谈艺术，要不你就走吧，我们不再是同行和朋友了。”

“那么，你最后打算从海洋中取多少冰呢？这总和艺术创作有关吧！”

“当然是有多少取多少，我向你谈过自己的构思，要完美地表达这个构思，地球上的海洋还是不够的，我曾打算从木星的卫星上取冰，但太麻烦了，就这么将就吧。”

颜冬整理了一下被风吹乱的头发，高空的寒冷使他有些颤抖，他问：“艺术对你很重要吗？”

“是一切。”

“可……生活中还有别的东西，比如，我们还需为生存而劳作，我就是长春光机所的一名工程师，业余时间才能从事艺术。”

低温艺术家的声音从冰原深处传了上来，冰面的振动使颜冬的脚心有些痒痒：“生存，它只是文明的婴儿时期要换的尿布，以后，它就像呼吸一样轻而易举了，以至于我们忘了有那么一个时代竟需要花精力去维持生存。”

“那社会生活和政治呢？”

“个体的存在也是婴儿文明的麻烦事，以后个体将融入主体，也就没有什么社会和政治了。”

“那科学呢，总有科学吧？文明不需要认识宇宙吗？”

“那也是婴儿文明的课程，当探索进行到一定程度，一切将毫发毕现，你会发现宇宙是那么简单，科学也就没必要了。”

“只剩下艺术？”

“只剩艺术，艺术是文明存在的唯一理由。”

“可我们还有其他的理由，我们要生存，下面这颗行星上有几十亿人和更多的其他物种要生存，而你要把我们的海洋弄干，让这颗生命行星变成死亡的沙漠，让我们全渴死！”

从冰原深处传出一阵笑声，又让颜冬的脚痒起来，“同行，你看，我在创作灵感汹涌澎湃的时候停下来同你谈艺术，可每次，你都和我扯这些鸡毛蒜皮的事，真让我失望，你应该感到羞耻！你走吧，我要工作了。”

“日你祖宗！”颜冬终于失去了耐心，用东北话破口大骂起来。

“是句脏话吗？”低温艺术家平静地问，“我们的物种是同一个体一直成长进化下去的，没有祖宗。再说你对同行怎么这样，嘻嘻，我知道，你忌妒我，你没有我的力量，你只能搞细菌的艺术。”

“可你刚才说过，我们的艺术只是工具不同，没有本质的区别。”

“可我现在改变看法了，我原以为自己遇到了一位真正的艺术家，可原来是一个平庸的可怜虫，成天喋喋不休地谈论诸如海洋干了呀、生态灭绝呀之类与艺术无关的小事，太琐碎太琐碎，我告诉你，艺术家不能这样。”

“还是日你祖宗！！”

“随你便吧，我要工作了，你走吧。”

这时，颜冬感到一阵超重，使他一屁股跌坐在光滑的冰面上，同时，一股强风从头顶上吹下来，他知道冰块又继续上升了。他连滚带爬地钻进直升机，直升机艰难地起飞，从最近的边缘飞离冰块，险些在冰块上升时产生的龙卷风中坠毁。

人类与低温艺术家的交流彻底失败了。

梦之海

颜冬站在一个白色的世界中，脚下的土地和周围的山脉都披上了银装，那些山脉高大险峻，使他感到仿佛置身于冰雪覆盖的喜马拉雅山中。事实上，这里与那里相反，是地球上最低的地方，这是马里亚纳海沟，昔日太平洋最深的海底。覆盖这里的白色物质并非积雪，而是以盐为主的海水中的矿物质，当海水被冻结后，这些矿物质就析出并沉积在海底，这些白色的沉积盐层最厚的地方可达百米。

在过去的 200 天中，地球上的海洋已被低温艺术家用光了，连南极和格陵兰的冰川都被洗劫一空。

现在，低温艺术家邀请颜冬来参加他的艺术品最后完成的仪式。

前方的山谷中有一片蓝色的水面，那蓝色很纯很深，在雪白的群峰间显得格外动人。这就是地球上最后的海洋了，它的面积大约相当于滇池大小，早已没有了海洋那广阔的万顷波涛，表面只是荡起静静的微波，像深山中一个幽静的湖泊。

有三条河流汇入了这最后的海洋，这是在干涸的辽阔海底长途跋涉后幸存下来的大河，是地球上有史以来最长的河，到达这里时已变成细细的小溪了。

颜冬走到海边，在白色的海滩上把手伸进轻轻波动着的海水，由于水中的盐分已经饱和，海面上的波浪显得有些沉重，而颜冬的手在被微风吹干后，析出了一层白色的盐末。

空中传来一阵颜冬熟悉的尖啸声，这声音是低温艺术家向下滑落时冲击空气发出的。颜冬很快在空中看到了它，它的外形仍是一个冰球，但由于直接从太空返回这里，在大气中飞行的距离不长，球的体积比第一次出现时小了许多。这之前，在冰块进入轨道后，人们总是用各种手段观察离开冰块时的低温艺术家，但什么也没看到，只有它进入大气层后，那个不断增大的冰球才能标识它的存在和位置。

低温艺术家没有向颜冬打招呼，冰球在这最后海洋的中心垂直坠入水面，激起了高高的水柱。然后又出现了那熟悉的一幕：一圈冒出白雾的区域从坠落点飞快扩散，很快白雾盖住了整个海面；然后是海水快速冻结时发出的那种像断裂声的巨响；再往后白雾消散，露出了凝固的海面。与以往不同的是，这次整个海洋都被冻结了，没有留下一滴液态的水；海面也没有凝固的波浪，而是平滑如镜。在整个冻结过程中，颜冬都感到寒气扑面。

接着，已冻结的最后的海洋被整体提离了地面，开始只是小心地升到距地面几厘米处，颜冬看到前面冰面的边缘与白色盐滩之间出现了一条黑色的长缝，空气涌进长缝，去填补这刚刚出现的空间，形成一股紧贴地面的疾风，被吹动的盐尘埋住了颜冬的脚。提升速度加快，最后的海洋转眼间升到半空中，如此巨大体积物体的快速上升在地面产生了强烈的气流扰动，一股股旋风卷起盐尘，在峡谷中形成一道道白色的尘柱。颜冬吐出飞进嘴里的盐末，那味道不是他想象的咸，而是一种难言的苦涩，正如人类所面临的现实。

最后的海洋不再是规则的长方体，它的底部精确地模印着昔日海洋最深处的地形。颜冬注视着最后的海洋上升，直到它变成一个小亮点融入浩荡的冰环中。

冰环大约相当于银河的宽度，由东向西横贯长空。与天王星和海王星的环不同，冰环的表面不是垂直而是平行于地球球面，这使它在空中呈现一条宽阔的光带。这光带由20万块巨冰组成，环绕地球一周。在地面可以清楚地分辨出每个冰块，并能看出它的形状，这些冰块有的自转、有的静止，这20万个闪动或不闪动的光点构成了一条壮丽的天河，这天河在地球的天空中庄严地流动着。

在一天的不同时段，冰环的光和色都进行着丰富的变幻。

清晨和黄昏是它色彩最丰富的时段，这时冰环的色彩由地平线处的橘红渐变为深红，再变为碧绿和深蓝，如一条宇宙彩虹。

在白天，冰环在蓝天上呈耀眼的银色，像一条流过蓝色平原的钻石大河。白天冰环最壮观的景象是环食，即冰环挡住太阳的时刻，这时大量的冰块折射着阳光，天空中出现奇伟瑰丽的焰火表演。依太阳被冰环挡住的时间长短，分为交叉食和平行食，所谓平行食，是太阳沿着冰环走过一段距离，每年还有一次全平行食，这天太阳从升起到落下，沿着冰环走完它在天空中的全部路程。这一天，冰环仿佛是一条撒在太空中的银色火药带，在日出时被点燃，那璀璨的火球疯狂燃烧着越过长空，在西边落下，其壮丽之极，已很难用语言表达。正如有人惊叹:“这一天，上帝从空中踱过。”

然而冰环最迷人的时刻是在夜晚，它发出的光芒比满月还要亮一倍，这银色的光芒洒满大地。这时，仿佛全宇宙的星星都排成密集的队列，在夜空中庄严地行进，与银河不同，在这条浩荡的星河中可以清楚地分辨出每个长方体的星星。这密密麻麻的星星中有一半在闪耀，这10万颗闪动的星星在星河中构成涌动的波纹，仿佛宇宙的大风吹拂着河面，使整条星河变成了一个有灵性的整体……

在一阵尖啸声中，低温艺术家最后一次从太空返回地面，悬在颜冬上空，一圈纷飞的雪花立刻裹住了它。

“我完成了，你觉得怎么样？”它问。

颜冬沉默良久，只说出了两个字：“服了。”

他真的服了，这之前，他曾连续三天三夜仰望着冰环，不吃不喝，直到虚脱。能起床后他又到外面去仰望冰环，他觉得永远也看不够。在冰环下，他时而迷乱，时而沉浸于一种莫名的幸福之中，这是艺术家找到终极之美时的幸福，他被这宏大的美完全征服了，整个灵魂都融化于其中。

“作为一个艺术家，能看到这样的创造，你还有他求吗？”低温艺术家又问。

“我真无他求了。”颜冬由衷地回答。

“不过嘛，你也就是看看，你肯定创造不出这种美，你太琐碎。”

“是啊，我太琐碎，我们太琐碎，有啥法子？都有自己和老婆孩子要养活啊。”

颜冬坐到盐地上，把头埋在双臂间，沉浸在悲哀之中。这是一个艺术家在看到自己永远无法创造的美时，在感觉到自己永远无法超越的界限时，产生的最深的悲哀。

“那么，我们一起给这件作品起个名字吧，叫——梦之环，如何？”

颜冬想了一会儿，缓缓地摇了摇头：“不好，它来自于海洋，或者说是海洋的升华，我们做梦也想不到海洋还具有这种形态的美，就叫——梦之海吧。”

“梦之海……很好很好，就叫这个名字，梦之海。”

这时颜冬想起了自己的使命：“我想问，你在离开前，能不能把梦之海再恢复成我们的现实之海呢？”

“让我亲自毁掉自己的作品，笑话！”

“那么，你走后，我们是否能自己恢复呢？”

“当然可以，把这些冰块送回去不就行了？”

“怎么送呢？”颜冬抬头问，全人类都在竖起耳朵听。

“我怎么知道。”低温艺术家淡淡地说。

“最后一个问题：作为同行，我们都知道冰雪艺术品是短命的，那么梦之海……”

“梦之海也是短命的，冰块表面的滤光膜会老化，不再能够阻拦热光。但它消失的过程与你的冰雕完全不同，这过程要剧烈和壮观得多：冰块汽化，压力使薄膜炸开，每个冰块变成一个小彗星，整个冰环将弥漫着银色的雾气，然后梦之海将消失在银雾中，然后银雾也扩散到太空消失了，宇宙只能期待着我在遥远的另一个世界的下一个作品。”

“这将在多长时间后发生？”颜冬声音有些发颤。

“滤光膜失效，用你们的计时，嗯，大约 20 年吧。嗨，怎么又谈起艺术之外的事了？琐碎琐碎！好了同行，永别了，好好欣赏我留给你们的美吧！”

冰球急速上升，很快消失在空中。据世界各大天文机构观测，冰球沿垂直于黄道面的方向急速飞去，在其加速到光速一半时，突然消失在距太阳 13 个天文单位的太空中，好像钻进了一个看不见的洞，以后它再也没回来。

下 篇

纪念碑和导光管

干旱已持续了 5 年。

焦黄的大地从车窗外掠过，时值盛夏，大地上没有一点绿色，树木全部枯死，裂纹如黑色的蛛网覆盖着大地，干热风扬起的黄沙不时遮盖了这一切。有好几次，颜冬确信他看到了铁路边被渴死的人的尸体，但那些尸体看上去像是旁边枯死的大树上掉下的一根根干树枝，倒没什么恐怖感。这严酷的干旱世界与天空中银色的梦之海形成了鲜明的对比。

颜冬舔了舔干裂的嘴唇，一直舍不得喝自己带的那壶水，那是他全家四天的配给，是妻子在火车站硬让他带上的。昨天单位里的职工闹事，坚决要求用水来发工资，市场上非配给的水越来越少，有钱也买不到了……这时有人拍了拍他的肩膀，扭头一看是邻座。

"你就是那个外星人的同行吧？"

自从成为人类与低温艺术家沟通的信使，颜冬就成了名人，开始他是一位正面角色和英雄，可是低温艺术家走后情况就发生了变化，有种说法，说是他在冰雪艺术节上激发了低温艺术家的灵感，否则什么事都不会发生。大多数人都知道这是无稽之谈，但有个发泄怨气的对象总是好事，所以到现在，他在人们的眼中简直成了外星人的同谋。好在后来有更多的事要操心，人们渐渐把他忘了。但这次他虽戴着墨镜，还是被认了出来。

"你请我喝水！"那人沙哑地说，嘴唇上有两小片干皮屑掉了下来。

"干什么，你想抢劫？"

"放聪明点儿，不然我要喊了！"

颜冬只好把水壶递给他，这家伙一口气喝了个底朝天，旁边的人惊异地看着他，从过道上路过的列车员也站住呆呆地看了他半天，他们不敢相信竟有人这么奢侈，这就像有海时（人们对低温艺术家到来之前的时代的称呼）看着一个富豪一人吃一顿价值 10 万元的盛宴一样。

那人把空水壶还给颜冬，又拍拍他的肩膀低声说："没关系的，很快就都结束了。"

颜冬明白他这话的含义。

首都的街道上已很少有汽车，罕见的汽车也是改装后的气冷式，传统的水冷式汽车已经严格禁止使用了。幸亏世界危机组织中国分部派了辆车来接他，否则他绝对到不了危机组织的办公大楼。一路上，他看到街道都被沙尘暴带来的黄尘所覆盖，见不到几个行人，缺水的人在这干热风中行走是十分危险的。

世界像一条离开水的鱼，已经奄奄一息了。

到了危机组织办公大楼后，颜冬首先去找组织的负责人报到，负责人带着他来到了一间很大的办公室，告诉他这就是他将要工作的机构。颜冬看看办公室的门，与其他的办公室不同，这扇门上没有标牌，负责人说：

“这是一个秘密机构，这里所有的工作严格保密，以免引起社会动乱，这个机构的名称叫纪念碑部。”

走进办公室，颜冬发现这里的人都有些古怪：有的人头发太长，有的人没有头发；有的人的穿着在这个艰难时代显得过分整洁，有的人除了短裤外什么都没穿；有的人神色忧郁，有的人兴奋异常……中间的长桌上放着许多奇形怪状的模型，看不出是干什么用的。

“欢迎您，冰雕艺术家先生！”在听完负责人的介绍后，纪念碑部的部长热情地向颜冬伸出手来，“您终于有机会把您从外星人那里得到的灵感发挥出来，当然，这次不能用冰为材料，我们要创作的，是一件需要永久保存的作品。”

“这是在干什么？”颜冬不解地问。

部长看看负责人又看看颜冬，说：“您还不知道？我们要建立人类纪念碑！”

颜冬显得更加茫然了。

“就是人类的墓碑。”旁边一位艺术家说，这人头发很长，衣衫破烂，一副颓废模样，一手拿着一瓶二锅头喝得很有些醉意，这东西是有海时剩下的，现在比水便宜多了。

颜冬向四周看看说：“可……我们还没死啊。”

“等死了就晚了，”负责人说，“我们应该做最坏的打算，现在是考虑这事的时候了。”

部长点点头说：“这是人类最后的艺术创作，也是最伟大的创作，作为一名艺术家，还有什么比参加这一创作更幸福的呢？”

“其实都他妈多……多余！”长发艺术家挥着酒瓶说，“墓碑是供后人凭吊的，没有后人了，还立个鸟碑？”

“注意名称，是纪念碑！”部长严肃地更正道，然后笑着对颜冬说，“虽这么说，可他提出的创意还是不错的：他提议全世界每人拿出一颗牙齿，用这些牙齿可以建造一座巨碑，每个牙齿上刻一个字，足以把人类文明最详细的历史都刻上了。”他指指一个看上去像白色金字塔的模型。

“这是对人类的亵渎！”另一位光头艺术家喊道，“人类的价值在于其大脑，他却要用牙齿来纪念！”

长发艺术家又抡起瓶子灌了一口：“牙……牙齿容易保存！”

“可大部分人都还活着！”颜冬又严肃地重复一遍。

“但还能活多久呢？”长发艺术家说，一谈到这个话题，他的口齿又利落了，“天上滴水不下，江河干涸，农业全面绝收已经三年了，90% 的工业已经停产，剩下的粮食和水，还能维持多长时间？”

“这群废物，”秃头艺术家指着负责人说，“忙活了 5 年时间，到现在一块冰也没能从天上弄下来！”

对秃头艺术家的指责，负责人只是付之一笑：“事情没有那么简单。以人类现有的技术，从轨道上迫降一块冰并不难，迫降 100 甚至上千块冰也能做到，但要把在太空中绕地球运行的 20 万块冰全部迫降，那完全是另一回事了。如果用传统手段，用火箭发动机减速冰块使其返回大气层，就需制造大量可重复使用的超大功率发动机，并将它们送入太空，这是一项巨大的技术工程，以人类目前的技术水平和资源贮备，有许多不可克服的障碍。比如说，要想拯救地球的生态系统，如果从现在开始，需要在四年时间里迫降一半冰块，这样平均每年就要迫降 2.5 万块冰，它所需要的火箭燃料在重量上比有海时人类一年消耗的汽油还多！可那不是汽油，那是液氢液氧和四氧化二氮、偏二甲肼之类，制造它们所消耗的能量和资源，是生产汽油的上百倍，仅此一项，就使整个计划成为不可能。”

长发艺术家点点头：“所以说末日不远了。”

负责人说：“不，不是这样，我们还可以采取许多非传统、非常规方法，希望还是有的，但在我们努力的同时，也要做最坏的打算。”

“我就是为这个来的。”颜冬说。

“为最坏的打算？”长发艺术家问。

“不，为希望。”他转向负责人说，“不管你们召我来干什么，我来有自己的目的。”他说着指了指自己带的那体积很大的行囊，“请带我到海洋回收部去。”

“你去回收部能干什么？那里可都是科学家和工程师！”秃头艺术家惊奇地问。

“我从事应用光学研究，职称是研究员，除了与你们一样做梦外，我还能干些更实际的事。”颜冬扫了一眼周围的艺术家说。

在颜冬的坚持下，负责人带他来到了海洋回收部。这里的气氛与纪念碑部截然不同，每个人都在电脑前紧张地工作着。办公室的正中央放着一台可以随意取水的饮水机，这简直是国王的待遇，不过想想这些人身上集中了人类的全部希望，也就不奇怪了。

见到海洋回收部的总工程师后，颜冬对他说：“我带来了一个回收冰块的方案。”说着他打开背包，拿出了一根白色的长管子，管子有手臂粗，接着他又拿出一个约一米长的圆筒。颜冬走到一个向阳的窗前，把圆筒伸到窗外摆弄着，那圆筒像伞一样撑开，“伞”的凹面镀着镜面膜，使它成为一个类似于太阳灶的抛物面反射镜。接着，颜冬把那根管子从反射镜底部的一个小圆洞中穿过去，然后调节镜面的方向，使它把阳光聚焦到伸出的管子的端部。立刻，管子的另一端把一个刺眼的光斑投到室内的地板上，由于管子平放在地上，那个光斑呈长椭圆形。

颜冬说：“这是用最新的光导纤维做成的导光管，在导光时衰减很小。当然，实际系统的尺寸比这要大得多，在太空中，只要用一面直径 20 米左右的抛物面反射镜，就可以在导光管的另一端得到一个温度达 3000 度以上的光斑。”

颜冬向周围看看，他的演示并没有产生预期的效果，那些工程师们扭头朝这边看看，又都继续专注于自己的电脑屏幕不再理会他了。直到那光斑使防静电地板冒出了一股青烟，才有最近的一个人走了过来，说：“干什么，还嫌这儿不热？”同时把导光管轻轻向后一拉，使采光的一端脱离了反射镜的焦距，地板上的光斑虽然还在，但立刻变暗了许多，失去了热度。颜冬惊奇地发现，这人摆弄这东西很在行。

总工程师指指导光管说:“把这些东西收起来，喝点水吧。听说你是坐火车来的，从长春到这儿的火车居然还开？你一定渴坏了。”

颜冬急着想解释自己的发明，但他确实渴坏了，冒烟的嗓子已经说不出话来。

“不错，这确实是目前最可行的方案。”总工程师递给颜冬一杯水。

颜冬一口气喝光了那杯水，呆呆地望着总工程师问：“您是说，已经有人想到了？”

总工程师笑着说：“与外星人相处，使你低估人类的智力了。其实，在低温艺术家把第一块冰送到轨道上时，这个方案就已经有很多人想到了。后来又有了许多变种，比如用太阳能电池板代替反射镜，用电线和电热丝代替导光管，其优点是设备容易制造和运送，缺点是效率不如导光管方案高。现在，对它的研究已进行了 5 年，技术上已经成熟，所需的设备也大部分制造出来了。”

“那为什么还不实施？”

旁边的一名工程师说：“这个方案，将使地球海洋失去 21% 的水，这部分水或变成推进蒸气散失了，或在再入大气时被高温离解。”

总工程师扭头对那名工程师说：“你们可能还不知道，美国人最新的计算机模拟表明，在电离层之下，再入时高温离解产生的氢气会立刻同周围的氧再化合形成水，所以高温离解的损失以前被高估了，总损失率估计为18%，”他又转向颜冬，“但这个比例也够高的了。”

“那你们有把太空中的水全部取回来的方案吗？”

总工程师摇摇头，“唯一的可能是用核聚变发动机，但目前我们在地面上都得不到可控的核聚变。”

“那为什么还不快些行动呢？要知道，犹豫不决的话地球会失去百分之百的水的。”

总工程师坚定地点点头：“所以，在长时间的犹豫之后我们决定行动了，很快，地球将为生存决一死战。”

回收海洋

颜冬加入了海洋回收部，负责对已生产出的导光管进行验收的工作，这虽不是核心岗位，但也使他感到很充实。

在颜冬到达首都一个月后，人类回收海洋的工程开始了。

在短短的一个星期内，从全球各大发射基地，有800枚大型运载火箭发射升空，把5万吨荷载送入地球轨道。然后，从北美的发射基地，20架航天飞机向太空运送了300名宇航员。由于沿同一航线频繁发射，在各基地上空形成了一道长久不散的火箭尾迹，从轨道上看，仿佛是从各大陆向太空牵了几根蛛丝。

这批发射，把人类在太空的活动规模提高了一个数量级，但所使用的技术仍是 20 世纪初的，这使人们意识到，在现有的条件下，如果全世界齐心协力孤注一掷干一件事，会取得怎样的成就。

在直播的电视中，颜冬同所有人一起目睹了在第一个冰块上安装减速推进系统的过程。

为了降低难度，首批追降的冰块都是不自转的。三名宇航员降落在这样一个冰块上，他们携带着如下装备：一辆形状如炮弹，能够在冰块中钻进的钻孔车、三根导光管、一根喷射管、三个折叠起来的抛物面反射镜。只有这时才能感觉到冰块的巨大，他们三人仿佛是降落在一个小小的水晶星球上，在太空中强烈的阳光下，脚下的冰的大地似乎深不可测。在黑色的天空上，远远近近悬浮着无数个这样的水晶星球，有些还在自转着。周围那些自转或不自转的冰块反射和折射着阳光，在三名宇宙员站立的冰面上，不停地进行着令人目眩的光与影的变幻。向远处看，冰环中的冰块看去越来越小，密度却越来越大，渐渐缩成一条致密的银带弯向地球的另一面。距离最近的一个冰块与他们所在的这块间距只有 3000 米，以它的短轴为轴自转着，在他们眼中这种自转有一种摄人心魄的气势，仿佛三只小蚂蚁看着一幢水晶摩天大楼一次次倒塌下来。这两个冰块在一段时间后将会因引力而相撞，结果将使滤光膜破裂，冰块解体，破碎后的冰块将很快在阳光的照射下蒸发消失。这种相撞在冰环中已发生了两次，这也是首先追降这块冰的原因。

操作开始后，一名宇航员启动了那辆钻孔车，钻头车首旋转起来，冰屑呈锥状向外飞溅，在阳光下闪闪发光。钻孔车钻破了冰面那层看不见的滤光膜，像一枚被拧进去的螺丝一样钻进了冰面，在后面留下了一个圆形的钻洞。随着钻洞向冰层深处延伸，在冰层中隐约可以看到一条不断延长的白线。到达预定深度后，钻孔车转向，沿另一个方向驶出冰面，这就形成了另一条钻洞。最后，共向冰块深处打了四条钻洞，它们都相交于冰层深处的一点。接下来，宇航员们把三根导光管插入三个钻洞，再把一根喷射管插入直径较大的第四条钻洞，喷射管的喷口正对着冰块运行的方向。然后，宇航员用一根细管向导光管、喷射管与洞壁之间填充某种速凝液体，使其形成良好的密封。最后，他们张开了抛物面反射镜。如果说回收海洋的最初阶段采用了什么最新技术的话，那就是这些反射镜了。它们是纳米科技创造的奇迹，在折叠起来时只有一立方米大小，但张开后形成一面直径达 500 米的巨型反射镜。这三面反射镜，像冰块上生长的三片银色的荷叶。宇航员们调整导光管的伸出端，使其受光端头与反射镜的焦点重合。

在冰层深处三条钻洞的交点，出现了一个明亮的光点，它像一个小太阳，照亮了大冰块中神话般的奇景：银色的鱼群，随波浪舞动的海草……这一切在瞬间冻结时都保持着栩栩如生的姿态，甚至连鱼嘴中吐出的串串小气泡都清晰可见。在距此 100 多千米的另一个也在回收中的冰块里，导光管导入冰层深处的阳光照出了一个巨大的黑影，那是一条长达 20 多米的蓝鲸！这就是人类昔日的海洋。

蒸气使冰层深处的光点很快模糊了，在蒸气散射下，变成了一个白色光球，随着被融化的冰体积的增加，光球渐渐膨胀。当压力达到预定值后，喷射管喷嘴上的盖板被冲开了，一股汹涌的蒸气流急速喷出，由于没有阻力，它呈一个尖尖的锥形向远方扩散，最后在阳光中淡化消失了；还有一部分蒸气进入了另一个冰块的阴影，被冷凝成冰晶，仿佛是一大群在阴影中闪闪发光的萤火虫。

首批 100 个冰块上的减速推进系统启动了，由于冰块质量巨大，系统产生的推力相对来说很小，所以它们须运行少则 15 天多则一个月的时间，才能使冰块减速到坠入大气层的速度。在坠落之前，宇航员们将再次登上冰块，取回导光管和反射镜。要全部追降 12 万个冰块，这些设备应尽可能重复使用。

以后对自转的冰块的回收操作要复杂许多，推进系统将首先刹住其自转，再进行减速。

冰流星

颜冬与危机委员会的人们一起来到太平洋中部的平原上，观看第一批冰流星坠落。

昔日的洋底平原一片雪白，反射着强烈的阳光，不戴墨镜是睁不开眼的。但这并没有使颜冬想起自己的东北故乡的雪原，因为这里是地狱般炎热，地面气温接近 50℃，热风吹起盐尘，打得脸生疼。在远处，有一艘 10 万吨油轮，那巨大的船体斜立在地面，有几层楼高的螺旋桨和舵上覆满了盐层。再看看更远处连绵的白色群山，那是人类从未见过的海底山脉，颜冬的脑海中顿时涌出两句诗：

大海是船儿的陆地，黑夜是爱情的白天。

他苦笑了一下，经历了这样的灾难，还摆脱不了艺术家的思维。

一阵欢呼声响起，颜冬抬头向人们所指的方向望去，看到在横贯长空的银色冰环中，出现了一个红色的亮点，这亮点飘出了冰环，膨胀成一个火球，火球的后面拖着一条白色的尾迹，这水蒸气尾迹越来越长、越来越粗，其色彩也更浓更白。很快，火球分裂成了数十块，每一块又继续分裂，每一小块都拖着长长的白尾，这一片白色的尾迹覆盖了半个天空，似乎是一棵白色的圣诞树，每根树枝的枝头都挂着一盏亮闪闪的小灯……

更多的冰流星出现了，超音速音爆传到地面，像滚滚的春雷。天空中旧的水蒸气尾迹在渐渐淡化，新的尾迹不断出现，使天空被一张错综复杂的白色巨网所覆盖，现在，已有几万亿吨的水重新属于地球了。

大部分冰流星都在空中分裂汽化了，但是也有一个较大的碎冰块直接坠落到地面，坠落点距离颜冬所在的地方约 40 千米，海底平原在一声巨响中震动不已，在远处的山脉间腾起一团顶天立地的白色蘑菇云，这大团的水蒸气在阳光下发出耀眼的白光，并随风渐渐扩散，变为天空中的第一片云层。后来，云多了起来，第一次挡住了炙烤大地 5 年的烈日，并盖满了整个天空，颜冬感到一阵沁人心脾的凉爽。

后来，云层变黑变厚，其中红光闪闪，不知是闪电，还是仍在不断坠落的冰流星的光芒。

下雨了！这是即使在有海时也罕见的大暴雨，颜冬和其他人在雨中欢呼狂奔，他们觉得灵魂都在这雨中融化了。但后来大家只好都躲回车内或直升机里，因为这时人在雨地中会窒息。

雨一直下到黄昏才停，海底平原上出现了许多水洼，在从云缝中露出的夕阳下闪着金光，仿佛大地的一只只刚睁开的眼睛。

颜冬随着人群，踏着黏稠的盐浆，跑到最近的水洼前。他捧起一捧水，把那沉甸甸的饱和盐水洒到自己的脸上，任它和泪水一同流下，哽咽着说：

“海啊，我们的海啊……”

尾声

10 年以后。

颜冬走上了冰封的松花江江面，他裹着一件破大衣，旅行袋中放着那套保存了 15 年的工具：几把形状各异的刀铲，一个锤子，一只喷水壶。他跺跺脚，证实江面确实冻住了。松花江早在 5 年前就有了水，但这是第一次封冻，而且是在夏天封冻。由于干旱少雨，同时大量的冰流星把其引力势能在大气层中转化为热能，全球气候一直炎热无比。但在海洋回收的最后阶段，最大体积的冰块被迫降，这些冰块分裂后的碎块也较大，大多直接撞击地面。除了几座城市被摧毁外，撞击激起的尘埃挡住了太阳的热量，使全球气温骤降，地球进入了新的冰期。

颜冬抬头看看夜空，这是他童年时看到的星空，冰环已经消失，只有从快速的运动中才能把太空中残余的少量小冰块与群星的背景区分开来。梦之海又变回现实的海，这件宏伟的艺术品，其绝美与噩梦一起永远铭刻在人类的记忆中。

虽然回收海洋的工程已经结束，但以后的全球气候肯定仍是极其恶劣的，生态还要很长时间才能恢复。在可以看到的未来，人类的生活将是十分艰难的。但至少可以活下去了，这使所有的人感到了满足，确实，冰环时代使人类学会了满足，但人类还学会了更重要的东西。现在，世界危机组织会改名为太空取水组织，另一个宏大的工程正在计划中：人类打算飞向遥远的类木行星，把木星卫星上和土星光环中的水取回地球，以弥补地球在海洋回收过程中失去的 18% 的水。人们首先打算用已经掌握的冰块驱动技术，驱动土星光环中的冰块驶向地球，当然，在那样遥远的距离上，阳光已很微弱，只有用核聚变来汽化冰块核心以得到所需的推力了。至于木星卫星上的水，要用更复杂和庞大的技术才能取得，已经有人提出把整个木卫二从木星的引力巨掌中拉出来，使其驶向地球，成为地球的第二个卫星。这样，地球上能得到的水已多于 18%，这可以使地球的生态系统变得天堂般美好。当然，这都是遥远未来的事，活着的人谁都没有希望看到它的实现，但这希望，使人们在艰难的生活中感到了前所未有的幸福，这是人类从冰环时代得到的最大财富：回收梦之海使人类看到了自己的力量，教会了他们做以前从不敢做的梦。

颜冬看到远处的冰面上聚着一小堆人，他一滑一滑地走了过去，那些人看到他后都向他跑来，有人摔了一跤后爬起来接着跑。

“哈哈，老伙计！！”跑在最前面的人同颜冬热情拥抱，颜冬认出来了，他就是冰环时代之前好几届冰雪艺术节的冰雕组评委之一。颜冬曾对天发誓不再同这些评委说话，因为上一届艺术节上的冰雕特等奖，显然是基于那个妙龄女作者的脸蛋和身段而不是基于她的作品。接着，他又认出了其他几个人，大都是冰环时代之前的冰雕作者，同这个时代的所有人一样，他们穿着破烂，苦难和岁月已把他们中许多人的双鬓染白。现在，颜冬有流浪多年后回家的感觉。

“听说，冰雪艺术节又恢复了？”他问。

“当然，要不咱们到这儿来干什么？”

“我寻思着，日子这么难……”颜冬裹紧了破大衣，在寒风中发抖，不停地跺着冻得麻木的脚，其他人也同他一样，哆嗦着，跺着脚，像一群乞丐难民。

“日子难怎么了，日子难不能不要艺术啊，对不对？”一位老冰雕家上下牙打着架说。

“艺术是文明存在的唯一理由！”另一个人说。

“去他妈的，老子存在的理由多了！”颜冬大声说，众人都大笑起来。

然后大家都沉默了，他们回顾着这十几年的艰难岁月，他们挨个数着自己存在的理由，最后，他们重新把自己从一群大灾难的幸存者变回为艺术家。

颜冬掏出了一瓶二锅头，大家你一口我一口地传着喝了暖暖身子。然后他们在空旷的江岸上生起一堆火，在火上烘烤一把油锯，直到它能在严寒中启动。大家走到江面上，油锯哗哗作响地切入冰面，雪白的冰屑四下飞溅，很快，他们从松花江上取出了第一块晶莹的方冰。

光荣与梦想

被推迟的奥运会

晨光已照亮了半个天空，西亚共和国的大地仍然笼罩在黑暗中，仿佛刚刚逝去的夜凝成了一层黑色的沉积物覆盖其上。

格兰特先生开着一辆装满垃圾的小卡车，驶出了联合国人道主义救援基地的大门。基地雇用的西亚工人都走光了，这几天他们只好自己倒垃圾，不过这也是最后一次了，明天，他们这些联合国留在西亚的最后一批人员将撤离，后天或更晚一些时候，战争将再次降临这个国家。

格兰特把车停到不远处的垃圾场旁边，下车后从车上抓起一个垃圾袋扔了出去，当他抓起第二个时，举在空中停了几秒钟，在这一片死寂的世界中，他看到了唯一活动的东西，那是地平线上的一个小黑点儿，它微微跃动着，仿佛时时在否认着自己是这黑色大地的一部分，在晨光白亮的背景上像一个太阳黑子。

一阵声响把格兰特的注意力拉回近处，他看到几个黑乎乎的影子移向他刚扔下的垃圾袋，像是地上的几块石头移动起来。那是几名每天必来的拾荒者，男女老少都有。这个被封锁了 17 年的国家已在饥饿中奄奄一息。

格兰特抬起头，已能够分辨出那个远方的黑点是一个跑动的人体，在又亮了一些的晨光背景上，他这时觉得那个黑点像一只在火焰前舞动的小虫。

这时拾荒者中出现了一阵骚动，有人拾到了半截香肠，他飞快地把香肠塞进嘴里，忘情地大嚼着，其他人呆呆地看着他，这让他们静止了几秒钟，但也只有几秒钟，他们紧接着又在撕开的垃圾袋中仔细翻找起来。在他们已被饥饿所麻木的意识中，垃圾中的食物比即将升起的太阳更加光明。

格兰特再次抬起头，那个奔跑者更近了，从身材上可以看出是个女性，她体形瘦削，在格兰特的第三个印象中，她像一株在晨光中摇曳的小树苗。当她近到喘息声都能听到时，仍听不到脚步声。她跑到垃圾堆旁，腿一软跌坐在地。这是一个十几岁的女孩子，皮肤黝黑，穿着破旧的运动背心和短裤。她的眼睛吸引了格兰特，那双眼睛在她那瘦小的脸上大得出奇，使她看上去像某种夜行的动物，与其他拾荒者麻木的眼神不同，这双眼睛中有某种东西在晨光中燃烧，那是渴望、痛苦和恐惧的混合，她的存在都集中在这双眼睛上，与之相比那小小的脸盘和瘦成一根的身躯仿佛只是附属在果实上枯萎的枝叶。她脸色苍白地喘息着，听起来像远方的风声，她的嘴上泛起一层白色的干皮。一名拾荒者冲她嘀咕了句什么，格兰特努力抓住这句西亚语的发音，大概听懂了：

“辛妮，你又来晚了，别再指望别人给你留吃的！”

叫辛妮的女孩子把平视的目光下移到撕开的垃圾袋上，很吃力，仿佛那无限远方有什么东西强烈地吸引着她。但饥饿感很快显现出来，她开始与其他人一样从垃圾里找吃的。现在，剩余的食物几乎已被拾完了，她只找到一个开了口的鱼罐头盒，抓出里面的几根鱼骨嚼了起来，然后吃力地吞下去，她想再次起身去寻找，却昏倒在垃圾堆旁。格兰特走过去把她抱起来，她的浸满汗水的身体轻软得令人难以置信，仿佛是一条放在他手臂和膝盖上的布袋。

“是饿的，她多次这样了。”有人用很地道的英语对格兰特说，后者把辛妮轻轻地放在地上，站起身从驾驶室中拿出了一瓶牛奶蹲下来喂她，辛妮昏迷中很快感到了牛奶的味道，大口喝了起来。

“你家在哪里？”看到辛妮稍微清醒了些，格兰特用生硬的西亚语大声问。

“她是个哑巴。”

“她住得离这儿很远吗？”格兰特抬头问那个说英语的拾荒者，他戴着眼镜，留着杂乱的大胡子。

“不，就住在附近的难民营，但她每天早晨都要从这里跑到河边，再跑回来。”

“河边？！那来回……有 10 多千米呢！她神志不清？”

“不，她在训练。”看到格兰特更加迷惑，拾荒者接着说，“她是西亚共和国的马拉松冠军。”

“哦……可这个国家，好像有很多年没有全国体育比赛了吧？”

“反正人们都是这么说的。”

辛妮已经缓了过来，自己拿着奶瓶在喝剩下的奶。蹲在她旁边的格兰特叹息着摇摇头说：“是啊，哪里都有生活在梦想中的人。”

“我就曾是一个。”拾荒者说。

“你英语讲得很好。”

“我曾是西亚大学的英美文学教授，是 17 年的制裁和封锁让我们丢失了所有的梦想，最后变成了这个样子。”他指指那些仍在垃圾中翻找的其他拾荒者说，辛妮的昏倒似乎没有引起他们的注意，“我现在唯一的梦想，就是你们把喝剩的酒也扔一些出来。”

格兰特悲伤地看着辛妮说：“她这样会要了自己的命的。”

“有什么区别？”英美文学教授耸耸肩不以为然地说，“两三天后战争再次爆发时，你们都走了，国际救援断了，所有的路也都不通了，我们要么被炸死，要么被饿死。”

“但愿战争快些结束吧，我想会的，西亚的人民已经厌战了，这个国家已经是一盘散沙。”

“那倒是，我们只想有饭吃活下去，你看他，”教授指指一个在垃圾堆中专心翻找的头发蓬乱的年轻人，“他就是个逃兵。”

这时，仍然靠在格兰特臂弯中的辛妮抬起一只枯瘦的手臂指着不远处联合国救援基地的那几幢白色的临时建筑，用两手比画着。“她好像想进去。”教授说。

“她能听到吗？”格兰特问，看到教授点点头，他转向辛妮，一只手比画着，用生疏的西亚语对她说，“你不能，不能进去，我再给你，一些吃的，明天，不要来了，明天我们走了。”

辛妮用手指在沙地上写了几个西亚文字，教授看了看说：“她想进去在你们的电视上看奥运会开幕式。”他悲哀地摇摇头，“这孩子，已无可救药了。”

“奥运会开幕推迟了一天。”格兰特说。

“因为战争？”

“怎么？你们什么都不知道？！”格兰特吃惊地看看周围的人说。

“奥运会与我们有什么关系？”教授又耸耸肩。

这时，一阵嘶哑的引擎声打断了他们的对话，一辆只有在西亚才能看到的旧式大客车从公路上开了过来，停在垃圾场边上，车上跳下一个人，看上去50多岁，头发花白，他冲这一群人大喊：“辛妮在这儿吗？威弟娅·辛妮！”

辛妮想站起来，但腿一软又跌坐在地，那人走过来看到了她：“孩子，你怎么成了这个样子？还认识我吗？”

辛妮点点头。

“你们是哪儿的？”教授看看那人问。

“我是克雷尔，国家体育运动局局长。”那人回答说，然后把辛妮从地上扶起来。

“这个国家还有体育运动局？”格兰特惊奇地问。

克雷尔手扶辛妮，看着初升的太阳一字一顿地说：“西亚共和国什么都有，先生，至少将会什么都有的！”说完，扶着辛妮向大客车走去。

上车后，看着软瘫在破旧座椅上的辛妮，克雷尔回忆起一年前他与这个女孩子相识的情景。

那个傍晚，克雷尔下班后走出体育运动局那幢陈旧的三层办公楼，疲惫地拉开他那辆老伏尔加的车门，有人从后面抓住了他的胳膊，一回头他看到了辛妮。她冲他比画着，要上他的车，他很惊奇，但她那诚挚的目光让人信任，于是就让她上了车，并按她指的方向开。

“你，哦，你是西亚人吗？”克雷尔问，他的问题是有道理的，长期进行某些体育项目训练的人，会给自己留下明显的特征，这特征不仅仅是在身形上，还有精神状态上的，虽然辛妮穿着西亚女性常穿的宽大的长衫，克雷尔专家的眼睛还是立刻看出了她身上的这种特征，但克雷尔不相信，在这个已十几年处于贫穷饥饿状态的国家里，还有人从事那种运动。

辛妮点点头。

车在辛妮的指引下开到了首都体育场，下车后，辛妮在地上写了一行字：“请您看我跑一次马拉松！”在体育场跑道的起点，辛妮脱下了长衫，露出她后来一直穿着的旧运动衫和短裤，当克雷尔示意计时开始后，她步伐轻捷地跑了起来，这时克雷尔已经确信，这孩子是一块难得的长跑好材料，这反而使他的心头涌上一阵悲哀。

这座能够容纳 8 万人的西亚共和国最大的体育场现在完全荒废了，杂草和尘土盖住了跑道，西边有一个大豁口，是在不知哪年的空袭中被重磅炸弹炸开的，残阳正从豁口中落下，给体育场巨大阴影上方的看台投下一道如血的余晖。

战前，西亚共和国的体育曾有过辉煌的时代，但 17 年前的那场战争以及随后延续至今的封锁和制裁，使得体育在这个国家成了一种巨大的奢侈。国家对体育的投入已压缩到最小，仅仅是为了能零星派出几名运动员参加国际比赛，以满足对外宣传的需要。但近年来，随着这个国家生存环境的日益严酷，这一点投入也消失了，运动员们都不知飘落何处，国家体育运动局仅剩四名工作人员，随时都有可能被撤销。

夕阳在西方落下，一轮昏黄的满月又从东方升起。辛妮在一圈又一圈地奔跑着，时而没入阴影，时而跑进如水的月光中，在这如古罗马斗兽场遗址般荒凉的巨大废墟中，回荡着她那轻轻的脚步声。克雷尔觉得，她是来自过去美好时代的一个幻影，时光在这月光下的废墟中倒流，一丝早已消逝的感觉又回到克雷尔的心中，他不由得泪流满面。

当月光照亮了大半个体育场时，辛妮跑完了第105圈，到达了终点。她没有去做缓解运动，只是远远地站在那里静静地看着克雷尔，月光下，她很像跑道上一尊细长的雕像。

“2小时16分30秒，考虑场内和场外道路的差别，再加3分钟，仍是迄今为止的全国最好成绩。”

辛妮笑了一下。马拉松运动员的特点之一就是表情呆滞，这是他们在训练和比赛中长时间忍受单调的体力消耗的缘故，但克雷尔发现辛妮月光中的笑很动人，但这笑容却像一把刀子把他的心割出血来。他呆立着，使自己也变成了另一尊雕像，直到辛妮的喘息声像退潮的海水般平息后，他才回过神来，把手表戴回腕上，低声说：

“孩子，你生错了时候。”

辛妮平静地点点头。

克雷尔弯腰拾起地上的长衫，走过去递给辛妮：“我送你回家吧，天黑了，你父母不放心的。”

辛妮比画着，克雷尔看懂了，她说自己没有父母，也没有家。她接过衣服，转身走去，很快消失在体育场巨大的阴影中。

大客车向市郊方向驶去，辛妮在座椅上绵软无力地随着颠簸摇晃，疲乏和虚弱令她昏昏欲睡，但后座上一个人的一句话使她猛醒过来：

“萨里，你是怎么把自己搞到监狱里去的？”

辛妮直起身向后看，看到了那个被叫作萨里的人。她立刻认出了他，但无论如何也不会相信眼前这个可怜的家伙曾是西亚共和国最耀眼的体育明星。亚力克·萨里是西亚在封锁期间在国际大赛中获得金牌的三个运动员之一，他曾在四年前的世界射击锦标赛上获得男子飞碟双多向射击的金牌，当时成为全国的英雄，辛妮仍清楚地记得他乘敞篷汽车通过中心大街时那光辉的形象。眼前的萨里骨瘦如柴，苍白的脸上有好几道伤疤，他裹着一件肮脏的囚服，在这并不寒冷的早晨瑟瑟发抖。

克雷尔说："他去做一个走私集团头目的保镖，人家看上了他的枪法。"

"我不想饿死。"萨里说。

"可是你差点儿被饿死，在自由公民都吃不饱的今天，监狱里会是什么样子？那里每天都有人饿死或病死，我看你也差不多了。"

"局长先生，您把我保释出来确实救了我一命，可这是为什么？我们这是去哪儿？"

"去机场，至于去干什么我也不知道，我们只是奉命召集各个运动项目原国家队的队员。"

车停了，又上来好几个人，与大部分西亚人一样，他们都面黄肌瘦，衣服破旧，有人在不停地咳嗽，饥饿和贫穷醒目地写在他们的脸上，与一般人不同的是他们都个子很高，这高大的身材更增加了他们的憔悴感，他们在车里弯着腰，像一排离水很久而枯萎的大虾。辛妮很快认出这都是原国家男篮的球员。

"嗨，各位，这些年过得怎么样？"克雷尔向他们打招呼。

"在我们有力气给您讲述之前，局长先生，先让大家吃一顿早餐吧！""是啊，作为高级官员您体会不到挨饿的滋味，到现在您还在吃体育，可我们吃什么呢？我们一天的配给，只够吃一顿的。""就这一顿也快没有了，人道主义救援已经停止了！""没关系，再等等吧，战争一爆发，黑市上就又有人肉卖了！"……

就在男篮队员们七嘴八舌诉苦的时候，辛妮挨个打量他们，发现她最想见的那个人没有来，克雷尔代她提出了这个问题："穆拉德呢？"对，加里·穆拉德，西亚共和国的乔丹。

"他死了，死了有半年了。"

克雷尔好像并不感到意外："哦……那伊西娅呢？"辛妮努力地回忆着这个名字，想起她是原国家女篮队员，穆拉德的妻子。

"他们死在了一起。"

"天啊，这是怎么了？"

"您应该问问这世道是怎么了……他们和我们一样，除了打球什么都不会，这些年只有挨饿，可他们不该要孩子，那孩子刚出生局势就恶化了，配给又减少了一半，孩子只活了三个月，死于营养不良，或者说是饿死的。孩子死的那天晚上，他们闹到半夜，吵一会儿哭一会儿，后来安静下来，竟做起饭来，然后两人就默默地吃饭，终于吃了这些年来的第一顿饱饭，您知道他们的饭量，把后半月的配给都吃光了。天亮后，邻居发现他们不知吃了什么毒药一起死在了床上。"

一车人陷入沉默，直到车再次停下又上来一个人时，才有人说："哇，终于见到一个不挨饿的了。"上来的是一位娇艳的女郎，染成红色的头发像一团火，描着很深的眼影和口红，衣着俗艳而暴露，同这一车的贫困形成鲜明对比。

"大概不只吃饱吧，她过得好着呢！"又有人说。

"也不一定，现在首都已成了一座饥饿之城，红灯区的生意能好到哪里去？"

"噢，不，穷鬼，"女郎冲说话的人浪笑了一下说，"我主要为联合国维和部队服务。"

车里响起了几声笑，但很快被一阵剧烈的咳嗽声淹没了。"莱丽，你应该多少知道些廉耻！"克雷尔厉声说。

"噢，克雷尔大叔，不管有没有廉耻，谁饿死后身上都会长出蛆来。"女郎不以为然地挥挥手说，在辛妮身边坐了下来。

辛妮瞪圆双眼盯着她，天啊，这就是温德尔 · 莱丽？！这就是那个曾获得世界体操锦标赛铜牌的纯美少女，那朵光彩照人的西亚体育之花？！

剩下的路程是在沉默中走完的，20 分钟后，汽车开进了首都机场的停机坪，已经有两辆大客车先到了，它们拉来的也都是前国家队的运动员，加上这辆车，共有 70 多人，这其中包括一支男子篮球队、一支男子足球队和 11 个其他竞赛项目的运动员。

跑道的起点停着一架巨大的波音客机，在西亚领空被划为禁飞区的 10 多年里，它显然是这个机场降落过的最大、最豪华的飞机。克雷尔领着西亚共和国的运动员们来到飞机前面，从舱门中走出几位西装革履的外国人，当他们走到舷梯中部时，其中一位挥手对下面的人群大声说了一句什么，运动员们吃惊地认出，这人是国际奥林匹克委员会主席，但最让他们震惊的还是克雷尔翻译过来的那句话：

“各位，我代表国际社会到西亚共和国来，来接你们参加第 29 届奥运会！”

北京

原来北京是这样的！

当车队进入市区后，辛妮感叹道。这个遥远的城市本来是与她——一个身处西亚共和国的贫穷饥饿的女孩子没有任何关系的，但奥运会在几年前就使北京成为她心中的圣地。辛妮对北京了解很少，仅限于小时候看过的一部色彩灰暗的武侠片，在她的想象中，北京是一座古老而宁静的城市，她无法把这座城市与宏大壮丽的奥运会联系起来。她无数次梦到过奥运会和北京，但两者从未在同一个梦中出现过，在一些梦里，她像飞鸟般掠过宏伟的奥运赛场上的人海，在另一些梦里她则穿行于想象中的北京那些迷宫般的小胡同中和旧城墙下，寻找着奥运赛场，但从来没有找到过。

辛妮瞪大双眼看着车窗外，寻找她想象中的胡同和城墙，但映入她眼帘的是一片崭新的现代化高层建筑群，这林立的高楼在阳光下发出耀眼的白光，像刚开封的新玩具，像一夜之间冲天长出的白嫩的巨大植物。这时，在辛妮的脑海中，奥运会和北京才完美地结合起来。

这到达新世界的兴奋感像云缝中的太阳露了一下头，在辛妮的心中投下一线光亮，但阴郁的乌云很快又遮盖了一切。

与世界各大媒体想当然的报道不同，当西亚共和国的运动员们得知自己将参加奥运会时，并没有什么兴奋和喜悦。像其他西亚人一样，10 多年的苦难使他们对命运不抱任何幻想，使他们对一切意外都抱有一种麻木的冷静，不管这意外是好是坏，他们所做的第一件事就是收紧外壳保护自己。在得知这个消息后，甚至没有人提出问题，就连那些理所当然的问题，如没参加过任何预选赛如何进入奥运会，都没有人提出。他们只是默默地走上飞机，麻木而又敏感地静观着事情的发展。

辛妮走进空荡荡的宽敞机舱后，找了一个靠窗的座位坐下，并一直注意着这里发生的事。她看到国际奥委会主席把克雷尔和西亚代表团的几位官员召集到一等舱中去，一个多小时过去了，还没有任何动静。运动员们也在沉默中静静地等待，终于看到克雷尔走了出来。他没有说什么，只是拿着一张纸核对名单。几十双眼睛都盯着他的脸看，那是一张平静的脸。这平静是第一个征兆，它告诉辛妮：事情不对。很快她那敏感的眼睛又发现了第二个征兆：克雷尔拿着名单返回一等舱时，用空着的一只手去开紧闭着的舱门，尽管那只手摸索了半天也没找到把手，他的双眼仍平视着前方而没有向下看，仿佛一时失明了似的。这时，辛妮证实了自己的预感。

事情不对。

在机舱里大家吃了一顿饱饭，每人都吃了两到三份航空餐，这些西亚人的饭量让那几名中国空姐很吃惊。然后飞机起飞了，辛妮透过舷窗，看着云海很快覆盖西亚的大地，这云海在整个航程中都很少散开，仿佛在下面隐藏着一个巨大的疑谜。

飞机在北京机场降落后，等了足有两个小时，换上统一服装的西亚体育代表团才走出机舱。当他们进入大厅后，立刻被一阵闪光灯的风暴照得睁不开眼。大厅中黑压压挤满了记者，他们在代表团周围拼命拥挤着，像一群看到猎物的饿狼，但总是小心地与他们保持两米左右的距离，使代表团行走在一小圈移动的空地中央，仿佛他们周围有一种无形力场把记者们排斥开来。更让辛妮和其他西亚人心里发毛的是，没有人提问，大厅中只有闪光灯的咔嚓声和拥挤的人们鞋底摩擦地板的沙沙声。走出大厅时，辛妮听到空中的轰鸣，抬头看到三架小型直升机悬在半空，不知是警戒还是拍照。运送代表团的大客车只有两辆，但却有十几辆警车护送，还有一支武装警察的摩托车队。当车驶上机场到市区的公路时，辛妮和其他西亚运动员发现了一件更让他们震惊的事：路被清空封闭了，看不到一辆车！

事情真的不对。

到达奥运村时天已经黑了下来，当西亚运动员们走下汽车时，他们心中的疑惑变成了恐惧：奥运村里一片死寂，几十幢整齐的运动员公寓楼大多黑着灯，当他们走向唯一一座亮灯的公寓楼时，辛妮注意到远处一个小广场中央的一排高高的旗杆，那些旗杆上没有国旗，像一长排冬日的枯树。在外面，城市的灯光映亮了半个夜空，喧嚣声隐隐传来，更加衬托了奥运村诡异的寂静，辛妮打了个寒战，这里让她想到了陵墓。

在运动员公寓的接待厅中，身为代表团团长的克雷尔对运动员们讲了一段简短的话："请大家到各自的房间，晚饭在一小时后会送到房间里，今天晚上任何人不得外出，一定要好好休息，在明天上午 9 点钟，我们将代表西亚共和国参加第 29 届奥林匹克运动会的开幕式。"

辛妮和克雷尔、萨里同乘一个电梯，她听到萨里低声问团长："您真的不打算告诉我们真相？难道……和平视窗设想真要实现了？"

"明天你就会明白一切，我们应该让大家至少有一个晚上能睡好。"

和平视窗

辛妮仰望着雄伟的奥林匹克体育场，短暂的幸福和陶醉暂时掩盖了紧张和恐惧。不管未来几天会发生什么，她已来到了所有运动员梦中的圣地，此生足矣。

但对即将到来的事情的恐惧并没有因此而减少，这两天所经历的一切，越来越像是一个阴沉而怪异的梦。早晨，西亚共和国代表团的车队从奥运村出发前往奥林匹克体育场，连接两地的宽阔公路旁人山人海，但辛妮看到，人群中没有鲜花、彩旗和气球，也没有欢笑和欢呼，这成千上万的人集体沉默着，用同一种严峻的表情目送着车队，昨天那种让辛妮打冷战的感觉又出现了，她觉得这像葬礼。

奥林匹克体育场外面十分空旷，有两道森严的警戒线，当车队驶过时，组成警戒线的武警士兵们整齐地敬礼。车队在体育场的东大门停下，运动员们下车后，克雷尔团长召集他们站成了一个方阵。辛妮站在方阵的第一排，她仔细地搜索着体育场内传出的声音，但什么也没有听到，这巨大的建筑内部一片寂静。克雷尔从车上拿出了一面宽大的西亚共和国国旗，先后招呼萨里和另外两名较有建树的运动员出列，递给他们每人国旗的一角，当他在队列中寻找第四个人时，站在前排的莱丽自己走出来，从克雷尔的手中拿过国旗的最后一角，但克雷尔摇摇头，把国旗从莱丽手中拉了出来，递给了他随便选中的一个女运动员。这巨大的羞辱使莱丽涨红了脸，她恼怒地盯了团长几秒钟，最后还是转身回到了队列中。四名运动员把国旗展开来，北京的微风在旗面上拂出道道波纹，国旗旁边的克雷尔对着运动员方阵庄严地说：

“西亚的孩子们，振作起来！现在，我们代表苦难的祖国，进入第 29 届奥林匹克运动会的主会场！”

在国旗的引导下，西亚共和国的运动员方阵开始行进，很快进入了体育场东大门高大的门廊中。门廊很长，像一条隧道，辛妮走在方阵的前排，与其他运动员一起盯着前方越来越近的入口，她的心在狂跳，在她的意识中，入口那边是另一个时空，另一个不可知的命运和人生在那边等着她。

尽管有了精神准备，当辛妮通过入口看到体育场的全景时，还是浑身僵住了，只是在后面方阵的推送下机械地迈步前行，这时避免精神崩溃的唯一办法就是保持这两天一直笼罩着她的感觉：这是一场噩梦。而她现在看到的已经很有力地证明了这一点。

他们面对着一个完全空旷的体育场。

9 点钟的太阳照亮了这巨大体育场的一半，西亚人仿佛行进在一个与世隔绝的盆地中，这荒凉的世界里只有他们的脚步声在回荡。震惊的眩晕过去后，辛妮看到宽阔的运动场的另一面有东西在动，很快看出那是另一个运动员方阵，正与他们相向而行，那个方阵也由一面四个运动员抬着的大旗帜指引着，阳光下辛妮辨认出那是一面星条旗。与以往进入奥运会场时乱哄哄的样子不同，美国运动员的方阵十分整齐，呈一个整体方块以一种威严的节奏起伏着，像进攻中的古罗马军团。

在运动场中央，两个方阵行进到相距几十米时开始转向，最后面向简单的主席台停了下来，一切陷入寂静，仿佛时间停止了流动。

有一个人从运动场的一侧向主席台走来，他那单调的脚步声在空旷的看台间回荡，像恐怖读秒声。来人不是国际奥委会主席，而是联合国秘书长。那个瘦削的巴西老人缓缓地走上主席台，注视着远处的两国运动员方阵，沉默了半分钟之久才开始讲话，经过巨大的音响系统，他的声音仿佛来自整个苍穹。

“第 29 届奥林匹克运动会将只有美利坚合众国和西亚共和国两个国家参加，它将代替这两国间即将爆发的战争。

“如果美国获胜，西亚共和国必须履行最后通牒中的条款，这个国家将被彻底解除武装，并将被分解为三个独立的国家，原西亚政府中的战犯将受到国际法庭的审判。

“如果西亚共和国获胜，战争将终止，目前处于对西亚攻击状态的美国及其盟国军队将全部撤离，联合国将取消对西亚共和国的经济制裁，并欢迎其回到国际社会中来。”

秘书长把目光投向西亚运动员方阵：“你们能够预测，在这届奥运会中，西亚共和国必败，但也请你们注意另一个事实：如果战争爆发，西亚共和国同样注定要战败，而那时，交战双方，特别是你们的国家，将付出血的代价。

“也许你们会认为，这届奥运会只是为西亚共和国的投降寻找一个借口，不是这样的。举一个极端的例子：如果西亚体育代表团仅以一块金牌之差负于美国的话，虽然西亚仍被认为是战败，但结果已大不相同：这个国家不会被肢解，现政府也可以继续存在，同时保留常备军队，西亚所要做的，只是销毁自己的生化武器和支付仅为最后通牒中数量三分之一的战争赔款。当然，这种情况也不太可能出现，但西亚运动员在每个单项上获得的每一块金牌，都能为失败的西亚争得一定的权利。美、西两国在联合国的框架下经过极其艰难的谈判所达成的协议中，对这一切制定了详细的条款。而对于西亚来说，获得金牌的希望也不是完全没有，

比如亚力克 · 萨里和温德尔 · 莱丽，就分别在射击和体操上占有一定的优势。”

秘书长把目光从西亚运动员方阵上移开，仰望着北京夏日的晴空：“这就是联合国和平视窗计划的第一次实施，是人类在新千年中为消灭战争进行的伟大试验！

“和平视窗计划的名称来自于尊敬的比尔 · 盖茨先生，在新世纪到来之时，为了使微软的智慧和财富有一个更加伟大的用处，盖茨先生主持了一个宏大的软件项目，开发一个巨型模拟软件，使其能够在巨型计算机上用数字方式真实地再现各种规模的战争，最后达到在国家间用数字战争代替真实战争的目的，这个软件被命名为‘和平视窗’。众所周知，这个设想失败了。首先，目前的软件技术还远没有达到能够全面模拟极其复杂的现代战争的程度，但设想失败更重要的原因还在于，在目前的国际政治条件下，软件初始数据的输入，以及交战国对模拟结果的认可都是不可逾越的障碍。尽管计划在投入巨资后失败了，但盖茨先生所种下的思想种子却生根发芽，并迅速成长起来。他使我们对战争有了一个全新的思维方向，即如果人类不能在短时间内消灭战争，至少可以让它以另一种较为无害的、尊重生命的方式进行。于是，在国际社会的一致赞同下，联合国再次启动了和平视窗计划。这是人类社会在社会学和国际政治上的阿波罗登月，5 年来，各国有无数的政治家、社会学者、法律学者、伦理学者、自然科学家、军事家和其他各界人士为这个伟大的计划贡献了自己的智慧。

“和平视窗计划的关键是找出一个战争替代物，它必须满足两个条件：第一，较为忠实地反映各交战国的综合国力；第二，能够在一个被各交战国和国际社会认可的规则下进行战争模拟。计划的研究者们很快想到了奥林匹克运动会。单项体育，如足球，其水平与国家的政治、经济和军事实力关系不大。但奥运会的众多体育项目作为一个整体，其总的水平却能相当准确地反映一个国家的综合国力。同时，体育作为人类最古老的一项活动，已经建立了被全人类认可的完善的竞赛规则，而奥林匹克运动会到目前为止是世界上规模最大和影响最大的人类聚会。这就使得奥运会成为模拟战争最理想的工具。

“古希腊的奥运先哲们和 20 世纪的顾拜旦做梦都不会想到，他们所创立的奥林匹克运动会有一天会对人类具有如此重大的意义，而你们，这些从事本来十分单纯的体育运动的人们，更不可能想到自己有一天突然肩负如此重大的使命。但历史已经把你们推到这里，请不要回避。千年之后再回首，现在将是人类历史上最伟大的时刻，而你们，和平视窗的先驱者，将载入人类文明的史册。”

这时，又有两个人沿着跑道向主席台走来，其中一人是国际奥委会主席，另一人竟是身穿迷彩服的军人，他举着燃烧的火炬，肩上有四颗将星。走上主席台后，他用低沉的声音说：“我是乔治 · 韦斯特，美国陆军上将，美军西亚战场司令官。再过 5 分钟，最后通牒就将到期，如果没有和平视窗，我将下令开始对西亚共和国的第一波空中打击，但现在，我将点燃奥运圣火。”然后，他向刚刚升起的五环旗敬礼，转身走上了通向大火炬的长长的阶梯。他以军人的步伐稳健地攀登着，上身和手中的火炬一直保持着笔直，最后，他在运动员们的眼中变成了巨大的奥运火炬下的一个小黑点，韦斯特将军向全世界举起了手中的火炬，庄严地静止几秒钟后，点燃了奥运圣火。

运动员们听到轰的一声沉闷的巨响，奥林匹克的火焰在蓝天上燃烧起来，没有欢呼，没有鸽群，死一般的寂静中，只有那团古老的巨火在呼呼作响，仿佛是掠过苍穹的浩荡天风。

两个国家的奥运会

开幕式后各项比赛全面展开，在首批赛事中，最引人注目的是男子篮球，由西亚共和国临时组建的国家队对美国梦之队。与开幕式不同，看台上挤满了观众，大部分是记者，其中体育记者只占很小的比例，主要是从西亚前线蜂拥而来的战地记者。与以往的任何球赛都不同，没有人喧哗，甚至很少有人说话，球赛在寂静中进行，只能听到篮球击地的咚咚声和球鞋底摩擦地板的吱吱声。当上半场快结束时，已经没有人再看比分显示板了。梦之队的那些篮球精灵们像几只黑色的大鸟在球场上轻盈地翱翔，仿佛是在一首听不见的轻扬乐曲中跳着梦之舞，而西亚队只是混进这场唯美舞蹈中的一些杂质，试图对舞蹈产生一些干扰，但梦之舞似乎没有感觉到杂质的存在，如水银之河一般顺畅地流下去……

中场休息时，西亚队年迈的教练挥着瘦骨嶙峋的拳头，嘶哑地咳嗽着，对精神和体力都要耗尽的球员们说："不要垮掉，孩子们，不要让他们可怜我们！"但他们还是被可怜了，下半场进行到一半时，有很多观众都不忍心再看下去起身离开了。当终场的锣声响起后，梦之队黑色的篮球舞蹈家们离开球场，西亚队的球员们仍呆立在原地不动，像潮水退后沉淀下来的沙子。过了好长时间，中锋才清醒过来，蹲在地上痛哭起来，另一个球员则跑到篮架下，虚弱地大口吐着酸水……

在以后的比赛中，西亚共和国在所有项目上都全面败北，这本在预料之中，但败得那么惨不忍睹是谁都没有想到的。其实，即使在战后的被封锁阶段，西亚体育还是有一定实力的，近年来随着局势的恶化，政府无暇顾及体育，原来勉强维持的商业体育俱乐部也全部消失，这些参加奥运会的运动员们已有三四年时间没有进行任何训练。同时，他们除体育外没有其他一技之长，大多在西亚的苦难岁月中沦为最穷的人，几年的饥饿和疾病使这些人已不具备作为运动员的起码体格。

奥运会的赛程在沉闷中已走完大半，这时的民意调查表明，即使是美国观众，也希望看到西亚运动员出现奇迹，人们把创造奇迹的希望寄托在两个西亚人身上，他们是莱丽和萨里。全世界都在等待着他们的出场。

然而，在随后到来的体操比赛中，莱丽还是让全世界失望了。她的技巧还算娴熟，但体力和力量已经不行，多次失误，在她最具优势的平衡木上也掉下来两次，根本无法与美国队那些如彩色弹簧般灵捷的体操天使们相匹敌。体操的最后一场比赛开始之前，在进入赛场的路上，辛妮听到了莱丽和教练的对话：

“你真的打算做卡曼琳腾跃？”教练问，“以前你从来没有完全做成过它，高低杠并不是你的强项。”

“这次会成。”莱丽冷冷地说。

“别傻了！你就是高低杠自选动作拿满分又怎样？”

“最后得分与美国女孩儿的差距会小些。”

“那又怎么样？听我的，做我制定的那套动作，稳当地做完就行了，现在玩儿命没有意思的。”

莱丽冷笑了一下：“您真的关心我这条命吗，说真的，我都不关心了。”

比赛开始，当莱丽跃上高低杠后，辛妮立刻看出她已变成另一个人了。她身上的某种无形的桎梏已经消失，比赛对于她已不是一种使命，而是一种宣泄痛苦的方式，她在高低杠间翻飞，动作渐渐疯狂起来。观众席上出现了少有的赞叹声，但场内的体操专家们都一脸惊恐地站了起来，美国队那几位美丽的体操天使大惊失色地拥在一起，他们都知道，这个西亚姑娘在玩儿命。当做到高难度的卡曼琳腾跃时，莱丽完全沉浸在她的疯狂中，她成功地完成了空中直体 1080 度空翻，但在抓住低杠腾回高杠时失手了，头向下身体成 45 度角摔在低杠下的地板上，坐在看台头一排的辛妮听到了脊椎骨断裂清脆的咔啪声……

克雷尔抱着一面西亚国旗追上了担架，把旗的一角塞到莱丽的手中，这正是开幕式上引导西亚共和国运动员方阵的那面旗帜，莱丽死死地抓着那个旗角，她并不知道自己抓着什么，她的双眼失神地望着天空，苍白的脸庞因剧痛而不断抽搐，血从嘴角流出来，滴到地上，又沾到拖地的国旗上。

"有一点我们可能没想到，"国际奥委会主席对记者们说，"当运动员成为战士后，体育也会流血。"

其实，人们对莱丽寄予如此大的希望，在很大程度上是媒体炒作的结果。莱丽的优秀只是相对的，即使她超常发挥，实力也与美国队相差很远。但萨里就不同了，他是真正的世界冠军，而与其他项目相比，停止几年训练对一个射击运动员的影响相对要小一些。虽然美国是世界射击运动强国，在萨里的男子飞碟射击项目上也实力雄厚，曾在 1996 年亚特兰大奥运会上破飞碟双向射击世界纪录。但自从在 2000 年悉尼奥运会上取得该项目的铜牌后，水平就停滞不前。这次参赛的选手詹姆斯·格拉夫就在四年前的世界射击锦标赛上负于萨里，只拿到铜牌。所以，西亚共和国有很大希望能拿到这一块金牌，这将给本届奥运会的最后一个下午带来一个高潮。

前往射击比赛场的最后一段路，萨里是被西亚人高抬着走过的，西亚代表团的运动员们在周围向他欢呼，这时他已经成了他们的神明，周围簇拥的摄像记者使全世界都看到了这一情景，如果这时真有不知情的人，肯定会认为西亚已取得了整个奥运会的胜利。在亚洲大陆遥远的另一端，西亚共和国的 3000 万国民聚集在电视机和收音机前，等待着他们唯一的英雄带给他们最后的安慰。但萨里一直很平静，面无表情。

在射击比赛场的入口处，克雷尔郑重地对刚刚被放下来的萨里说："你当然知道这场比赛的意义，如果我们至少拿到一块金牌，并由此为战后的国家争得一点权利，那么这场虚拟战争对西亚人就具有完全不同的含义。”

萨里点点头，冷冷地说：“所以，我向国家提出参赛的条件是理所当然的：我要 500 万美元。”

萨里的话像一盆冰水，把围绕着他的热情一下子浇灭了，所有人都吃惊地看着他。

“萨里，你疯了吗？”克雷尔低声问。

“我很正常，与我给国家带来的利益相比，我要的并不多。这笔钱只是为了我今后能到一个喜欢的地方安静地度过后半生。”

“等你拿到金牌后，国家会考虑给予奖励的。”

“克雷尔先生，您真的认为这个即将消失的国家还有什么信誉可言吗？不，我现在就要，否则拒绝比赛。你要清楚，拿到金牌后我是世界明星，退出比赛则同样会成为拒绝为独裁政府效力的英雄，后者在西方更值钱。”

萨里与克雷尔长时间地对视着，后者终于屈服地收回目光，“好吧，请等一下。”然后他挤出人群，远远地拿出手机打起电话来。

“萨里，你这是叛国！”西亚代表团中有人高喊。

“我的父亲是为国家而死的，他在 17 年前的那场战争中阵亡，那时我才 8 岁，我和母亲只从政府那里拿到 1200 西亚元的抚恤金，之后物价飞涨，那点儿钱还不够我们吃两个星期的饱饭。”萨里从肩上取下其他西亚运动员为他披上的国旗，抓在手中大声质问，“国家？国家是什么？如果是一块面包它有多大？如果是一件衣服它有多暖和？如果是一间房子能为我们挡住风雨吗？！西亚的有钱人早就跑到国外躲避战火了，只剩下我们这些穷鬼还在这里等死！”

这时，克雷尔已经打完了电话，他挤进人群来到萨里面前：“我已经请示过了，萨里，你是在尽一个西亚公民应尽的义务，政府不能付你这笔钱。”

“很好。”萨里点点头，把国旗塞到克雷尔怀里。

“电话一直打到总统那里，他说，如果一个国家只有雇佣军才为它战斗，那它也没有继续存在的必要了。”

萨里没再说什么，转身走去，兴奋的记者们跟着他蜂拥而去。

以手捧国旗的克雷尔为中心，西亚代表团长时间默立着，仿佛在为什么默哀。不知过了多长时间，射击场内响起了枪声，詹姆斯·格拉夫正在得到奥运历史上最容易得到的金牌。这枪声使西亚人渐渐回到现实，他们不约而同地把目光集中到一个人身上，刚才跟随萨里的大群记者也跑了回来，把几百个镜头一起对准了这个人。

威弟娅·辛妮，将参加一小时后开始的本届奥运会的最后一个项目：女子马拉松。

记者们知道辛妮是哑巴，谁都不提问，只是互相低声说着什么，像在观看一个没见过的小动物。在人群和镜头的包围中，这个黑瘦的西亚女孩儿恐惧地瞪大双眼，瘦小的身体瑟瑟发抖，像一只被一群猎犬逼到墙角的小鹿。幸好克雷尔拉起她挤出重围，登上了开往主体育场的汽车。

他们很快到达了奥林匹克体育场，这里将在傍晚举行第 29 届奥运会的闭幕式，也是马拉松的起点和终点。下车后，他们立刻被更多的记者包围了，辛妮显得更加恐惧和不安，紧紧地靠在克雷尔身上，克雷尔好不容易摆脱了纠缠，带着辛妮走进一间空着的运动员休息室，把几乎令她精神崩溃的喧闹关在外面。

克雷尔拿了一纸杯水走到惊魂未定的辛妮面前，在她眼前张开紧攥着的另一只手，辛妮看到克雷尔的掌心上放着一片白色的药片，她盯着药片看了几秒钟，又惊恐地看看克雷尔，摇摇头。

“吃了。”克雷尔以不可抗拒的口气说，又放缓声音，“相信我，没有关系的。”

辛妮犹豫地拿起药片放进嘴里，尝到了酸酸的味道，她接过克雷尔递过来的水，把药片送了下去。几秒钟后，休息室的门轻轻开了，克雷尔猛地回头，看到一个身材魁梧的身影，他盯着那人看了半天，才吃惊地认出了他。

来人是韦斯特将军，在开幕式上点燃圣火的人，已对西亚共和国做好攻击准备的 50 万大军的统帅。这时他穿着一身黑色的西装，双手捧着一个纸盒子。

“请您出去。”克雷尔怒视着他说。

“我想同辛妮谈谈。”

“她不会说话，也听不懂英语。”

“您可以为我翻译，谢谢。”将军对克雷尔微微躬身，他那凝重的声音里有一种难以抗拒的力量。

“我说过请您出去！”克雷尔说着把辛妮挡在身后。

将军没有回答，用一只有力的手臂轻轻地把克雷尔拨开，蹲在辛妮前面脱下了她的一只运动鞋。

“您要干什么？！”克雷尔喊道。

将军站起身，把那只运动鞋举到克雷尔面前：“这是刚在北京的运动商店里买的吧？穿这样非定做的新鞋跑马拉松，不到 20 千米脚就会打泡。”说完他又蹲下身，把辛妮的另一只鞋子脱下来，一挥手把两只鞋都扔了出去，然后他拿起放在旁边的纸盒打开来，露出一双雪白的运动鞋，他把那双鞋捧到辛妮面前：“孩子，这是我个人送给你的礼物，是耐克公司的一个特别车间为你定做的，那个车间能做出世界上最好的马拉松鞋。”

克雷尔这时想起来了，三天前的晚上，有两个自称是耐克公司技师的人来到奥运村辛妮的房间，用三维扫描仪为她扫描脚模。他看得出这确实是一双顶级的马拉松鞋，定做这样一双鞋的价格至少要上万美元。

将军开始给辛妮穿鞋：“马拉松是一项很美的运动，我也很喜欢，还是中尉的时候我曾在陆军运动会上拿过冠军，噢，不是马拉松，是铁人三项。”鞋穿好后，他微笑着示意辛妮起来试试，辛妮站起来走了几步，那鞋轻软而富有弹性，与脚贴合得极好，仿佛是她双脚的一部分。

将军转身走去，克雷尔跟着他到了门口，说：“谢谢您。”

将军站住，但没有转过身来：“说实话，我更希望叛逃的不是萨里而是辛妮。”

“这就不可理解了，”克雷尔说，“辛妮的成绩在西亚是最好的，但在世界上排名连前 20 都进不了，更别提和埃玛比了。”

将军继续走去，留下一句话：“我害怕她的眼睛。”

马拉松

新闻媒体早就把第 29 届奥运会称为寂静的奥运会，辛妮看到，开幕式时广阔而空旷的体育场现在已被由 10 万人组成的人海所覆盖，但寂静依旧。这人海中的寂静是最沉重的寂静，辛妮之所以没有在精神上被压垮，是因为埃玛的出现吸引了她的注意力。

西亚共和国在模拟战争中的彻底失败已成定局，萨里的离去使西亚人在精神上也彻底垮掉了，西亚体育代表团已先于他们的国家四分五裂了。代表团中的一些有钱或有关系的官员已经不知去向，哪里也去不了的运动员们则把自己关在奥运村公寓的房间里，等待着命运的发落。没有人还有精神去观看最后一场比赛和参加闭幕式。当辛妮走向起跑点时，只有克雷尔陪着她，在 10 万人的注视下，她显得那么孤单弱小，像飘落在广阔运动场中的一片小枯叶，随时都会被风吹走。

与她那可怜的对手相反，弗朗西斯 · 埃玛是被前呼后拥着走向起跑点的，她的教练班子有 5 个人，包括一位著名的运动生理学家，医疗保健组由 6 个医生和营养专家组成，仅负责她跑鞋和服装的就有 3 个人。埃玛现在确实已成为半人半神的明星。早在 20 世纪 80 年代初，就有人根据世界女子马拉松最好成绩的增长速度预言，除去射击和棋类等非体力竞赛，马拉松将是女子超过男子的第一个运动项目。这个预言在三年前的芝加哥国际马拉松大赛上变为现实：埃玛创造了超过男子的世界最好成绩。对此，一些男性体育评论员酸溜溜地认为，这是男女分赛所致，在那次女子比赛的过程中风速条件明显比男子好，如果当时斯科特（男子冠军）与她们一同跑，一定能超过埃玛的。这个自我安慰的神话在 2004 年雅典奥运会上被打破了，男女混合跑完全程，埃玛到达终点时把斯科特落下了 500 多米，并首次使马拉松的世界最好成绩降到两小时以下，她由此成为本世纪初最为耀眼的运动明星，被称为“地球神鹿”。

这个叫埃玛的黑人女孩儿一直是辛妮心中的太阳，在自己那几件可怜的财产中，她最珍爱的是一本破旧的剪贴簿，里面收集着她从旧报纸和杂志上剪下来的上百张埃玛的照片，她在难民营的窄小的上铺旁边，贴着一张大大的埃玛的彩色运动照，那是一本挂历中的一张。辛妮去年在货摊上看到了那本挂历，但她买不起，就等着别人买，她跟踪了一个买主，看着那个杂货店主把新挂历挂到柜台边的墙上。埃玛的照片在三月那张，辛妮就渴望地等了三个月，她常常跑到杂货店去，趁人不注意掀开前面的画页看一眼埃玛那张，在 4 月 1 日清晨，她终于从店主那里得到了那张已成为废页的挂历，那是她最高兴的一天。现在，在起跑点上，辛妮偷偷地打量着距自己几米远处的对手，这时体育场和人海都已在辛妮的眼中隐去，只有埃玛在那里，辛妮觉得她周围有一个无形的光晕，她在光晕中呼吸着世外的空气，沐浴着世外的阳光，尘世的灰尘一粒都落不到她身上。

这时，克雷尔轻轻一推使辛妮警醒过来，他低声说：“别被她吓住，她没你想象的那么可怕，我观察过，她的心理素质很差。”听到这话，辛妮转过脸瞪大眼睛看着他，克雷尔读懂了她的意思：“是的，她曾和世界上跑得最快的男人竞赛并战胜了他们，但这又怎么样？那一次她没有任何压力，但这次不同，这是一次她绝对不能失败的比赛！”他斜着瞟了埃玛一眼，声音又压低了些，“她肯定要采取先发制人的战术，起跑后达到最高速度，企图在前 10 千米甩开你，记住，一开始就咬住她，让她在领跑中消耗，只要在前 20 千米跟住她，她的精神就会崩溃！”

辛妮恐慌地摇摇头。

“孩子，你能做到的！那片药会帮助你！那是一种任何药检都检测不出的药，像核燃料一样强有力，难道你没有感觉出来吗？你已经是世界冠军了，孩子！”

这时，辛妮感到了一种莫名的亢奋，一种通过奔跑来释放某种东西的强烈欲望。她又看了一眼埃玛，后者已做完了辛妮从未见过的冗长而专业的准备活动，与她并肩站在起跑线后面，埃玛一直高傲地昂着头，从未向辛妮这边看过一眼，仿佛她并不存在一样。

发令枪终于响了，辛妮和埃玛并排跑了出去，开始以稳定的速度绕场一周。她们所到之处，观众都站了起来，在看台上形成一道汹涌的人浪，人群站起的声音像远方沉闷的滚雷，但除此之外没有别的声音，人们默默地看着她们跑过。

在以往的训练中，每次起跑后辛妮总是感到一种安宁，仿佛她跑起来后就暂时离开了这个冷酷的世界，进入了自己的时空，那里是她的乐园。但这次，她的心中却充满了焦虑，她渴望尽快跑完这一圈，进入体育场外的世界，她渴望尽快到达一个地方，那里有她想要的东西，一种叫 GMH-6 的药。

她奔跑在医院昏暗的走廊中，空气中有刺鼻的药味，但她知道，医院里已经没有多少药能给病人了，走廊边靠墙坐着和躺着许多无助的病人，他们的呻吟声在她耳中转瞬即逝。妈妈躺在走廊尽头的一间同样昏暗的病房中，在病床肮脏的床单上她的皮肤白得刺眼，这是一种濒死的白色，就在这白皮肤上正有点点血珠渗出，护士已懒得去擦，妈妈周围的床单湿了殷红的一圈。这是最近有很多人患上的怪病，据说是由于最近那次轰炸中一种含铀的炸弹引起的。刚才，医生对辛妮说妈妈没救了，即使医院有那种药，也只是再维持几天而已。辛妮在医生面前拼命地比画着，问现在哪里还有那种药，医生费了很大劲儿才搞懂了她的意思。那是一种联合国救援机构的医生们最近带来的药，也许在市郊的救援基地有。辛妮从自己的书包中抓出一张纸和一支铅笔，一起伸到医生面前，她那双大眼睛中透出的燃烧的焦虑和渴望让医生叹了口气，那是西欧的新药，连正式名字都没有，只有一个代号。算了吧孩子，那药不是给你们这样的穷人用的，其实，饿死和病死有什么区别？好好，我给你写……

辛妮跑出了医院的大门，好高、好宏伟的大门啊，门的上方燃着圣火，像天国的明灯。她记得三天前自己曾跟随着国旗通过这道大门，现在，祖国的运动员方阵在哪儿？现在引导她的不是国旗，是埃玛，她心中的神。正如克雷尔所料，一出大门，埃玛就开始迅速加速，她像一片轻盈的黑羽毛，被辛妮感觉不到的强风吹送着，她那双修长的腿仿佛不是在推动自己奔跑，而只是抓住地面避免自己飞到空中。辛妮努力地跟上埃玛，她必须跟上，她自己的两脚在驱动着妈妈的生命之轮。这是首都的大街吗？什么时候变得这么宽阔了？旁边有华丽的高楼和绿色的草坪，但却没有弹坑。路的两边人山人海，那些人整洁白净，显然都是些能吃饱饭的人。她想搭上一辆车，但这一天戒严，说是有空袭，路上几乎没有车，好像只有那辆在埃玛前面时隐时现的引导车，可以看到上面对着她们的几台摄像机。辛妮的意识深处知道自己不能搭那辆车，原因……很清楚，她已经到过那里了，她已经跑到联合国救援基地了，在一幢白房子里，她给那些医生们看那张写着药名的纸，哦，不，一名会讲西亚语的医生对她说，不，这种药不属于救援品，你需要买的，哦，你当然买不起，我都买不起。那么，埃玛你还跑什么？我得不到那药了，妈妈……当然，我们要跑下去的，要快些回到妈妈那里，让她再最后看我一眼，让我再最后看她一眼。想到这里辛妮心里焦虑的火又烧了起来，她下意识地加速了，赶上了埃玛，几乎要超过她了——让她在领跑中消耗！辛妮想起了克雷尔的嘱咐，又减速跟到埃玛身后。埃玛觉察到辛妮的举动，立刻开始了第二轮加速，她们已经跑出了5000米，这个西亚毛孩子还没有被甩掉，埃玛有些恼怒了，地球神鹿显示出疯狂的一面，像一团黑色的火焰在辛妮前面燃烧。辛妮也跟着加速，她必须跟上埃玛，她希望埃玛再快些，她想妈妈……啊，不对，路不对，埃玛这是要去哪里？前方远处那根刺入天空的巨针是什么？电视塔？首都的电视塔好像早就被炸塌了。但不管去哪里，她要跟着埃玛，跟着她心中的神……

她知道妈妈已经不在人世了。

浑身泥土和汗水的辛妮推开病房的门，看到妈妈已经没有生命的躯体被盖在一张白布下，有两个人正想移走遗体，但辛妮像发狂的小野兽似的阻挠着，他们只好作罢。那个给她写药名的医生说：“好吧，孩子，你可以陪妈妈在这里待一晚上，明天我们为你料理母亲的后事，然后你就得离开了，我知道你没地方可去，但这里是医院，孩子，现在谁都不容易。”于是辛妮静静地坐在妈妈的遗体旁，看着白布上有几点血渍出现，后来惨白的月光从窗中照进来，血渍在月光中变成了黑色。不知过了多长时间，月光已移到了墙上，有人进门开了灯，辛妮没有看那人，只觉得他过来抓住了自己的手，那双粗糙的手按着她的手腕一动不动地过了一会儿，她听那人说：“52下。”她的手被轻轻放下，那人又说：“天黑前我在楼上远远看着你跑过来，他们说你到救援基地去了，今天没有车的，那你就是跑去的？再跑回来，20千米左右，才用了一小时十几分钟，这还要算上你在救援基地里耽误的时间，而你的心跳现在已恢复到每分钟52下。辛妮，其实我早注意到你了，现在更证实了你的天赋。你不记得我了？我是斯特姆·奥卡，体育教师，带过你们班的体育课。你这个学期没来上学，是因为妈妈的病？哦，就在你妈妈去世时，我的孙子在楼上出生了，辛妮，人生就是这样，来去匆匆。你真想像妈妈这样，在贫穷中挣扎一辈子，最后就这么凄惨地离开人世？”最后一句话触动了辛妮，她终于从恍惚状态中醒来，看了奥卡一眼，认出了这个清瘦的中年人，她缓缓地摇摇头。“很好，孩子，你可以过另一种生活，你可以站在宏伟的奥运赛场中央的领奖台上，全世界的人都用崇敬的眼光看着你，我们苦难的祖国的国旗也会因你而升起。”辛妮的眼中并没有放出光来，但她很注意地听着，“关键在于，你打算吃苦吗？”辛妮点点头，“我知道你一直在吃苦，但我说的苦不一样，孩子，那是常人无法忍受的，你肯定能忍受吗？”辛妮站了起来，更坚定地点点头，“好，辛妮，跟我走吧。”

埃玛保持着恒定的高速度，她的动作精确划一，像一道进入死循环的程序，像一架奔驰的机器。辛妮也想把自己变成机器，但是不可能。她在寻找着下一个目的地，而目的地消失了，这让她恐惧。但她竟然支撑下来了，她竟然跟上了地球神鹿，她知道那神奇的药起了作用，她能感觉到它在自己的血管中燃烧，给她无尽的能量。路线转向 90 度，她们跑到了这条叫长安街的世界上最宽的大街。应该更宽的，因为路的两侧应该是无际的沙漠。在延续几年的每天不少于 20 千米的训练中，辛妮最喜欢的就是城外的这条路。每天，辽远的沙漠在清晨的暗色中显得平滑而柔软，那条青色的公路笔直地伸向天边，世界显得极其简单，而且只有她一个人，那轮在公路尽头升起的太阳也像是属于她一人的。那段日子，虽然训练是严酷的，辛妮仍生活得很愉快。与她擦肩而过的男人和女人都不由得回头看她一眼，他们惊奇地发现，这个哑女孩儿的脸色居然是红润的。与其他女孩一色儿的菜色面容相比，并不漂亮的她显得动人了许多。辛妮自己也很惊奇，在这个饥饿国度里她竟然能吃饱！奥卡把辛妮安置在学校的一间空闲的教工宿舍中，每天吃的饭奥卡都亲自给她送来，面包、土豆之类的主食管够，这已经相当不错了，还不时有奶酪、牛羊肉和鸡蛋之类的营养食品，这类东西只能在黑市上买到，且贵得像黄金，辛妮不知道奥卡哪儿来的那么多钱，作为教师，他一个月的工资还不够自己吃一个星期的饱饭。辛妮问过好几次，但他总是假装不懂她的哑语……

在亚洲大陆的另一端，西亚共和国已处于分裂的边缘，政府已经瘫痪，已被宣布为战犯的人都开始潜逃，普通公民则麻木地等待着。少数还在看奥运马拉松直播的人开始把消息传开来，越来越多的人回到电视机和收音机前。

路更宽了，宽得辛妮不敢相信，她知道自己奔跑在世界最大的广场上，左边是一座金碧辉煌的东方古代建筑，她知道那后面是一座古代大帝国的宏伟王宫；右边的广场上是这个古老又年轻的广阔国家的国旗，辛妮最初以为这是一个王国，但人们告诉她这也是一个共和国，而且遭受过比她自己的共和国更大的苦难。这时她看到了红色的标志牌从身边移过，上书“21 千米”，马拉松半程已过，辛妮仍紧跟着埃玛。埃玛回头看了辛妮一眼，这是她第一次正眼看自己的对手。辛妮捕捉到了她的眼神，很是震惊：眼中的傲慢已荡然无存，辛妮从中看到了——恐惧。辛妮在心里大喊：埃玛，我的神，你怕什么？我必须跟上你！虽是没有目的地的路，可辛妮有东西要逃避，她要逃开奥卡老师家的那些人，他们正在学校等着她呢！他们推着奥卡来到她的住处，来的有奥卡的抱着婴儿的妻子，有他的三个兄弟，还有其他几个辛妮不认识的亲戚。他们指着辛妮愤怒地质问奥卡，这个野孩子你是从哪儿弄来的？奥卡说她是马拉松天才！他们说奥卡是混蛋，在这每天都有人饿死的时代，谁还会想起马拉松？我们都知道你是个不可救药的梦想家，可你不该把那本老版《古兰经》卖掉，那上面的字用金粉写成，很值钱，可那是祖传的宝物，全家挨饿这么长时间都没舍得卖。而你竟用那些钱供这个小哑巴过起公主一样的日子来，你自己的孙子还没奶吃呢！你没有听到他整夜哭吗？你看看他瘦成了什么样子……

后来有传言说，辛妮是奥卡和威伊娜（辛妮的母亲）的私生子。开始，这种说法似乎不成立，因为在辛妮出生的前后几年，威伊娜一直居住在北方的一座城市中，这是有据可查的，而那段时间，奥卡作为一名陆军少尉正在南方参加第一次西亚战争，还负过伤。但又有传言说，奥卡的战争经历是他自己撒的一个弥天大谎，他根本没有参加过战争，也没有去过南方战线，在第一次战争时期，他实际上是和威伊娜在北方度过的。

30 千米，辛妮仍然紧跟着埃玛。赛况传出，举世关注，空中出现了两架摄像直升机。在西亚共和国，所有人都聚集在电视机和收音机前，屏住呼吸注视着这最后的马拉松。

这时，缺氧造成的贫血已使世界在辛妮的眼中变成了一团黑雾，她感觉到心跳如连续的爆炸，每一次都使胸腔剧疼，大地如同棉花，踏上去没有着落。她知道，那片药的作用已经过去。黑雾中冒出金星，金星合为一团，那是奥运圣火。我的火要灭了，辛妮想，要灭了。韦斯特将军举着火炬，露着父亲般的微笑，辛妮，要想让火不灭，你得把自己点燃，你想燃烧自己吗？点燃我吧！辛妮大喊，将军伸过火炬，辛妮感觉自己轰地燃烧起来……

那天夜里，辛妮收拾好自己简单的行李到教工宿舍奥卡的房间去，他几天前就从家里搬出来住了。辛妮用哑语说："我要走了，老师回家吧，让小孙子有奶吃。"

奥卡摇摇头，他的头发这几天变得花白："辛妮，你知道，这是我们共同的事业……你非走不可吗？你还是觉得我为你所做的这些没理由？那好吧，我给你一个理由：他们说的是真的，我是你父亲，我只是在赎罪而已。"

辛妮本来对那些传言半信半疑，听到奥卡这话她全信了，她并没有扑到父亲怀里哭，他欠她们母女的太多了，这使她很平静地接受了这个事实，但那仍然是辛妮有生以来最幸福的时刻，她毕竟有爸爸了。

这时，有一个女孩子的哭声隐隐传来，是埃玛，竟是埃玛，她边跑边哭，断续地说着什么，那几个词很简单，只有初一文化程度的辛妮几乎都能听懂："上帝……我该怎么办……告诉我……我该怎么办……"辛妮这时几乎要可怜她了，我的神，你要跑下去，没有你我该怎么办？我不知道目的地。埃玛得到了回答，那声音是从她右耳中的微型耳机传出的，不是上帝，是她的主教练。"别怕，我们能肯定她已经耗尽体力了，她现在是在拼命，而你的潜力还很大，需要的只是冷静一下。听着，埃玛，慢下来，让她领跑。"

当埃玛慢下来时，辛妮曾有过短暂的兴奋感，但当她觉察到埃玛紧跟在自己身后时，才意识到已遇到了致命的一招。辛妮目前只有三个选择：一是随对手慢下来，形成两人慢速并行的局面，这将使埃玛在体力和心理上都得到恢复；二是以现有速度领跑，这样埃玛将有机会在心理上得到恢复（这也是目前她最需要的）。以上任何一种选择，都将使埃玛恢复她作为马拉松巨星的超一流战斗力，在最后一段距离的决斗中辛妮必败无疑。唯一取胜的希望是第三种选择：迅速加速，甩开对手。以辛妮目前已经耗尽的体力，这几乎是不可能成功的，但她还是做出了这个选择，开始加速。即使对于经验丰富的长跑运动员，领跑也是一个沉重的心理负担，正因为如此，在马拉松比赛的大部分赛程中，参赛者都是分成若干个集团以一种约定速度并行前进，每个集团中如有人发起挑衅开始加速，除非他（她）有把握最后甩开对手，否则只能作为领跑者，成为其跟随者通向胜利的垫脚石。而辛妮的比赛经验几乎为零，当前面的道路无遮挡地展现在她面前，夏天的热风迎面扑来时，她像一名跟着一艘小艇在大洋中游泳的人，那小艇突然消失，只有她漂浮在无际的波涛之中。她急需一个心理上的依托，一个目的地，或一个目的，她找到了，她要去父亲那里。

奥卡把辛妮送到郊区的一名失业的田径教练那里，让教练对她的训练进行一段时间的指导。5 天后，辛妮就得到了父亲去世的消息，她立刻赶回去，只拿到了斯特姆 · 奥卡的骨灰盒。辛妮在最后那段日子里看着父亲的身体一天天虚弱，但她不知道，她这一段的训练是靠他卖血支撑的。辛妮走后，奥卡在一次上体育课时突然栽倒在地，再也没有站起来。同妈妈去世的那天晚上一样，辛妮静坐在学校的那个小房间里，惨白的月光透过窗子照在父亲的骨灰盒上。

但时间不长，门被撞开了，奥卡的妻子和那群亲戚闯了进来，逼问辛妮奥卡给她留下了什么东西，同时在屋里乱翻起来。学校的老校长跟了进来，斥责他们不要胡来，这时有人在辛妮的枕头下找到了奥卡留给辛妮的一件新运动衫，里面缝了一个口袋，撕开那个口袋拿出一个信封，上面注明是给辛妮的遗产。看来奥卡早就意识到自己的身体支持不了多久了。老校长一把抢过了信封，说辛妮是奥卡老师的女儿，有权得到它！双方正在争执中，奥卡的妻子端着骨灰盒贴着耳朵不停地晃，说里面好像有个金属东西，肯定是结婚戒指！话音未落，骨灰盒就被抢了去，白色的骨灰被倒了一桌子，一群人在里面翻找着。辛妮惨叫一声扑过去，被推倒在地，她爬起来又扑过去时，有人已经在骨灰里找到了那块金属，但他立刻把它扔在了地上，他的手被划破了，血在沾满了骨灰的手掌上流出了醒目的一道。老校长小心地把那东西从地上拾起来，那是一块小小的菱形金属片，尖角锋利异常，他告诉大家，这是一块手榴弹的弹片。“天啊，这么说奥卡真的在南方打过仗？！”有人惊呼道。一阵沉默后，他们看出了这事的含义：辛妮，奥卡不是你父亲，你也不是他女儿，你没权继承他的遗产！校长撕开了信封，说让我们看看奥卡老师留下了什么吧。他从信封中抽出了一张白纸，在一群人的注视下，他盯着白纸看了足足有三分钟，然后庄重地说：“一笔丰厚的遗产，”奥卡的妻子一把从他手中抢去了那张纸，老校长接着说出了后半句话，“可惜只有辛妮能得到它。”一群人盯着纸片也看了好长时间，最后，奥卡的妻子困惑地看看辛妮，把纸片递给她，辛妮看到纸片上只有几个字，那是她的老师、教练、虽不是父亲但她愿意成为其女儿的人，用尽生命的最后力气写下的，笔迹力透纸背。

光荣与梦想

辛妮以自己的极限速度跑出了 3000 米，没能甩掉埃玛。这段时间，有领跑者作为依托，埃玛的心理稳定了下来，她由一名惊慌失措的女孩儿重新变回为一名马拉松巨星，地球神鹿唤醒了自己沉睡的力量，开始反击了。一阵疯狂加速后，她超过了辛妮，并将两人的间距很快拉大。看着埃玛渐渐消失的背影，力竭的辛妮知道一切都结束了，35 千米的标志牌出现，还有 7 千米，这段距离对辛妮已是无限长了。她似乎在黏液中奔跑，速度很快减下来，最后变得几乎像行走一般。这时，她在路边的人群中看到了西亚体育代表团，她的同伴们在对她喊着，她听不到声音，但从口型看出他们在喊什么：

“辛妮，跑到头！”

辛妮看到了克雷尔，他拼命冲她挥着双拳，其中的一只手中攥着一个小药瓶，给辛妮的那片神力无比的药就是从这瓶中拿出的，这只是一瓶维生素 C。

辛妮看到前方道路两旁的人群中，所有人都用手指着左上方，形成一片手臂的森林。他们指着路边一面巨大的显示屏，辛妮抬头看去，她认出了显示屏上出现的地方，那是西亚共和国首都的英雄广场，她每天早晨的训练都是从那里起跑的。现在，广场上一片沸腾的人海。镜头移近，她又认出了所有人的口型，那几十万同胞在一起高呼：

“辛妮，跑到头！！”

接着辛妮听到了声音，这是两侧的观众发出的，这成千上万名中国人居然在短时间内同时学会了一句西亚语，这届奥运会的寂静被打破了，他们齐声高呼：

“辛妮，跑到头！！”

黑雾又笼罩了辛妮的双眼，韦斯特将军在黑雾中出现，手拿已经熄灭的火炬：辛妮，你的圣火要灭了，你燃尽了自己。一团红光浮现，奥卡举着燃烧的火炬站起身来：不，孩子，还有东西可以燃烧，记得我留给你的遗产吗？韦斯特笑着摇摇头：别再燃烧了，辛妮，你不是圣女贞德，一切都已失败，燃尽一切，你什么都得不到。奥卡挥动火炬，火焰呜呜作响：不，孩子，分裂的祖国正因你而重新联为一体，你的圣火不能灭！辛妮冲奥卡大喊：点燃它！！奥卡把手中的火炬伸向前来。

轰然一声，光荣与梦想熊熊燃烧起来。

埃玛冲过终点后，体育场中的10万人静静地等待着。这时北京的天空乌云密布、电闪雷鸣，闪电两次击中了体育场的避雷针，闪出耀眼的火球。10分钟后，辛妮进入了体育场，步伐沉重地绕场一周后越过终点线，然后扑倒在地。10万人同时站了起来，同全世界一起注视着静卧在体育场中的那个小小的身影。一片死寂中，只有奥运圣火在暴雨前的急风中轰轰作响。当人们把一面五环旗和一面西亚共和国的国旗盖在辛妮已没有生命的身体上时，吃惊地发现她竟面带微笑。

她实现了自己的光荣与梦想。

跑到头的国家

“这届伟大的奥运会标志着一个新纪元的开始，和平视窗将使人类最终抛弃野蛮进入真正的文明，人类的道德水平将与技术进步同步上升。这一天来得太晚了，但终于来到了！从此，一个国家的体育水平将是其国力的重要标志，而竞技体育的最高水平是以全民的体育普及为基础的，所以，各国将把用于军备的巨大开支转移到提高人民的健康水平上，将出现一种新的更为健康文明的社会生活和国际政治形式。人类大同的理想社会还很遥远，但它的光辉已照到我们身上！”

这番讲话是国际奥委会主席在飞往西亚共和国的专机上发表的，他同奥委会的其他主要成员去西亚庆祝和平视窗计划的第一次成功。同机的还有从北京返回的西亚体育代表团，以及美国体育代表团的部分成员，后者都参加过比赛，他们不但获得了奥运金牌，还得到了总统颁发的自由勋章，因而都显得容光焕发。

奥委会主席指着美国代表团说：“你们是人类战争史上最崇高的战胜者，我想，从苦难中解脱出来的西亚人民会把你们当作英雄欢迎的！”他又转向西亚代表团方向：“你们也不是失败者，这届奥运会没有失败者，你们都是人类战胜野蛮的勇士，用体育为世界赢来了和平。”

两国运动员们相互握手致意，开始还很勉强，后来大家都泪流满面地拥抱在一起。

这时机长走了过来，神色严峻地对所有人宣布：“先生们，西亚上空已经被宣布为飞行危险区，我们是在邻国降落还是返回北京，请你们尽快决定。”

大家都不知所措地看着他。

“对西亚的全面军事打击已经启动，现在正在进行第一轮空袭。”

人们花了很长时间才理解了这句话的含意，“你们背信弃义！！”一名西亚运动员指着美国代表团怒吼。克雷尔站起身制止了冲动的西亚运动员们：“大家冷静，我想，背信弃义的可能是我们西亚人。”

“是的，”机长说，“据我们刚得到的消息，按和平视窗协议接管首都的多国部队遭遇猛烈抵抗。”

“可……西亚军队已经解散了，所有的重武器都收缴了啊。”奥委会主席说。

“但轻武器都散落到民间，现在，如果有一阵狂风吹开西亚所有的屋顶，您会看到每扇窗前都有一个射手。”

“这是为什么？”奥委会主席泪如雨下，抓着克雷尔激动地说，“你们的城市将是一片火海，你们的人民将血流成河，母亲将失去孩子，孩子将失去父亲，活下来的人将在垃圾堆中寻找食物……而最后，你们还是注定彻底战败，所有的结果还是一样。”

“这就是命运了。”克雷尔微笑着对主席说，然后转向所有人，“其实我早就预料到这一点，和平视窗计划只是个美丽的童话，竞赛代替不了战争，就像葡萄酒代替不了鲜血。”他走到舷窗前，看着外面的云海，“至于西亚共和国，它只是像辛妮一样，想跑到头而已。”

亚力克 · 萨里辗转回到战火中的祖国，已是战争爆发一个星期后了。

奥运会闭幕式之后，在雷雨中的看台上，萨里站了很久，他凝视着辛妮倒下的地方，最后自语道：“我，还是回家吧。”

首都保卫战正处于最后阶段，城市已大半失陷，虽然大势已去，但从外地增援的部队仍源源不断地进入仍在战斗的城区，这些部队由杂乱的各种人组成，有穿军装的，更多的是扛枪的平民。萨里向一名军官要一支冲锋枪，那人认出了他，笑着说：“呵呵，我们可请不起救世主了。”

“不，普通一兵。”萨里微笑着说，接过了枪，加入了高唱国歌的队伍，在被火光映红了一半的夜空下，在颤动的土地上，向激战中的城市走去。